호러
미스터리
컬렉션

호러 미스터리 컬렉션

초판 1쇄 인쇄 | 2022년 7월 15일
초판 1쇄 발행 | 2022년 7월 22일

지은이 | 홍정기
펴낸이 | 박영욱
펴낸곳 | 북오션

경영지원 | 서정희
편　집 | 고은경
마케팅 | 최석진
디자인 | 민영선·임진형
SNS마케팅 | 박현빈·박가빈

주　소 | 서울시 마포구 월드컵로 14길 62 북오션빌딩
이메일 | bookocean@naver.com
네이버포스트 | post.naver.com/bookocean
페이스북 | facebook.com/bookocean.book
인스타그램 | instagram.com/bookocean777
전　화 | 편집문의: 02-325-9172　영업문의: 02-322-6709
팩　스 | 02-3143-3964

출판신고번호 | 제 2007-000197호

ISBN 978-89-6799-688-8 (03810)

horror mystery

호러 미스터리 컬렉션

홍정기 소설

Bookocean

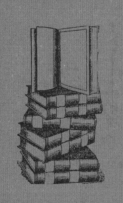

차례

1

쓰쿠모가미

　인천 출장을 다녀온 은기가 현관문이 닫히기도 전에 쪼르륵 서재로 들어갔다. 뒤이어 웃음소리가 한참이나 이어졌다.

　"또 뭘 일을 벌이고 저러는 거야……."

　소파에 누워 TV를 보던 아내 한주가 혼잣말을 했다. 한주는 천천히 몸을 일으켜 웃음소리가 들려오는 서재로 들어갔다. 문을 열고 들어오는 아내를 보자 은기는 다짜고짜 두툼한 책 한 권을 들이밀었다.

　"드디어 구했어. 핫핫핫! 이로써 '사드' 컬렉션이 완성됐어!"

　한주는 눈앞의 책을 손으로 밀어내고 한심하다는 표정으로 은기를 바라봤다.

　"이게 뭐라고 그렇게 호들갑이야?"

　"이게 뭐라니. 잊어버렸어? 내가 누누이 말했잖아. 나의 염원이 '사드' 컬렉션 완성이라고. 국내에 출판된 사드 책 중 딱 한

권만 못 구했다고 말했었잖아. 설마 사드를 모르는 건 아니지? 가학적 성도착을 일컫는 '사디즘'이라는 용어의 유래가 된 대작가를 말이야…….”

“하아……. 또 그놈의 변태 책 얘기야? 그것 때문에 딸내미 인사도 안 받아주고 곧장 서재로 들어갔니?”

은기는 한주의 경멸 어린 눈빛에도 아랑곳없이 열을 띠며 이야기했다.

“그게 아니라, 내 말 좀 들어봐. 이 작가의 작품 몇 종이 국내에 출간됐는데 선정성 논란에 휘말려 출간 직후 판금된 책도 있고, 그렇지 않은 책도 단시간에 절판돼 이제는 살 수 없는 것도 있어. 그러니까 꽤 희귀한 레어템이라고. 사드의 대표작 《소돔 120일》이 한때 40~50만 원에 거래되던 적도 있다는 거 알아? 물론 난 그전부터 사드의 진가를 알아보고 책을 모았지. 《안방 철학》,《규방 철학》,《사드의 욕망》,《신부님의 금지된 장난》,《사랑의 죄악》,《미덕의 불운》,《사랑의 범죄》,《성녀와 성녀》,《소돔 120일》,《밀실에서나 하는 철학》……. 그런데 그중에서 구하지 못했던 한 권이 바로 《성처녀의 욕망》 초판본이야. 같은 제목의 책이 세 가지 판본으로 출간됐는데, 가장 먼저, 국내에 처음으로 소개된 사드의 책이 바로 이 책인 1969년 판이지. 그런데 그걸 구한 거야. 장장 십오 년간 찾아 헤맨 책을 말이야. 족히 백만 원은 호가하는 책이 내 손에 들어온 거지! 자기야. 나 지금 미칠 것 같아.”

붉은색 가죽으로 장정된 하드커버의 책이 은기의 손에서 오르락내리락 춤을 추었다. 수십 년의 세월 동안 손때가 묻은 커버는 원래의 붉은빛을 잃고 거뭇하게 변색되어 있었다.

'이딴 쓰레기가 뭐라고…….' 한주는 기가 찼다.

"그래……. 나도 당신 때문에 미치겠다." 이마를 짚던 한주가 불현 듯 따져 물었다.

"그런데 수년 전에도 백만 원이나 했던 책을 대체 얼마에 구한 건데? 설마 이 폐지를 수백만 원에 사와서 이 난리를 피우는 건 아니겠지?!"

서슬 퍼런 한주의 물음에 은기는 뜨끔했다. 식은땀이 등줄기를 타고 흘러내렸지만 내색하지 않고 답했다.

"미, 미쳤냐, 내가? 용돈은 쥐꼬리만큼 받는데 그럴 돈이 어디 있다고. 다 이 몸의 피나는 검색질과 끈질긴 집념이 결실을 맺은 거지. 오늘 인천에 출장 나갔는데 시간이 좀 남더라고. 그래서 배다리 헌책방 골목에 가봤지. 자기도 알잖아, 드라마 〈도깨비〉에 나왔던 데 말야."

"그래서."

"근 몇 년 만에 가봤는데, 저녁때라 그런지 손님이 없어서인지 책방들이 문을 닫았더라고. 발길을 돌리려는데 딱 한 군데만 문이 열려 있는 거야. 선택의 여지없이 그 책방으로 들어갔어. 책방 이름이 '고서점'인데 정말로 낡고 오래된 책들만 즐비하더라고. 사실 왠지 느낌이 좋았어. 오래된 책들 속에서 보물을 찾을 것 같은 기분이 들었거든. 미닫이문을 열고 책방 안으로 들어서는데 정말 눈이 번쩍 뜨이더라고. 주인 할아버지가 앉은 카운터 뒤 책장에 이《성처녀의 욕망》이 떡하니 꽂혀 있는 거야. 십오 년 동안 찾아온 책을 마침내 마주한 거야. 와. 심장이 쿵쾅거리고 피가 거꾸로 솟는데, 최대한 내색 않고 가격을 물어봤어. 그런데 힐! 완전 대박! 단돈 이만 원이라는 거야. 생각할 것도 없었어. 바로 돈 주고 갖고 나왔지." 은기가 주먹을 불끈 쥐고 목소리를 높였다. "이건 기적이야, 기적!"

한주가 천천히 고개를 저었다.

"참 나. 그 돈으로 치킨을 사왔어 봐. 당신 딸이 맛있게 뜯어나 먹지."

"자기야, 모르는 소리 하지 마. 이건 책테크야 책테크. 내가 구한 '사드' 컬렉션이 얼마에 팔릴 것 같아? 부르는 게 값인 거야. 돈 벌어왔다고 칭찬을 해줘야지."

은기는 자랑스레 어깨를 으쓱 올렸다.

"에휴, 나는 모르겠다. 얼른 저녁 먹고 애나 재워."

혀를 차며 돌아서는 한주를 보며 은기는 조용히 한숨을 쉬었다. 사실 은기의 이야기는 절반이 거짓이었다.

아무것도 모르는 아내에게 진실을 말할 순 없었다.

스산한 바람이 부는 11월.

초저녁인데도 짧아진 일조시간 때문에 금세 땅거미가 내려앉았다.

인천으로 출발할 때부터 배다리 헌책방에 들르기로 마음먹은 은기는 일을 마치고 급히 차를 몰아 배다리로 향했다. 퇴근시간이 겹쳐 도로는 차들로 빽빽했다. 느릿느릿 기어가는 차들과 반대로 조바심이 났다. 한참 만에 헌책방 전용 주차장에 차를 세운 은기는 헐레벌떡 거리를 뛰었다.

"젠장, 늦어버렸네, 쓰읍."

책방들은 내려앉은 어둠 사이로 숨어버렸다.

불 꺼진 책방들을 보며 아쉬운 마음에 주변을 서성였다. 그때 멀리서 어두운 밤거리를 오롯이 밝히고 있는 책방 하나가 눈에 들어왔다. 문을 연 헌책방은 예쁘고 아기자기하게 꾸민 요즘 헌책방들과는 달리, 지난 세월의 흔적을 그대로 간직하고 있었다. 문밖에 수북이 쌓인 빛바랜 책들. 1970~1980년대 잡지들이 은기에게 어서 오라고 손짓했다. 옛 고(古)자를 쓴 '고서점(古書店)'이라는 간판이 딱 어울리는 곳이었다.

행여 이곳도 문을 닫을세라 얼른 안으로 들어갔다.

덜컹거리는 미닫이문을 열자, 희미한 먼지 냄새, 퀴퀴한 곰팡내가 콧속으로 밀려들었다.

'흐음. 그래 이게 진짜 헌책방 냄새지.'

정겹고 그리운, 헌책방에서만 만날 수 있는 책 내음. 어느덧 조급함은 멀어지고 느긋함이 찾아왔다.

"어서 오세요." 문을 닫자 책방 안쪽에서 주인장의 인사말이 들렸다. 맨 안쪽 구석 조그만 계산대 뒤로 흰 수염을 기른 노인의 얼굴이 보였다.

"책 좀 보러 왔습니다. 이곳만 문이 열려 있네요. 금방 보고 가겠습니다."

"괜찮습니다. 천천히 둘러보세요."

주인장의 말에 은기는 출입문 입구부터 천천히 책을 살폈다.

책장 가득 꽂힌 책들로도 모자라 통로 가득 헌책들이 산처럼 쌓여 있었다. 책장 맨 위 칸부터 순서대로 책들을 살폈다. 딱히

12

찾는 책은 없었다. 그저 머릿속에 입력된 희귀 책 목록에 부합되는 제목들을 찾을 뿐. 그렇게 책장을 샅샅이 뒤지는데, 계산대에서 인기척이 들렸다. 노인이 비를 들고 계산대 주변을 쓸었다. 천천히 둘러보라곤 했지만, 가게를 닫을 준비를 하는 듯했다.

그 순간 노인이 앉았던 계산대 뒤쪽에 시선이 꽂혔다. 노인의 등 뒤에 가려져 있던 책장에서 책 한 권이 영롱한 빛을 발하고 있는 것이 아닌가. 바로 은기가 그토록 찾아 헤매던 《성처녀의 욕망》이었다. 열렬히 원하면 언젠가는 이루어진다고 했던가. 유일하게 문을 연 책방에서 때마침 주인이 자리를 비운 책장에서 보물을 만나다니, 이것은 운명이라고 생각했다.

"어, 어르신. 저 책은 얼마인가요?"

은기는 팔을 뻗어 계산대 뒤의 책을 가리키며 조심스레 물었다. 비질을 하던 노인이 고개를 들어 은기의 손가락 끝을 바라봤다. 그러더니 성큼 계산대 안으로 들어가 《성처녀의 욕망》을 가리키며 되물었다.

"이거?"

"네. 어르신. 그 책을 사고 싶은데요."

은기의 말에 노인의 안색이 굳었다.

"이 책은 안 팔아. 여기 있는 책들은 내가 개인적으로 소장하는 책들이야. 미안하게 됐네."

그야말로 단칼에 거절당했다. 노인의 단호한 말에 은기의 손가락은 갈 곳을 잃어버렸다. 민망함에 입안이 바짝 말랐다.

'젠장, 또 놓치는 건가.'

사실 은기는 과거에도 딱 한 번 《성처녀의 욕망》과 인연이
닿은 적이 있었다.

매일 시간이 날 때마다 수시로 인터넷 헌책방에서 《성처녀
의 욕망》을 검색하던 은기의 눈앞에 한순간 매물이 등장했었
다. 책값은 시세의 절반도 안 되는 사십만 원. 고민하다간 늦는
다. 정신을 차려보니 어느새 결제 완료 버튼을 누르고 있었다.
앞뒤 안 가리고 일을 저지른 은기는 그저 무사히 책이 배송되
기만을 바랐다.

하루가 지나고, 이틀이 지났다. 피 말리는 사흘이 지나도 기
다리던 책은 오지 않았다. 나흘이 되었을 때 은기에게 도착한
것은 결제 취소 문자였다. 헌책방 사이트에 기재된 전화번호로
문의를 하니, 분명 책이 있었는데 찾을 수가 없다는 답변이 돌
아왔다. 뻔한 변명이었다. 누군가 직접 책방에 방문해 은기가
구매한 책을 웃돈을 주고 채간 것이리라. 피가 거꾸로 솟는 것
같았지만 어쩔 수 없는 일이었다.

그런데 이젠 실물을 코앞에 두고 단념해야 하는 상황이다.
방법은 없었다. 주인이 팔지 않겠다는데 뭘 어쩌겠는가. 은기는
어깨를 축 늘어뜨린 채, 훑고 있던 책장 앞으로 돌아갔다. 책장
속 책들을 살펴봤지만 더 이상 제목이 눈에 들어오지 않았다.
실망감과 무력감이 전신을 뒤덮었다.

'드르륵' 미닫이문 소리에 은기는 퍼뜩 정신이 들었다. 책방
바닥 비질을 마친 노인이 밖으로 나간 것이다. 노인은 가게 앞
좌판에 진열된 책들을 정리하느라 분주했다. 가게 안에는 은기
뿐이었다.

그 순간 은기 안에서 어두운 욕망이 고개를 들었다.

'하려면 지금뿐이야!'

내면의 은기가 속삭였다.

갈등은 그리 길지 않았다. 은기는 결심했다. 눈앞에서 보물을 놓칠 수는 없는 노릇이었다.

머릿속을 휘젓는 갈등이 사라지자 오히려 마음이 차분해졌다. 은기는 발소리를 죽이고 계산대로 향했다. 바깥을 살피며 조심스레 책을 빼냈다. 검붉은 양장이 은기의 손에 착 감겼다. 손끝에서 시작된 전율이 온몸을 훑고 지났다.

손안의 책은 순식간에 매고 있던 서류 가방 속으로 사라졌다. 노인은 가게 안의 일은 전혀 모른 채 여전히 뒷정리에 여념이 없었다. 죄책감보다는 빨리 이 자리를 벗어나야겠다는 생각뿐이었다. 은기는 출입문 앞에서 한차례 심호흡을 한 뒤 천천히 문을 밀었다. 출입문을 나서는 순간 노인과 눈이 마주쳤다.

"시간도 늦었고 어르신도 들어가셔야 하니 다음에 다시 오겠습니다."

은기의 말에 노인의 주름진 눈이 초승달이 되었다.

"그려. 그려. 다음에 또 찾아오게. 아까 그 책은 내 미안하네."

은기가 강하게 손사래를 쳤다.

"아닙니다. 괜찮아요. 그럼 이만 가보겠습니다."

아무렇지도 않은 척했지만 심장이 터질 것만 같았다.

좌판에 놓인 책들을 마저 정리하는 노인을 뒤로하고 서둘러 걸음을 옮겼다. 한시라도 빨리 어둠 속으로 몸을 숨기고 싶었다. 당장이라도 노인이 뒷덜미를 잡아챌 것 같아 차마 뒤를 돌아볼 수가 없었다.

정신없이 걸음을 옮긴 은기는 어느새 승용차 앞에 다다랐다. 긴장한 탓에 숨이 턱까지 차올랐다. 이마에 식은땀이 흥건했다. 서류 가방을 움켜쥔 손이 가늘게 떨렸다.

수집욕 때문에 도둑질까지 저지르다니. 죄책감과 함께 자괴감이 밀려들었다. 그러나 그것도 잠시, 차량 실내등을 켜고 마침내 입수한 책을 바라보자 뿌듯함이 차올랐다. 헌책 수집가로서의 성취감이 죄책감을 밀어냈다.

은기는 만면에 웃음을 띠고 집으로 돌아갔다.

서재에 홀로 앉은 은기는 홀린 듯 책을 바라봤다.

지나온 세월을 말하듯 속지가 누렇게 갈변해 있었다. 뻣뻣하게 마른 내지는 조금이라도 힘을 주면 바스러질 것 같았다. 오랜 세월 탓에 몹시 낡아 읽을 수 없을 것 같았다. 행여 책이 상할까 조심스레 살피던 은기는 책배에서 작은 얼룩을 발견했다. 점점이 곰팡이처럼 수놓인 작은 얼룩, 핏자국이었다. 헌책을 수집하는 은기에겐 낯익은 얼룩이었다. 헌책을 수집하다 보면 별별 책들을 만나게 된다. 코딱지 때문에 페이지가 서로 달라붙어 있는 책. 범인이라며 추리소설의 등장인물 소개 부분에 밑줄을 그어놓은 책. 중요한 결말이 나오는 페이지가 찢겨나간 책. 그리고 코를 파면서 읽었는지 코피의 혈흔이 묻어 있는 책.

책의 얼룩은 코피 자국과 매우 흡사했다. 다만《성처녀의 욕망》에 묻은 얼룩은 점점이 흩어진 모양으로 보아 뭉친 피가 아니라 비산한 피가 묻은 것 같았다. 피가 묻은 책이라니 기분이 좋지 않았지만, 그렇다고 어렵게 구한 보물을 버릴 생각은 추호도 없었다. 찝찝함을 누르고 '사드' 책들을 위해 마련한 책장 한편에 《성처녀의 욕망》 초판본을 고이 꽂았다.

세상을 다 가진 듯 책을 바라보는 은기와는 달리 그때부터 은기 가족에게 이상한 일들이 일어나기 시작했다.

며칠 뒤 자정에 가까운 시각.

당직 근무였던 은기는 집을 비웠고, 한주 홀로 집을 지키고 있었다. 한주는 일찌감치 딸 지아를 안방에 재운 뒤 거실에서 드라마를 시청했다. 여주를 유혹하는 남주의 멋진 모습에 빠져 TV에 열중했다.

'바스락'

그때 어디선가 들리는 인기척에 한주의 집중이 깨졌다. 뭔가가 바닥을 스치는 듯한 소리였다. 한주는 지아가 잠결에 뒤척이는 것이겠거니 생각하고 다시 TV에 집중했다.

'슥…… 슥……' 이번엔 이불 위를 스치는 소리가 한주의 신경을 거슬렀다.

"지아야 깼어?" 안방을 향해 외쳤지만 돌아오는 대답은 없었다. 한주는 투덜거리며 몸을 일으켰다. 문 닫힌 서재를 지나 반쯤 열린 안방 안을 살폈다. 혼자 자기 무섭다는 지아 때문에 안방 문은 언제나 반쯤 열어두었다. 지아는 어두컴컴한 방안 침대 위에서 세상모르고 잠들어 있었다. '이상하네.' 고개를 갸웃거린 한주는 다시 거실 소파에 앉아 이내 드라마의 세계로 빠져들었다.

"여보. 잠깐 이리 들어와 봐."

"아유, 할 말 있으면 당신이 나와서 해. 나 지금 드라마 보는……."

TV에 집중하느라 신경질적으로 대꾸하던 한주는 더 이상 말을 잇지 못했다. 정수리가 따끔거릴 정도로 소름이 돋고 몸이 돌처럼 굳어버렸다. 고개를 돌릴 수가 없었다. 차마 TV에 고정된 시선을 뗄 수가 없었다.

분명 서재에서 남편의 목소리가 들렸다. 굳게 문이 닫힌 서재 안에서.

잘못 들었다고 여기기엔 너무나 생생했다. 고요한 거실에는 TV 속 남자 주인공의 나긋한 목소리가 흘러나왔다. 이미 드라마 내용은 눈에 들어오지 않았다. 한주는 심호흡을 했다. 정체 모를 목소리의 출처인 서재 안을 확인해야 했다. 소파에서 일어나 머뭇거리며 서재 앞으로 갔다. 떨리는 손으로 방문 손잡이를 그러쥐고 문을 활짝 열어젖혔다.

불 꺼진 서재 안으로 거실 불빛이 비춰 들었다.

역시…… 남편은 없었다.

빼곡한 책장. 컴퓨터 책상. 그리고 텅 빈 의자…….

아무도 없었다. 당연한 방안 풍경. 하지만 당연하지 않았던 남편의 목소리. 뜻 모를 공포감이 엄습했다. 더 이상 드라마를 볼 기분이 나지 않았다. 급히 거실을 정리한 한주는 지아 옆에 누워 잠을 청했다. 한참이 지나도 잠은 오지 않았다. 아니, 잠들 수가 없었다. 귓가에 조금 전 들린 남편의 목소리가 반복되었다.

결국 한주는 뜬눈으로 밤을 새웠다.

"자기가 잘못 들었겠지. 자기 내가 많이 보고 싶었구나? 큭큭."

"아유…… 그게 아니라니까! 정말이지 나 무서워 죽는 줄 알았어."

"그래 그래, 하암…… 일단 나 잠 좀 자고 다시 얘기하자."

은기도 뜬눈으로 밤을 지새우고 아침에야 퇴근했다. 은기가 집에 오자마자 한주는 간밤에 있었던 일을 이야기했다. 그러나 은기는 한주의 말을 대수롭지 않게 여겼다. 그저 단순한 착각으로 치부했다. 한주 역시 그때 일을 떠올리는 것만으로도 기분이 나빴는지 더 이상 언급하지 않았다.

단순한 해프닝인 줄 알았던 은기 가족의 기괴한 경험은 불행히도 여기서 끝이 아니었다.

야근을 밥 먹듯 하던 은기가 모처럼 일찍 퇴근한 날이었다.

오랜만에 가족과 둘러앉아 저녁 식사를 마친 은기는 샤워를 마치고 시원한 맥주 한 캔을 땄다. 아내는 평소와 다름없이 거실에서 드라마 삼매경에 빠져 있었다.

"지아는?"

"안방. 인형놀이."

간단명료한 한주의 대답 속에는 드라마 시청에 방해가 되니 더 이상 떠들지 말라는 의미가 내포돼 있었다.

'매일 똑같은 내용이 반복되는 드라마가 뭐가 그리 좋은 건지……'

은기는 어정쩡하게 선 채 맥주를 들이켰다. 단 세 모금 만에 캔을 비운 은기는 오랜만에 딸과 시간을 보내야겠다고 생각했다. 항상 같이 놀자고 조르는 지아에게 모처럼 점수를 딸 기회였다.

은기는 발소리를 죽이고 살금살금 안방으로 다가갔다.

불 꺼진 안방에서 지아가 재잘재잘 떠드는 소리가 들렸다. 인형으로 상황극 놀이를 즐겨하는 지아는 요즘 들어 부쩍 어두운 방안에서 인형 놀이를 즐겼다. 불 좀 켜고 놀라고 엄마 한주에게 몇 번이나 혼났지만 좀처럼 고쳐지지 않았다. 은기는 그런 지아의 행동을 대수롭지 않게 여겼다. 키득거리는 웃음소리가 방 밖으로 흘러나왔다.

'뭘 하는데 저리 즐거운 거야?' 은기는 웃음을 참고 문 앞에 귀를 쫑긋 세웠다.

"한 번, 두 번, 세 번 찌르고 찌르면 배 속에 내장이 튀어나와. 그 내장을 쭈욱 잡아 빼면 미미는 고통에 차 신음 소리도 못 낼 걸? 킥킥."

"…… 뭐?"

은기는 경악했다. 안방에서 흘러나온 말소리는 가히 충격적이었다.

일곱 살 난 딸아이의 입에서 나올 말이 아니었다. 은기는 급히 방문을 열고 불을 켰다. 어둠에 익숙해 있던 지아가 갑자기 밝아진 불빛에 얼굴을 찌푸렸다. 은기는 지아를 살펴보았다. 지아의 왼손에는 벌거벗은 인형이, 오른손에는 뾰족한 포크가 들려 있었다. 은기는 지아가 들고 있는 인형을 낚아챘다. 벌거벗은 인형의 배에는 포크에 긁힌 자국이 선명했다.

'이제껏 이런 놀이를 하고 있었던 거야?'

은기는 충격에 할 말을 잃었다. 불경한 놀이에 대해 지아를 다그치고 싶었지만 가까스로 참아 냈다.

"아빠. 왜 그래?"

지아가 어리둥절한 표정으로 은기를 쳐다봤다. 지금껏 은기가 알고 있던 순진하고 귀여운 모습이었다. 저 작은 입에서 그런 끔찍한 말이 나왔을 거라곤 도저히 상상할 수 없었다.

은기는 마음을 다잡고 말했다.

"지아야. 아빠가 우연히 지아가 인형 놀이 하는 소리를 들었어. 근데 너무 무서운 말이 들리는 거야. 그런 무서운 말을 어디서 누구한테 들었는지 아빠한테 솔직히 말해줄 수 있을까?"

순간 지아의 얼굴에 당황한 기색이 스쳤다.

"아니야, 아빠. 나 안 그랬어."

지아는 강하게 부정했다. 은기는 다시 침착하게 말했다.

"지아야. 아빠는 거짓말하는 게 세상에서 가장 싫다고 했지? 아빠한테 솔직히 말해봐. 그런 말 알려준 친구가 누구니?"

"아니, 아니야. 난 아니야."

지아는 은기의 눈을 피하며 도리질했다. 차분히 타이르던 은기도 슬슬 화가 치밀었다.

"아빠가 거짓말하지 말랬지! 여기 이 인형 배에 난 상처들은 다 뭐야? 네 손에 들고 있는 포크로 찍어서 그렇게 된 거 아니야? 아빠 눈 보고 똑바로 말해!"

"여보. 무슨 일인데 그래?"

거실까지 새어 나간 은기의 목소리에 한주도 방안으로 들어왔다. 갑작스러운 은기의 호통에 놀란 지아는 눈에 눈물이 가득 고였다.

"어서 바른대로 말 안 해?"

은기가 다그쳐 묻자 지아가 흐느끼며 입을 열었다.

"검은…… 끅. 옷…… 입은 아저씨가…… 알려줬어. 끅끅."

잠자코 듣고 있던 한주가 끼어들었다.

"검은 옷? 검은 옷 입은 아저씨가 누구야? 자세히 말해봐. 지
아야."

이제 지아는 목 놓아 울면서 더듬거렸다.

"끅끅…… 검은 옷을 입었어. 흑, 얼굴도 까맣고 눈은 빨개.
그 아저씨랑 같이 인형 놀이 했어, 흑흑."

이번엔 은기가 물었다.

"그 아저씨를 어디서 봤는데!?"

"어디긴 어디야. 방안에서 봤지. 그 아저씬 밝은 데를 싫어해
서 불을 꺼야지만 온단 말이야. 아빠 미워. 엉엉……."

지아가 목 놓아 울면서 외친 말에 은기와 한주는 얼어붙었다.

"방…… 안이라고? 당신 이게 무슨 말인지 이해돼?"

"잠깐 기다려 봐. 나도 이해하려고 무진장 노력 중이니까."

지아를 재우고 부부는 한참을 이야기했다.

몇 번을 물어도 지아의 대답은 같았다. 검은 옷을 입은 남자
의 정체에 대해서는 아무것도 알아낼 수 없었다. 그저 오 일 전
갑자기 지아를 찾아왔고 남자가 지아에게 온갖 몹쓸 것을 알려
줬다는 것밖에는…….

한참을 말없이 캔 맥주를 마시던 은기가 캔을 구기며 말했다.

"아무래도 애가 유치원에서 과도하게 스트레스를 받나 봐."

"선생님은 아무 말도 없었는데……."

"유치원 친구한테 배운 건 아닐까?"

"내가 지아 친구들을 다 알고 있는데 그런 막나가는 아이는 없어……."

"아니야. 분명 뭔가 있어. 그게 아니고서야 말이 안 돼. 어린이 심리상담도 고려해봐야 할 것 같아."

불쾌하고 미심쩍었지만, 딸의 심리상담 예약을 끝으로 이야기를 마무리했다.

은기는 분노했다. 지아의 일탈도 일탈이지만, 여태껏 딸에 대해 아무것도 모르고 있던 자신에게 화가 났다. 홧김에 주량 이상의 술을 마시고 침대에 누웠지만 잠이 오지 않았다. 밀려오는 생각들로 머리가 아팠다. 가슴이 답답했다. 은기는 자리에서 일어나 아내와 딸 모르게 조용히 방을 나왔다. 행여 발소리에 잠을 깰까 봐 발끝으로 안방 옆 서재로 들어갔다. 잡생각으로 밤을 새우느니 차라리 일을 하는 게 나을 것 같았다. 의자에 앉아 엄지발가락으로 PC 전원 버튼을 눌렀다. 데스크톱의 파란색 LED가 깜빡이며 부팅을 시작했다. 은기는 보고서 파일을 더블클릭했다. 보고서에 집중하는 동안은 잡생각을 떨칠 수 있었다.

시간이 얼마나 지났을까. 모니터에 열중하던 은기는 문득 이상한 느낌이 들었다. 누군가 자신을 지켜보는 듯한 느낌, 미묘한 시선이 등에 꽂히는 느낌이랄까. 등 뒤엔 책장밖에 없다는 사실을 알면서도 온 신경이 등 뒤로 쏠렸다. 뭐라 설명할 수 없는 기분 나쁜 느낌. 눈은 보고서를 보고 있었지만 더 이상 집중

할 수가 없었다.

'쉭! 쉭!' 조용한 방안에 갑자기 기분 나쁜 소리가 들려왔다.

정체 모를 시선에 소음까지……. 몸속 깊은 곳에서 공포심이 치솟았다. 등골에 식은땀이 흘러내렸다.

귓가에 선명하게 반복되는 소리를 더 이상은 모른 척할 수가 없었다.

"참 나. 그냥 보면 될 것을 내가 지금 뭐 하는 거야?"

은기는 애써 아무렇지 않은 듯 고개를 돌렸다.

"히익!!!!"

은기는 그대로 굳어버렸다.

책들이 빼곡히 꽂힌 책장이 있어야 할 자리에 예상 밖의 것이 있었다.

눈동자…… 피처럼 붉게 빛나는 눈동자가 코앞에서 은기를 죽일 듯이 노려보고 있었다.

"누…… 누구……."

은기는 말끝을 흐렸다. 어딘지 낯익은 얼굴이랄까. 덥수룩한 흰 수염, 크게 치뜬 눈, 분노에 일그러진 얼굴. 고서점 헌책방 노인이 얼굴을 바짝 들이밀고 있었던 것이다. 은기와 노인의 얼굴은 불과 수 센티미터 차이. 노인의 눈을 피할 수도, 고개를 돌릴 수도 없었다.

'쉭! 쉭!' 노인의 성난 숨소리가 은기의 얼굴에 와 닿았다.

이것은 꿈인가 현실인가. 아무도 없을 거라 여겼던 만큼 충격은 배가되었다.

"어, 어르신…… 죄…… 죄송합니다. 용서해주세요."

떨어지지 않는 입을 간신히 뗐다. 엉겁결에 용서를 구했지만, 노인의 노기는 풀어질 줄 몰랐다.

"커, 컥컥!"

갑자기 노인이 두 손을 치켜들어 은기의 목을 졸랐다. 노인의 눈은 더욱 붉게 타올랐다. 얼음처럼 차가운 손의 냉기가 은기의 목을 타고 흘러들었다. 차디찬 냉기에 심장이 얼어붙을 것만 같았다.

"내가 이 책은 안 된다고 했잖아, 이놈아! 내 말을 어기고 훔쳐 갔으니 그 대가는 톡톡히 치러야 할 게야. 알겠나? 큭큭큭!"

극심한 공포가 은기의 사고를 마비시켰다. 의자에 앉아 고개만 돌린 채 꼼짝없이 목을 졸렸다. 마른 나뭇가지 같은 노인의 손가락이 점차 은기의 목을 파고들었다. 은기는 더 이상 숨을 쉴 수 없었다. 두 눈에서 흘러나온 눈물이 볼을 타고 흘렀다. 피가 얼굴에 몰려 검붉게 충혈된 눈알이 터질 듯 튀어나왔다.

그런 은기를 보며 노인이 미친 듯이 비웃었다.

"킥킥…… 큭큭큭……."

"컥…… 컥…… 큭…… 윽……."

가슴이 터질 것 같았다. 정신이 혼미해지는 와중에도 노인의 날카로운 웃음소리가 고막을 파고들었다.

"큭큭큭킥킥……."

"여보, 뭐 해? 출근 안 해? 여기서 이렇게 잔 거야?"

한주가 책상에 엎드려 있는 은기를 흔들어 깨웠다.

"으악! 헉. 헉."

"아이고, 깜짝이야. 왜 그래? 악몽이라도 꾼 거야? 책상에 엎드려 자니까 꿈자리가 사납지. 그러게 오밤중에 왜 잠 안 자고 여길 와?"

"아, 아니. 그냥 잠이 안 와서……."

은기는 대충 얼버무리고 서둘러 화장실로 갔다. 세면대에 서서 찬물을 틀었다. 수도꼭지에서 차디찬 물이 쏟아져 나왔다. 은기는 찬물을 얼굴에 연거푸 끼얹었다. 그러고 나니 조금 정신을 차릴 수 있었다.

'꿈이었단 말인가?'

간밤의 일들이 파노라마처럼 흘러갔다. 생각만으로도 오싹했다. 다시 숨이 가빠오고 가슴이 답답해졌다. 은기는 문득 고개를 들고 세면대 거울을 바라보았다. 물방울이 얼굴을 거쳐 목을 타고 흘러내려 티셔츠를 적셨다. "어?" 거울에 비친 자신의 모습에 위화감이 들었다. 은기는 거울에 얼굴을 가까이 대고 자세히 살폈다.

"뭐야. 이 손자국은……." 등골에 소름이 돋았다. 거울 속 은기의 목에 선명한 손자국이 나 있었다. 순간 다리에 힘이 풀렸다. 머리가 빙글빙글 돌았다. 그대로 쓰러질 뻔한 은기는 가까스로 세면대를 붙잡았다. 손에 힘을 꽉 주고 간신히 버텼다.

꿈이 아니었다. 거짓말 같은 현실에 너무나 혼란스러웠다. 그리고 무서웠다.

"이게…… 대체 어떻게 된 일이야……."

괴이한 사건 이후로 은기는 넋이 나가버렸다. 그날 밤의 충격도 충격이지만, 이후로 잠을 이루지 못했다. 매일 밤 끔찍한 악몽에 시달렸고 매번 가위에 눌렸다. 수면 부족이 원인이었을까. 성격이 눈에 띄게 날카로워지고 난폭해졌다. 실없지만 온화했던 은기는 더 이상 없었다. 변해버린 은기 때문에 한주도 지쳐갔고, 지아의 이상행동 역시 계속됐다.

더 이상 은기의 집에서 웃음소리는 들리지 않았다.

그날도 은기는 팀장에게 깨질 대로 깨지고 잔업에 시달리다 아홉 시가 다 돼서야 집에 돌아왔다.

현관문을 열 때부터 짜증이 치밀었다. 집 안 꼴이 말이 아니었다. 거실은 지아의 장난감으로 온통 난장판이었고, 한주는 그런 꼴에도 아랑곳없이 소파에 누워 드라마를 보고 있었다. 지아는 그 난장판 한가운데서 낙서에 열중했다. 아무도 퇴근한 은기에게 눈길 한 번 주지 않았다. 식탁 위에는 따끈한 저녁 대신 언제 먹었는지 모를 음식 찌꺼기가 말라붙은 그릇들이 나뒹굴었다.

가족에게 철저히 무시당하고 있다는 생각이 들었다. 몹시 불쾌했다.

배 속에서 쓴물이 올라왔다. 그 쓴물을 뱉어내고 싶었다. 머릿속에 온갖 끔찍한 상상이 휘몰아쳤다. 욕설이 목구멍까지 차올랐지만 참기로 했다. 싸움을 벌일 힘도 없었다. 너무나 지쳤다. 은기는 말없이 외투를 벗고 서재로 향했다. 그런데 지아를 스쳐 지나가는 찰나 보고야 말았다.

지아가 엎드려 낙서하고 있는 스케치북을.

검은색 크레파스를 든 지아의 손가락을.

백색 도화지를 가득 채운 검은 물결을.

검게 덧칠된 스케치북을 비집고 튀어나올 듯한 번득이는 붉은 눈을.

그리고 철사처럼 비죽이 솟은 하얀 수염을…….

'핑.'

은기 안에서 무언가가 끊어졌다.

붉은 눈을 본 순간 그동안 쌓아뒀던 분노가 일순간에 폭발했다.

"씨발! 아빠가 그딴 그림 그리지 말랬지!"

"꺄아아아악!"

정신을 차려보니 서재 의자에 앉아 있었다.

탁상시계가 자정을 가리켰다. 책상 위에는 《성처녀의 욕망》이 놓여 있었다. 은기는 멍하니 책을 바라보았다. 머릿속에 짙은 안개가 끼어 있는 것 같았다. 왜 서재에 앉아 있는지 기억나지 않았다. 뭔가에 홀린 것 같았다. 아무 생각 없이 책을 바라보던 은기는 전과 다른 이질감을 발견했다. 붉은 양장의 책 표지가 유난히 번들거렸다. 형광등 불빛에 반사된 표지가 유독 붉게 빛났다.

'책 표지가 광택 재질이었나?'

뭔가 이상했다. 은기는 가까이에서 보려고 책에 손을 뻗었다. "으앗!" 순간 온통 붉은 얼룩이 손에 묻어 은기는 깜짝 놀랐다. 책으로 뻗었던 손을 눈앞에 가져갔다. 손바닥을 흥건히 적신 얼룩, 피였다. 이렇게 흠뻑 젖은 피를 보는 건 처음이었다. 은기는 다시 책으로 눈을 돌렸다. 책에서 흘러나온 검붉은 자국, 역시 혈흔이었다. 은기의 손에 묻은 것과 똑같은…….

'무, 무슨 일이 있었던 거야?'

순간 정신을 잃기 전 집 안을 울리던 지아의 비명 소리가 떠올랐다. 그와 동시에 기억의 파편들이 한꺼번에 몰려왔다.

은기는 벌떡 일어나 서재 문을 열어젖혔다. 그리고 자신의 손으로 저지른 끔찍한 결과와 마주했다.

온통 붉게 물든 거실. 깨지고 부러진 집기들. 쓰러진 두 사람.

은기는 천천히 발을 내디뎠다. 무겁고 떨리는 발걸음이 거실 한가운데로 향했다. 은기의 발 앞에 손발이 기괴하게 꺾인 채 피투성이로 쓰러져 있는 지아가 있었다. 꼭 망가져 부러진 인형 같았다. 은기는 차마 아이를 똑바로 보지 못하고 눈을 감았다. 고개를 돌리자 등 한가운데 식칼이 꽂힌 채 쓰러져 있는 아내 한주가 보였다. 현관문을 향해 뻗은 한주의 손은 피 웅덩이에 잠겨 있었다. 너무도 참혹한 광경에 차라리 꿈이길 바랐다. 참을 수 없을 정도로 기분 나쁘고 불쾌한 거지같은 꿈. 그러나 집안을 채운 비릿한 피 내음이 현실을 자각하게 했다.

망연자실한 은기는 피투성이 손으로 자신의 머리를 쥐어뜯었다.

"으아…… 아아아아악!!!"

잔혹하고 끔찍한. 말할 수 없이 처참한 현실에 은기는 목 놓아 절규했다.

'철컥, 촤르르르르.'

오전 열 시. 노인이 헌책방 셔터를 올린 뒤 미닫이문을 열고 책방 안으로 사라졌다. 은기는 맞은편 건물에 몸을 숨기고 그 모습을 지켜봤다. 은기는 피투성이 모습 그대로 차를 몰고 배다리 헌책방에 왔다. 새벽부터 고서점이 열리길, 노인이 나타나길 기다렸다. 입에서 하얀 입김이 연신 뿜어져 나왔다. 은기의 몸이 달달 떨렸다. 추위 때문인지 아니면 그의 몸을 짓누르는 공포 때문인지 알 수가 없었다.

은기는 성큼 다가가 책방 문을 열었다.

"어서 오세요."

은기가 처음 고서점을 찾았을 때처럼 노인은 계산대에 앉아 고개도 들지 않고 인사했다. 악몽 속에서, 환상 속에서 지겹도록 보아온 노인을 실제로 눈앞에서 보자 두려움과 분노가 동시에 일어났다. 은기는 노인을 노려보며 계산대로 다가갔다.

답인사 없이 가만히 서 있는 남자가 이상했는지, 그제야 노인은 고개를 들어 앞에 선 남자를 바라보았다. 남자의 꼴이 말이 아니었다.

노인은 침을 꿀꺽 삼킨 뒤 어렵게 입을 뗐다.

"뉘…… 뉘쇼?"

한참 동안 노인을 빤히 내려다보던 은기가 품안에서 책 한 권을 꺼냈다.

"난 기억 못 해도 이 책은 기억하겠지."

은기가 꺼낸 책을 보자 노인의 동공이 커졌다. 그러나 놀람도 잠시, 이내 노인의 입가가 기묘하게 뒤틀렸다.

"꼴을 보아하니 자네도 당했구먼. 내가 그 책을 팔지 않는다고 했을 때는 그만한 이유가 있다는 걸 왜 모르나. 쯧쯧."

"그게 무슨 말인지 당장 설명하지 않으면 내 기필코 당신을 죽여 버리겠어!"

은기의 말에 노인은 고개를 천천히 흔들었다. 이미 늦었다는 듯이…….

"물건이 오래되면 거기에 혼이 깃든다는 걸 아나? 특히 여러 사람의 손을 탄 이 헌책 같은 경우는 조금 특별하다네. 헌책을 원하는 자들의 열망, 책을 손에 넣지 못한 자들의 시기와 원망, 책을 가진 자의 불안……. 그 모든 감정이 책에 고스란히 쌓인다네. 그렇게 십 년이 지나고 이십 년이 지나다 보면 책에 뭔가가 씌는 것이야. 이 책이 몇 사람의 피를 뒤집어썼는지 자네는 아는가? 저주받은 이 책 때문에 말이야! 꼴을 보니 자네도 이 저주받은 책 때문에 돌이킬 수 없는 길을 떠났구먼. 뭐, 자업자득 아니겠는가? 훔친 책으로 저주를 받았으니 누구를 원망하겠는가. 원망하려면 자신을 원망해야지……. 쯧쯧쯧."

이죽거리는 노인을 보자 은기는 전신이 감전된 듯 저릿했다. 책을 든 손이 미친 듯이 떨려왔다. 손이 떨리는 것인지 책이 스스로 떠는 것인지 혼란스러웠다.

"그래서 모든 게 내 탓이라고?"

노인의 말을 수용할 수도 이해할 수도 없었다. 꼴같잖은 말을 떠드는 노인을 가만둘 수 없었다.

모든 일의 원흉은 바로 노인이었다.

'죽여.'

'죽여.'

'죽여.'

은기의 귀에 살인을 속삭이는 목소리는 누구의 목소리인가.

은기의 내면일까?《성처녀의 욕망》에 씐 악령일까? 무엇이든 상관없었다. 은기는 마음의 소리에 따르기로 결정했다.

'그래. 그렇게 피를 원한다면 마음껏 보게 해주지.' 은기는 책을 쥔 손을 높이 쳐들었다. 두툼한 양장본, 두꺼운 하드커버의 책을 노인을 향해 힘껏 내리쳤다.

'퍽!'

안면에 불시의 일격을 맞은 노인은 속절없이 계산대 아래로 쓰러졌다. 은기는 쓰러진 노인 위에 재빨리 올라타 얼굴을 감싼 노인의 손을 떼어 냈다. 그리고 책을 다시 하늘을 향해 쳐들었다. 이번에는 두 손으로 책을 꽉 붙잡고 노인의 얼굴을 가차 없이 가격했다.

'퍽! 퍽! 퍽! 퍽!'

한 번, 두 번, 세 번, 네 번. 노인의 얼굴을 내리쳤다.

횟수가 더해갈수록 노인의 얼굴은 젤리처럼 말랑해졌다. 한 방에 코뼈가 주저앉고, 두 방에 이빨이 부러지고, 세 방에 안구가 터지고, 네 방에 광대뼈가 함몰됐다.

노인의 얼굴은 퉁퉁 부어올라 알아볼 수 없을 정도였다. 노인의 손발이 책방을 울리는 둔탁한 소리에 맞춰 들썩였다.

'찌걱! 찌걱! 찌걱! 찌걱!'

어느새 얼굴이라 부를 수 없게 된 핏덩이에서 질척한 소리가 났다.

물기를 흠뻑 머금은 고기를 짓뭉개는 소리. 책이 얼굴에 꽂힐 때마다 피가 사방으로 튀었다. 노인의 얼굴이 터지면서 튄 파편들과 시뻘건 피로 바닥은 온통 얼룩졌다. 은기도 노인의 피를 흠뻑 뒤집어썼다. 부릅뜬 은기의 눈이 붉게 물들었다. 눈의 실핏줄이 모두 터져 버렸다. 새빨간 눈동자에 지독한 광기가 서렸다.

지아의 그림 속 검은 남자의 붉은 눈과 똑같았다.

노인의 숨이 이미 끊어졌지만, 은기의 손은 멈출 줄 몰랐다.

'처음 책을 가져왔을 때 본 핏자국이 바로 이런 거였나?'

계속되는 방아질 속에 어느새 은기의 입가에 희미한 미소가 어렸다.

'찌걱, 찌걱, 찌걱…….'

정적을 깨는 잔혹한 소음이 끝도 없이 헌책방에 메아리쳤다.

은기는 헌책방을 찾은 손님의 신고로 현장에서 체포됐다.

경찰이 들이닥친 순간에도 방아질은 계속되었다고 했다. 은기는 1급 살인으로 기소됐지만 정신감정을 통해 정신이상으로 판명됐고 정신병원에 수감됐다. 아마도 평생 정신병원에서 나갈 수 없을 거라는 것이 담당의 소견이었다.

그로부터 한 달 뒤, 은기는 병원에서 목을 매달아 자살했다.

한 가지 이해할 수 없는 건 살인에 쓰인 도구 《성처녀의 욕망》이 감쪽같이 사라진 것이다. 책의 희귀성을 알고 있는 자가 훔친 것인지, 책이 스스로 다음 제물을 찾아 나선 것인지는 아무도 몰랐다.

은기의 가족에게 벌어진 참사가 책에 씐 악귀의 소행인지, 책을 원하는 애서광의 광기에서 비롯된 것인지도 아무도 알 수 없었다.

2

Low Spirit

오늘도 악마 부장이 불러 세워 놓고 일장연설을 시작했다.

"이 과장. 이번 달도 최악의 실적으로 마무리 할 셈인가? 이 딴 식으로 일해 놓고 매달 꼬박꼬박 월급 받는 게 미안하지도 않느냔 말일세."

젠장맞을. 부하직원들 앞에서 또 개지랄이구나.

이 과장은 속마음이야 어떻든 짐짓 송구스러운 표정으로 사과했다.

"죄, 죄송합니다. 코로나다 뭐다 마음처럼 되지가 않아서요."

이 과장의 말에 부장의 이마에 핏대가 솟았다.

"또! 또! 코로나 타령! 자네만 코로나야? 자네 부하들은? 박 대리를 좀 봐. 이번 달도 목표치를 경신했다고. 박 대리는 코로 나가 아니라서 실적을 채워오는 줄 알아? 다 마음먹기에 달린 거 아냐? 이 과장. 자네는 마음가짐이 틀려먹었어. 그걸 아직도 모르겠나?"

코로나 타령은 필요 없다는 듯 부장은 마스크도 쓰지 않은 채 이 과장을 향해 침방울을 튀겨 댔다.

아아……. 또 박 대리. 이런 망할. 박 대리는 대체 무슨 수로 팔아 재끼는 건지 모르겠다. 정말로 박 대리 바짓가랑이라도 붙들고 전략을 배워오고 싶은 심정이었다.

천장에 달린 시스템 에어컨 바로 아래임에도 불구하고 이 과장의 이마에서는 땀이 비 오듯 흘러내렸다. 이 과장은 셔츠 소매로 이마를 닦아내며 연신 굽실거렸다.

"다음 달에는 열심히 뛰어서 꼭 실적을 채워놓겠습니다. 정말 죄송합……."

이 과장의 말이 끝나기도 전에 부장의 불호령이 떨어졌다.

"다음 달? 아직 이번 달이 끝나려면 이틀이나 남았는데 다음 달이라고? 내가 이 과장 정신상태가 틀려먹었다고 누누이 말했지. 당장 뛰어나가서 실적 채우지 못해? 실적 못 채우면 다음 달부터는 회사 나올 생각도 하지 마! 알겠어?"

부장의 호통소리가 사무실을 떠나갈 듯 울려 퍼졌다.

망연히 돌아서는 이 과장의 눈을 동료 직원들은 의식적으로 피했다. 하지만 그들이 이 과장을 어떻게 생각할지는 굳이 보지 않아도 알 수 있을 것 같았다. 실로 참담한 심정이었다. 이름만 대면 누구나 알만한 'H' 자동차 브랜드의 영업직으로 입사한 지 8년이 지났다. 처음 입사했을 때만 해도 이렇게 실적에 목을 매게 될 줄은 꿈에도 생각지 못했다. 하지만 회사는, 아니 세상은 냉혹했다. 실적 위주의 사회에서 한 번 추락한 패배자는 그대로 도태되고 마는 약육강식의 세계.

이 과장은 그 시스템에서 도태된 패배자에 불과했다.

도망치듯 회사에서 쫓겨나온 이 과장은 하염없이 거리를 헤맸다. 코로나 때문에 대면 영업은 모두가 기피했다. 가뜩이나 장사도 안 되는 상가를 무턱대고 들어갈 수도 없었다. 작열하는 8월의 태양에 셔츠가 땀에 흠뻑 젖었다. 젖은 셔츠가 등에 달라붙어 마냥 불쾌했다. KF94 마스크 안으로 코와 인중에서 흘러내린 땀이 마스크를 흠뻑 적셨다. 땀에 젖은 마스크 때문일까, 실적에 대한 압박감 때문일까. 이 과장은 점점 숨이 가빠왔다. 급기야 호흡에 곤란이 오고 세상이 빙글빙글 돌았다. 현기증에 비틀대는 이 과장을 사람들은 무심하게 지나쳤다. 이대로는 길바닥에 쓰러져 죽을 것만 같았다.

이런 게 공황발작이라는 건가. 도와줘. 누군가 날 좀 도와줘.

이 과장의 외침은 마스크 안에서만 맴돌았다. 그때 비틀거리던 이 과장의 눈에 약국이 들어왔다.

이 과장은 휘청이는 몸을 힘겹게 가누며 약국 유리문을 열었다.

"어서오…… 손, 손님 괜찮으세요?"

인사를 하던 약사의 목소리가 다급해졌다.

이 과장은 약국 카운터에 몸을 기대고 한숨을 토하듯 말했다.

"숨…… 숨이 막히고 쓰, 쓰러질 것 같아요."

약사는 이 과장의 상태가 심상치 않음을 직감했다. 약사는 침착하게 말했다.

"자. 천천히 아주 천천히 심호흡 하세요. 들이쉬고. 내쉬세요.

흐으으읍 하.”

이 과장은 약사의 지시에 따라 심호흡을 했다. 다행히 얼마 안 가 정말로 가쁜 호흡이 진정되는 듯했다.

“흐으으읍…… 하아아아아…… 하아아아아.”

가슴에 올린 손이 호흡에 따라 오르내렸다. 호흡이 진정되자 어지러움도 빠르게 나아졌다.

“자, 여기, 이 드링크 드세요.”

약사가 내민 손에는 뚜껑을 딴 피로회복제 드링크가 들려 있었다. 이 과장은 약사에게 드링크를 받아 천천히 마셨다. 말라 있던 목구멍으로 차가운 음료가 흘러들어 갔다. 흐릿했던 정신이 번쩍 드는 것 같았다.

어느 정도 안정을 되찾은 이 과장이 말했다.

“감사합니다. 정말 죽는 줄 알았는데 덕분에 간신히 살았습니다.”

“괜찮습니다. 저희 약국으로 들어오셔서 천만다행입니다.”

한숨 돌린 이 과장은 그제야 약사를, 약국 내부를 살필 여유가 생겼다. 얇은 은색 테의 안경을 쓴 약사는 마스크로 얼굴 절반을 가렸지만 눈빛만으로 말로는 설명할 수 없는 신비한 느낌을 선사했다. 약국 역시 이 과장이 알고 있던 일반적인 약국의 모습이 아니었다. 약국 한편으로 약국과는 어울리지 않는 책장들이 벽면 가득 들어서 있었다. 기다리는 손님들을 위한 책장이라기엔 그 크기나 장서량이 과해 보였다.

“아, 관심 있으시면 가까이서 보셔도 됩니다.”

이 과장의 시선을 알아챈 약사가 친절하게 말했다.

뭘 보라는 말인가. 자기가 모아 놓은 책들을 구경하라는 말인가.

이 과장은 마지못해 책장 앞으로 다가갔다. 책장에는 다양한 책들이 꽂혀 있었는데 모두 사람 손을 타지 않은 새 책으로 보였다.

뭐지. 읽은 흔적이 전혀 없는데……. 이 책들 판매하는 책인가.

그중 유독 책장 한 칸 전체를 가득 채운 책이 눈에 띄었다.

"이제 막 독립한 이야기. 우연한 사랑, 필연적 죽음?"

이 과장이 무심코 책 제목을 소리 내 읽자 약사가 재빨리 대답했다.

"그 책 정말 좋습니다. 제가 강력 추천하는 책이에요. 하하."

갑자기 실없이 웃는 약사의 말에 이 과장은 홀린 듯 책을 훑어봤다. 무심코 펴든 페이지를 읽어 봤는데 하필 웬 남자가 노인의 얼굴을 책으로 찍어 죽이는 장면이 튀어나왔다. 게다가 잔혹하고 엽기적인 묘사가 마냥 불쾌하게 다가왔다.

쓰쿠모가미? 사드에 엽기부족? 뭐지, 이 정신병자는. 이게 좋은 건가. 이런 걸 추천한다는 거야?

탁! 이 과장은 엉겁결에 너무 세게 책을 덮었다. 순간 여전히 이 과장을 지켜보고 있는 약사의 눈길이 느껴졌다.

"하하하……. 말씀대로 정말 좋은 책이네요."

미소 짓는 이 과장의 말과는 다르게 손에 든 책은 원래 있던 자리에 꽂혔다.

'지금 어디서 뭘 하고 있는 거야! 실적 안 채워, 실적!'

불현듯 이 과장의 뇌리에 도깨비 같은 얼굴의 부장이 떠올랐다.

아……. 망할 놈의 실적. 지금 이러고 있을 때가 아니다.

이 과장은 카운터로 가서 주섬주섬 주머니를 뒤졌다.

"아까 드링크 얼마죠?"

"벌써 가시게요?"

"네?"

약사의 뜬금없는 말에 이 과장은 고개를 들고 약사를 바라봤다. 이 과장과 약사의 눈이 마주쳤다. 뒤이어 마스크 안으로 약사의 차분한 목소리가 흘러 나왔다.

"들어오실 때부터 안색이 너무 안 좋았어요. 지금도 연신 식은땀을 흘리네요. 동공이 흔들리고 약하게 손을 떠는 걸 보니 잘은 모르겠지만 몸보다는 마음에 큰 부담을 지고 계신 것 같은데요. 제 말이 맞나요?"

모든 것을 꿰뚫어 보는 약사의 날카로운 말에 이 과장은 흠칫 놀랐다. 하지만 겉으로 내색하지 않고 에둘러 얼버무렸다.

"네. 요즘 샐러리맨들이 다 그렇죠. 뭐. 저만 그렇겠습니까. 하하."

실없이 웃는 이 과장을 약사는 빤히 쳐다봤다.

뭔가 느낌이 쎄 하다. 건강식품이라도 팔려고 밑밥을 까는 건가.

이 과장은 서둘러 주머니에서 꼬깃한 천 원을 꺼내 카운터에 올려놨다. 그때 약사가 카운터 서랍을 열고 약봉지 하나를 이 과장 앞에 내놓았다. 이 과장은 카운터 위에 놓인 반으로 접힌 천 원짜리 지폐와 약봉지를 번갈아 봤다.

"이, 이게 뭐죠?"

불신에 가득 찬 이 과장의 물음에 약사가 대답했다.

"쳇바퀴 돌 듯 돌아가는 바쁜 일상 속에서 한 번쯤 푹 쉬고 싶다는 생각 해 보신 적 없으신가요?"

이게 무슨 개풀 뜯어먹는 소리인가…….

"물론 있죠. 할 수만 있다면 쉬고 싶은데 여건이 안 되니까 이렇게 개처럼 뛰면서 사는 거 아니겠습니까? 하아."

한숨과 함께 축 처진 이 과장의 어깨가 더욱 더 땅으로 꺼졌다.

"제가 장담하는데 이 알약이 손님의 피로감을 한번에 날려드릴 겁니다. 컨디션이 너무 안 좋은 것 같아 제가 특별히 그냥 드릴게요. 한 번 드셔보세요."

"아니, 괜찮습…… 네? 그냥 주신다고요?"

손사래를 치며 거부하려던 이 과장은 약사의 공짜라는 말에 급히 손을 거둬들였다. 이 과장은 바로 카운터 위의 약봉지를 집어 들었다.

불투명한 약봉지 안에는 캡슐형 알약 한 알이 들어있었다.

뭐지? 그냥 믿고 먹어도 되는 건가.

"자, 여기 물이요."

약사는 고민하는 이 과장에게 어느새 종이컵에 담긴 물을 건넸다.

"아……. 네, 네. 감사합니다."

이렇게 된 마당에 그냥 먹어나 보자. 뭐 죽기야 하겠는가.

약봉지를 찢고 손바닥에 털자 붉은 알약이 떨어졌다.

투명 캡슐 안을 가득 채운 붉은 알갱이들. 마치 핏방울을 모아 넣은 듯 강렬한 색감에 이 과장은 침을 꿀꺽 삼켰다. 알약 겉면에는 검정색으로 'Low Spirit'이라는 영어가 쓰여 있었다.

Low Spirit? 이게 이 약의 이름인가? 막상 이름을 보니 약이 더욱 수상해 보였다.

약사는 말없이 조용히 이 과장을 응시했다. 안경 뒤의 눈빛이 기이하게 빛났다.

문득 약사의 뒤에 걸려 있는 벽시계 시침이 오후 2시를 가리키고 있었다. 야단났다. 더 이상 지체할 시간이 없었다.

에라 모르겠다.

이 과장은 약사의 시선에 못 이겨 알약을 입에 털어 넣고 물을 삼켰다. 커다란 알약이 식도를 지나 위장을 긁고 내려가는 것이 느껴졌다. 슬쩍 약사를 쳐다보니 그제야 약사의 눈꼬리가 올라갔다.

잠시 후. 잔뜩 긴장한 것과는 달리 별일은 일어나지 않았다.

역시 그냥 피로회복제 같은 거겠지. 대체 뭘 기대했던 건가, 조금 허탈했다.

"약 잘 먹었습니다. 여기 천 원은 드링크 값이에요. 그럼 안녕히 계세요."

흔쾌히 돌아서 약국을 나가려던 이 과장의 심장이 갑자기 덜컥 내려앉았다.

이 과장은 뭔가 심상치 않음을 직감했다. 급하게 몸을 돌려 약사를 바라봤지만 약사는 여전히 말없이 이 과장을 응시했다.

"컥!"

뭔가, 뭔가 잘못됐다. 심장이 미친 듯 날뛰기 시작했다. 다리에 힘이 풀려 더 이상 서 있을 수가 없었다. 가까스로 출입문 옆 의자에 앉은 이 과장은 심장을 움켜쥐었다.

"컥! 커억!"

뱃속의 위장이 입 밖으로 쏟아져 나올 듯 모든 내장들이 울렁거렸다. 심장은 끝을 모르고 질주하듯 고동쳤다. 귓속으로 소름 돋는 이명이 가득 찼다. 약국이 또다시 빙글빙글 돌았다. 정신없이 돌아가는 약국 안에서 마스크를 벗은 약사의 기괴한 웃음이 이 과장의 눈에 뱅글뱅글 돌아갔다.

"히히히히히힛!"

"히히히히이이이이이히힛!"

"히이이이이이히히히이이이이이이히힛!"

"으으으으…… 아아아아악!"

이 과장은 힘겹게 붙들고 있던 정신의 끈을 한순간 놓아 버렸다.

"흐으으읍 하아아아아!"

참았던 숨을 토해내며 이 과장은 정신을 차렸다. 등으로 딱딱한 플라스틱 의자가 느껴졌다. 눈앞에는 여전히 약사가 서 있었다. 다만 정신을 잃기 전 기이한 웃음을 흘리던 것과는 달리 마스크로 얼굴을 가리고 있었다.

스스로 가슴과 머리를 짚으며 상태를 체크했으나 이상은 없었다.

휴, 다행이다. 얼마나 정신을 잃었던 건가.

문득 벽시계를 보니 2시 5분이 지나고 있었다.

5분? 겨우 5분밖에 안 지났다고?

그때 약사의 나긋한 목소리가 들려왔다.

"어떠셨어요? 뭔가 스트레스가 풀리고 여유가 생기지 않으세요?"

약사의 말에 꿈속의 일이 주마등처럼 스쳐 지나갔다.

햇살이 내리쬐는 따뜻한 남국에서 꿈에 그리던 여성과 함께 휴가를 보냈던 꿈. 돈이나 실적 따위는 잊은 채 그녀와 보낸 1년간의 시간은 너무나 행복하고 달콤했다.

아니, 꿈이라기엔 너무나 생생했다. 지금도 그녀와 보낸 하루하루가 모두 기억났다. 내가 보낸 1년간의 시간은 현실의 1년처럼 너무나 생생한데 이게 불과 5분 동안의 꿈이라고?

이 과장은 도저히 믿을 수 없었다. 하지만 이 과장이 누린 1년간의 휴양은 분명 이 과장의 지친 심신을 충전시켜 주었다. 몸은 깃털처럼 가벼웠고 기분은 날아갈 것만 같았다. 어느새 자신감과 의욕이 샘솟았다. 이게 전부 약의 효과라고?

믿을 수 없지만 그랬다. Low Spirit의 효과라고밖에는 볼 수 없었다.

이 과장은 믿기지 않는 표정으로 물었다.

"이, 이 약 대체 뭐죠?"

약사는 여유롭게 답했다.

"제가 말씀 드렸죠? 피로감을 날려 버린다고요. 하하핫."

약사의 웃음에 이 과장의 등 뒤로 식은땀이 흘렀다.

이건 진짜 대박이다.

이 과장은 서둘러 지갑 속 신용카드를 들이밀며 말했다.

"약, 약을 좀 더 사고 싶습니다."

Low Spirit 다섯 캡슐을 5만 원에 산 이 과장은 가벼운 발걸음으로 약국을 빠져나왔다. 좀 더 구매하고 싶었지만 카드기기에 이상이 생겨 가지고 있던 현금 5만 원으로 산 다섯 알에 만족해야 했다.

"어, 어디 갔지? 분명 여기에 넣었는데……."

한참 후, 버스 정류장에 서 있던 이 과장은 바지 주머니에 넣었던 알약이 사라졌다는 걸 깨달았다. 주머니 안감을 밖으로 뒤집어 빼냈음에도 있어야 할 약은 없었다. 이 과장은 귀신에 홀린 것 같았다. 아무래도 휴대폰을 꺼낼 때 약을 흘린 것 같았다.

"푸른 약국이었지…… 아마……."

정신없이 들른 약국이라 상호명도 제대로 보지 않은 자신을 책망했다. 이 과장은 천천히 온 길을 되짚어 푸른 약국을 찾아 갔다.

하지만 있어야 할 약국은 온데간데없었다.

"분명 여기가 맞는데……."

귀신이 곡할 노릇이었다. 주변 상가는 그대로인데 약국이 있어야 할 자리에 정작 약국이 없었다. 상가와 상가 사이 텅 빈 공터만이 이 과장을 맞이했다.

"하아……. 젠장. 정말 미치겠네. 귀신에 홀렸나?"

도무지 이해할 수 없었지만 이 과장이 경험한 약의 효능은

기필코 현실이었다.

그로부터 세 달 뒤.

- 단 한 알로 당신의 피로를 말끔히 날려드립니다!
- 한 알로 느끼는 1년의 여유. 삶에 지치셨습니까? Low Spirit이 책임져 드립니다!
- 당신의 정신 피로회복제, Low Spirit

처음에는 인터넷에 떠도는 흔한 불법 환각성 약물로만 여겨졌다.

대부분의 사람들은 Low Spirit의 효능을 약에 첨가된 마약 성분에서 비롯된 환각 때문이라 생각했다. 하지만 약을 복용한 사람들이 인터넷에 올린 생생한 후기들과 Low Spirit의 성분을 분석하여 카피한 카피 약제들의 범람으로 Low Spirit. 일명 로스는 순식간에 사람들의 입소문을 타고 대유행이 되었다.

약을 복용한 사람들은 단 5분 동안 현실과 같은 1년의 휴식과 휴양을 즐겼다. 약의 성분이 인간의 뇌에 미치는 정확한 메커니즘은 아직 연구된 바 없지만 약을 통해 경험한 정신적 휴식은 현실로 되돌아온 사람들에게 생활의 의욕과 위안을 안겨줬다.

로스를 복용한 사람들이 꾸는 꿈의 내용은 각기 달랐지만 대부분 그들의 잠재의식 속에서 원하던 장소와 사람들과 함께 현실에서는 누릴 수 없는 행복한 시간을 보내는 것으로 알려졌다.

5분간의 정신 피로회복제.

로스의 등장은 사람들의 일상을 완전히 뒤바꿔 놓았다.

대중들은 언제, 어디서나 정신을 잃고 곯아떨어진 사람들을 대수롭지 않게 여기게 되었다. 물론 길바닥에 널브러진 사람들은 로스를 복용하고 5분, 아니 1년간의 휴식을 취하는 사람들이었다.

로스의 유행에 따라 산업에 미치는 영향도 막대해졌다.

이제 사람들은 굳이 지겨운 교통체증을 뚫고 인파들로 북적이는 휴양지에서 바가지요금을 내 가며 휴가를 가지 않았다. 단 한 알. 5분의 시간이면 꿈에 그리던 휴양지에서 남부럽지 않은 프라이빗한 여가를 즐길 수 있었다. 그 결과 여행업계와 항공업계는 적자에 시달리며 초토화되었다. 이들 업체들은 정부에 향정신성 의약품인 로스의 남용을 막아달라는 청원을 넣었지만 정부의 태도는 단호했다.

첫째, 환각작용이 뇌에 미치는 작용기전은 파악하지 못했으나 신체에 악영향을 주는 부작용은 찾을 수 없었다. 둘째, 로스를 기호식품인 담배처럼 정부의 통제 하에 두고 이익을 꾀하려던 계획을 가진 일부 정치인들이 이들 업체의 청원을 묵살했다.

결국 로스는 점조직으로 구성된 불법유통에서 국가가 배급하는 합법적인 유통망으로 더 널리 퍼져 나갔다. 먼저 시장을 선점하고 있던 불법 조직을 국가가 어떻게 회유했는지 혹은 괴멸시켰는지의 여부는 몰랐다. 다만 국가의 막강한 지원 아래

국책사업으로 선정된 로스 보급은 날개를 달아 휴대폰도 터지지 않는 벽오지까지 퍼지게 되었다. 더욱이 기호식품으로 취급되어 남녀노소 가릴 것 없이 모두의 손을 타게 되었다. 단돈 만 원이면 자판기에서 로스를 만날 수 있으니 어른뿐만 아니라 유소년 아이들까지 로스를 어렵지 않게 구할 수 있었다.

1년도 지나지 않아 로스를 복용하고 길바닥에 쓰러져 꿈의 나라를 헤엄치는 아이들을 흔하게 볼 수 있게 되었다. 초중고 선생님들은 학생들의 음주나 흡연 단속이 아닌 로스 단속을 벌이기 위해 혈안이 되는 지경에 이르렀다.

코로나로 인한 팬데믹 상황에서도 로스의 대유행은 꺾이지 않았다. 바이러스의 공포로 집안에만 머물던 사람들에게 로스는 실로 꿈같은 휴식처였다. 코로나 바이러스의 전파 속도보다 로스의 전염력이 더 빠르다는 우스갯소리가 나올 정도였다.

하지만 지나침은 모자람만 못한 것. 로스 대유행에 이어 로스 오남용으로 인한 부작용 사례들이 속속들이 나타나기 시작했다. 로스를 복용하고 길바닥에서 정신을 잃은 사람들이 달려오는 차를 피하지 못해 사망하는 사망사고가 늘어났다. 로스 복용으로 인사불성이 된 사람들의 화재사고, 강도, 강간, 살인 사건 등 의식이 없는 복용자들을 노린 강력범죄가 기하급수적으로 증가했다.

문제는 그뿐만이 아니었다.

국가에서 기호식품으로 판매하는 만큼 어느 정도의 안정성은 입증됐다지만 그것은 적정량을 복용했을 때의 연구결과일 뿐. 수십 년이 지나 인체에 어떠한 영향을 미치는지는 아무도 알 수 없었다.

첫 로스 오남용 사례는 자신의 처지를 비관하여 로스로 자살을 시도한 청년으로 기록되어 있다.

26세 김필식은 지방 전문대를 졸업하고 서울로 올라오지만 연이은 구직 실패로 좌절한다. 월세 방값이라도 벌기 위해 공사판을 전전한 김필식은 결국 앞이 보이지 않는 인생을 비관하여 자신의 방에서 소주 한 병과 로스 20알을 한꺼번에 털어 넣고 눈을 감는다.

최초 발견자는 김필식이 살던 월셋방 주인 박옥자였다. 밀린 월세를 받기 위해 김필식을 찾은 박옥자는 문 밖에서 김필식을 불렀으나 아무리 불러도 반응이 없자 현관문을 따고 방 안을 둘러봤다고 증언했다. 그리고 방안에서 잠든 듯 누워있는 김필식을 발견했다.

박옥자의 증언으로는 김필식은 아무런 문제없이 잠든듯 보였다고 한다. 그러나 아무리 깨우려 해도 미동조차 없었고 주변에 떨어져 있는 다수의 로스 약봉지를 보고 119에 신고한 것이다. 출동을 나온 119 구급요원들은 김필식을 인근 대학병원으로 옮겼고, 그곳에서 그의 정밀 뇌파검사를 마친 전문의는 이렇게 결론지었다.

"김필식 씨는 절대로 깨지 않는 끝없는 수면의 세계로 빠졌습니다."

김필식의 뇌에서 수면 시 나오는 알파파와 델타파가 기준치를 훨씬 웃돌아 측정된 것이다.

하지만 신체에 어떠한 자극을 주어도 그의 정신은 현실로 돌아오지 않았다. 이론적으로 20알의 로스라면 100분, 즉 1시간 40분 뒤에는 깨어나야 했다. 하지만 김필식은 수십 시간이 지나도 깨어나지 않았다. 아니, 수년의 시간이 흘렀음에도 김필식의 꿈은 계속됐다. 자살 시도 후 4년이 지난 뒤에야 법원의 합법적 절차에 따라 그는 사망 판정을 받았다. 판정 이후 병원에서는 불필요한 연명치료를 중단했고, 김필식은 몇 시간 만에 숨이 끊어졌다. 로스로 인한 합법적인 첫 안락사 판정이었다. 오프더 레코드이지만 김필식의 시신을 본 병원 관계자들은 경악했다고 한다. 피골이 상접해 해골 같은 시신의 만면에 미소가 한가득 떠올라 있었기 때문이었다.

정부는 김필식의 자살에 대해 긴급히 보도 통제를 걸고 세상 밖으로 말이 새 나가지 않도록 노력했다. 하지만 결국 사람의 가벼운 혀를 막을 수는 없었다. 소문은 사람들의 입을 거치면서 풍선처럼 부풀어 급기야 로스를 다량 복용하면 고통 없이 영겁의 시간을 살다 죽음에 이를 수 있다는 식으로 변질됐다. 더 이상 지옥 같은 현실에 얽매일 필요가 없어진 사람들은 이 소문에 열광했다.

이른바 로스 헤븐.

전 세계를 휩쓴 끔찍한 연쇄 자살 유행의 시작이었다. 자살률 1위에 빛나는 한국은 그 상황이 더욱 심각했다.

혼자서는 죽을 수 없다며 캡슐 안에 든 로스 가루를 음료수에 타 사람들과 나눠 마시고 혼수상태에 빠지는 집단 로스 헤븐 사건이 벌어지는가 하면, 배우자를 잠재우기 위해 다량의 로스를 음식에 섞어 먹이는 사건들이 비일비재하게 일어났다.

새롭게 발생하는 신종 사건으로 경찰은 갈피를 잡지 못했고 얼마 안 가 로스 사건에 한하여 공권력이 상실되는 지경에 이르렀다.

혼란은 여기에서 그치지 않았다. 로스 헤븐으로 말미암아 전국적인 소요사태가 일어났다. 사람들은 마음대로 범죄를 저지르고 내키는 대로 약탈했다. 경찰에 체포되기 직전 농축 로스를 삼키면 그만이었다.

걷잡을 수 없는 속도로 사회가 마비됐고, 국가는 기능을 상실한 채 붕괴됐다. 대중들은 연일 로스파와 반로스파로 나뉘어 유혈 시위를 벌였다. 정부는 뒤늦게 로스의 공급을 중단하려 했지만 이미 때는 늦어버렸다.

길바닥에는 로스로 인한 자살자들과 유혈사태 사망자들의 시신으로 가득 찼다. 공급량이 줄어든 로스를 구하려는 사람, 빼앗기지 않으려는 사람, 약탈하는 사람, 그리고 영원의 꿈을 꾸려는 사람까지…….

이제 인류의 미래가 어떻게 흘러갈지는 아무도 몰랐다. 다만 한 가지 분명한 것은 이 끝나지 않을 것 같은 악몽에서 깨어나는 것.

이 과장의 손에 로스 20알이 놓여있었다. 가늘게 떨리는 손바닥에서 알약이 떨어지려는 찰나 이 과장은 알약과 함께 주먹을 움켜쥐었다.

"하아. 젠장맞을."

푸른 약국에서 로스를 처음 접한 지 십 년이 지났다.

세상은 그동안 너무나 다르게 변해버렸다.

이 과장은 결국 차장을 달지 못한 채 회사에서 쫓겨났다. 만년 과장으로 경력을 마친 그에게 지인들은 조롱의 의미로 이 과장이라는 직함으로 그를 불렀다. 사회생활에서 위로 가지 못하고 정체되다 결국 도태돼버린 이 과장의 껍데기가 이름을 대신한 것이다.

직장을 그만 두고 몇 해 동안은 조금만 준비하면 어디에든 들어갈 수 있을 것 같았다. 지긋지긋한 영업직에서 벗어나 평소 그리던 전문직으로 갈 기회를 얻었다고 생각했다. 그러나 현실의 벽은 높기만 했다. 슈퍼마켓 계산원으로 취직한 아내의 곡소리는 밤마다 이어졌고, 문제집을 사기 위해 돈을 달라는 중2 아들의 목소리는 커져만 갔다. 그런 상황에서 전문직 수험서가 이 과장의 눈에 들어왔을 리 없다. 결국 그는 2년간의 허송세월 후 식재료 가공 공장에 겨우 취업했다.

그 사이 로스는 정부 관리 하에 들어가 로스 자판기가 전국에 깔리기 시작했다. 아무리 구하려 해도 구할 수 없었던 로스가 길거리 자판기에 깔리게 될 줄은 미처 생각지 못한 일이었다. 힘든 공장 일을 마치고 귀가해 잠들기 전 침대에 누워 5분간 즐기는 로스의 달콤함은 하루의 피로를 푸는 유일한 낙이었다.

물론 아내 역시 잠들기 전 5분의 로스가 힘든 하루를 버티는 원동력이었다. 문제는 아들이었다. 언제부턴가 아들은 문제집을 사야 한다며 이 과장에게 손을 벌리는 일이 비일비재해졌다. 모르긴 몰라도 아내에게도 마찬가지였을 것이다.

중학생 아들이 부모에게 뜯어간 돈으로 몰래 로스를 복용했다는 걸 알게 된 이 과장은 커다란 충격에 빠졌다. 로스의 복용 연령은 만 18세 이상이었다. 그러나 자판기가 구매자의 나이를 가늠할 수는 없었다. 판매에 눈이 먼 정부의 엄연한 실책이었던 것이다. 하긴 담배는 뭐 다를까만을…….

이 과장은 아들의 가방을 뒤져 숨겨 놓은 로스 세 알을 찾아냈다. 어렵게 번 돈이 이런 식으로 사용됐다는 생각에 분노가 치밀었다. 화가 난 이 과장은 아들을 무섭게 혼냈다. 흥분한 탓에 전에는 없던 손찌검도 했다.

한창 사춘기에 접어든 아들은 방바닥에 떨어진 로스를 집어 들고 집 밖으로 뛰쳐나갔다. 뒤늦게 이 과장이 아들의 뒤를 쫓아갔지만 발이 빠른 아들을 따라잡을 수 없었다. 아내와 함께 밤새도록 PC방을 돌며 아들이 갈만한 곳을 찾아 헤맸으나 아들은 어디에서도 찾을 수 없었다.

다음날 아침 일찍 아들의 휴대폰 번호로 전화가 걸려 왔다.

그러면 그렇지. 이 과장은 쭈뼛쭈뼛 사과하는 아들의 목소리를 상상하며 전화를 받았다. 그러나 예상과 달리 전화를 건 사람은 경찰이었다.

아들이 인근 공원에서 의식을 잃은 채 발견됐다는 것이다. 아들의 옆에는 찢긴 로스 약봉지와 이온음료 캔이 놓여있었다고 했다.

나중에 알게 된 사실이지만 이온음료와 함께 로스를 복용하면 빠른 소화 흡수로 적정량 이상의 효과를 누릴 수 있다는 소문이 아이들 사이에 퍼져 있었다고 한다. 어쨌든 이 과장은 그렇게 아들을 로스 헤븐으로 잃고 말았다.

당시는 로스 중독자들 사이에서 로스 헤븐이 유행처럼 번지던 시기였다. 로스 헤븐에 빠진 사람들의 연명치료는 중환자실에서 치료를 받는 것만큼이나 비쌌다. 워낙 많은 사람들이 로스 헤븐에 빠져 병상이 부족했기 때문이다.

이 과장은 아들의 연명치료를 위해 무리하게 대출을 받았고, 급기야 사채 빚까지 지게 되었다. 그 사이 아내는 불어난 빚과 사채업자의 협박을 이기지 못해 아들을 따라 로스 헤븐의 세상으로 건너갔다. 이 과장만을 홀로 남겨둔 채…….

이 과장 역시 혼자서 감당할 수 있는 빚의 총량을 이미 넘어선 상태였다. 거듭된 지각과 불성실한 근무 태도로 공장에서도 해고되었다. 그는 자신의 돌이킬 수 없는 불행에는 많은 부분을 로스가 차지했고, 그가 잃어버렸던 로스 5알이 지금의 사태를 야기했다는 생각이 들었다.

애당초 그에게 나타난 약국은, 약사는 대체 누구였단 말인가.

"아니, 아니야!"

이 과장은 세차게 고개를 흔들었다.

잃어버린 로스 때문이 아니었다. 소리 없이 사라진 약사 때문은 더욱 더 아니었다. 결국 로스는 현실을 도피하고 싶은 이 과장 같은 사람들을 위한 악마의 유혹이었다. 그 달콤한 유혹에 굴복한 사람들이 지금의 지옥을 만들어 냈다. 나약한 정신이 모든 것을 망친 것이다.

그래. 바로 그거다.

"큭큭큭큭……."

갑자기 웃음이 터져 나왔다. 웃음은 그칠 줄 모르고 이어졌다. 꺽꺽대는 웃음과 함께 눈물이 흘러내렸다. 배가 당기도록 웃은 이 과장이 하늘을 향해 소리쳤다.

"이제 나도 영원한 안식의 세계로 가련다. 여보, 아들아. 조금만 기다려!"

이 과장은 쥐고 있던 주먹을 펴 단숨에 로스 수십 알을 입안에 털어 넣었다. 잠시 후 위장 속에서 로스가 녹으며 '부글부글' 소리가 들리는 듯했다.

핑!

약효가 나타나자 한순간 이 과장의 의식이 끊어졌다.

으으으으……

강렬한 햇살이 이 과장의 몸을 감쌌다. 찡그린 눈꺼풀 사이로 푸르른 하늘 아래 출렁이는 파도와 황금빛 백사장이 서서히 드러났다.

그때 이 과장의 눈이 번쩍 뜨였다.

저 멀리 아내와 아들이 서있는 것이 아닌가.

여, 여보. 아들아. 여긴 어떻게……. 아. 하느님 감사합니다.

현실이 아니란 건 이 과장도 잘 알고 있었다. 지금의 장면은 로스가 만들어 낸 꿈의 한 장면이 틀림없다. 하지만 상관없었다.

이 과장의 눈에 눈물이 차올랐다. 그토록 보고 싶었던 가족을 여기에서 만나다니. 이제 목숨이 끊기기 전까지 영겁의 세월동안 내 가족과 함께 하리라.

이 과장은 그리운 아내와 아들을 향해 두 팔을 벌려 다가갔다.

그때는 몰랐다.

아내와 아들의 손에 날카로운 흉기가 들려있는 것을…….

이 과장이 그들의 손에 들린 나이프를 보고 뭐라 말하기도 전에 아내와 아들은 나이프를 곧추세워 순식간에 이 과장을 향해 몸을 날렸다.

크억!

아내의 칼이 이 과장의 가슴을 찔렀다. 그리고 아들의 칼이 이 과장의 복부를 깊숙이 찔렀다.

컥, 커헉…….

말할 수 없는 엄청난 고통이 전신을 휩쓸었다. 꿈이라면 바로 깼으리라.

하지만 이 과장의 꿈은 깨지 않았다. 아니, 깰 수 없었다.

"당신과 살면서 내가 얼마나 힘들었는지 알아?"

"아빠 때문에 난 언제나 외로웠어요!"

푹! 푹!

컥!

가시 돋친 말과 함께 비수가 이 과장의 옆구리를 찔렀다.

"쥐꼬리만큼 벌어오는 돈으로 살림 꾸리기가 얼마나 힘들고 서글펐는지 알아?"

"아빠는 나한테 손톱만큼의 관심도 없었어요!"

푹! 푹!

크억!

또다시 신경이 타버릴 듯한 날카로운 통증이 몰려왔다.

"취직도 못할 거면서 대체 직장은 왜 때려치웠어!"

"아빠는 내가 몇 반인지는 알아요?"

푹! 푹!

컥! 커어어억!!

"당신 반찬 투정에 정말 질렸어!"

"나한테 쓰는 돈이 그렇게 아까웠어요?"

푹! 푹!

우우욱. 꾸르르르르르륵.

입으로 시뻘건 피거품이 올라와 숨을 쉴 수가 없었다.

"병신!"

"꼰대!"

푹! 푹!

억! 컥!

푹! 푹! 그르르륵.

푹! 푹! 푹! 푹!…….

생살을 찢는 생생한 고통이 끝도 없이 이어졌다.

뭔가…… 뭔가 잘못됐다.

가족이 돌변한 이유를 모르겠다. 이 모든 게 로스의 과다 복용이 만들어 낸 악몽인가.

대체 언제까지 이 고통이 계속 되는 것인가.

정신을 잃어야 하지만 이 과장의 정신은 어느 때보다 명료했다. 오히려 자신의 몸을 파고드는 생살을 찢는 고통에 정신은 더욱 맑아졌다.

이 과장은 두려웠다. 너무 무서웠다.

영원히 끝나지 않는 지옥.

무간지옥에 빠져버렸다.

계속되는 고통 속에 피눈물을 흘리며 이 과장은 생각했다. 최초로 로스 헤븐에 빠졌던 김필식이 숨이 끊어지고 나서야 지었던 웃음의 진짜 의미가 무엇이었는지…….

3
슬럼프

7층짜리 시멘트 건물은 메마른 넝쿨에 잡아먹히고 있었다.

처음에 칠했을 아이보리색 페인트는 대부분 벗겨져 시멘트 본연의 거무죽죽한 회색빛이었다. 빽빽이 늘어선 창문은 꼭 닭장 같았다. 규모만 컸지 제대로 된 보수가 이루어지지 않은 듯 군데군데 시멘트가 갈라진 틈새가 보였다.

서늘한 찬바람에 낙엽들이 현수의 머리 위로 떨어져 내렸다. 앙상한 가지를 드러낸 나무에 둘러싸인 낡고 허름한 건물 한 채.

뭔가 음습하고 으스스했다.

"이런 데가 합숙소라고?"

현수가 생각한 이미지와는 전혀 달랐다. 기대와 다른 모습에 실망감이 밀려왔다. 하지만 이제 와서 되돌아갈 수도 없었다.

여기 오기까지 얼마나 많이 고민했던가.

현수의 머릿속에 지난날들이 파노라마처럼 흘러갔다.

현수는 인기 추리 작가였다.

아니, 한때 인기 '있던' 추리 작가였다.

오 년 전, 현수는 직장 생활을 하며 틈틈이 쓴 데뷔작《흑색 살의》로 미스터리 공모전에서 당당히 장편 부문 대상을 수상했다. 작품은 입상과 동시에 단행본으로 출간되었고, 책을 읽은 독자들의 입소문에 힘입어《흑색 살의》가 순식간에 평단과 대중의 극찬을 받으면서 현수는 무섭게 떠오르는 신인 작가 대열에 올랐다. 기막힌 반전이 있고 사회의 병폐를 다룬 본격 사회파 추리소설로 그해의 추리문학상들을 휩쓸고 영화 판권까지 계약하면서 등단 작가로서는 상상할 수 없는 수익을 거머쥐었다.

현수는 매일 쏟아지는 매스컴과 방송국의 인터뷰 요청에 즐거운 비명을 질러야 했다. 더 이상 정상적인 회사 생활을 할 수 없었던 현수는 고민 끝에 회사에 사직서를 내던졌다. 당시 그의 나이 서른네 살. 데뷔와 동시에 전업 작가의 길로 들어선 것이다. 주변 사람들 역시 현수의 그런 결심을 부추겼다.

즐거운 비명 속에 이 년이 지났다. 독자들의 뜨거운 기대 속에 현수는 마침내 차기작을 발표했다. 모든 채널을 통해 대대적인 홍보와 공격적 마케팅이 연일 지속됐다. 그런 기대에 힘입어 초판 물량이 순식간에 동났다.

하지만 그뿐이었다. 파죽지세로 올라가던 판매고가 급격히 꺾인 건 2쇄를 찍고 나서부터였다. 데뷔작의 신선함을 전혀 느낄 수 없는 식상함, 말도 안 되는 억지 트릭, 진부하고 작위적인 전개, 헛웃음밖에 나오지 않는 결말…….

기대가 컸던 탓일까, 과도한 관심에 부담을 느꼈던 걸까. 《흑색 살의》를 칭송하던 대중은 이제 온갖 냉소적인 비난들을 쏟아냈다. 연일 계속되는 비난에 현수는 그로기 상태에 빠졌다.

'내 작품이 그렇게 쓰레기란 말인가.'

하늘 높이 솟구쳤던 자신감은 어느새 저 깊은 땅속으로 추락했다. 자신감의 하락은 대인기피로 이어졌다. 거리의 사람들이 자신을 비웃고 조롱하는 것만 같았다. 자연스럽게 외출은 줄고 집 안에 틀어박혀 두문불출하는 날이 늘어 갔다. 급기야 남몰래 정신과 진료를 받고, 공황장애 약을 복용하기에 이르렀다.

불과 이 년 만에 경험한 천당과 지옥. 지독한 슬럼프에 빠진 것인지, 원 히트 원더로서 밑천이 다 드러난 것인지 현수 자신도 알 수 없었다. 매일매일 방 안에만 처박혀 시간을 보냈다. 현수를 걱정한 엄마는 시골에서 올라와 아예 현수의 집에 눌러앉아 그를 보살폈다.

보기 좋게 재기하겠다고 스스로 다짐하고 또 다짐해도 현수의 노트북에는 언제나 공백만 가득 찼다.

그렇게 삼 년이 더 흘렀다.

히키코모리. 자기혐오와 우울증에 빠져 밖으로 한 발자국도 내디딜 수 없는 자를 일컫는 말이다. 현수는 히키코모리가 되었다. 쓰레기 같은 방 안에 틀어박혀 지내는 날들. 암막 커튼이 쳐진 어두운 방을 오롯이 밝히는 노트북 불빛만이 유일한 조명이었다. 삼 년간의 히키코모리 생활로 얻은 것은 바닥난 통장

잔고와 늘어진 뱃살뿐. 데뷔작으로 벌어들인 수익은 모두 바닥이 나 버렸다.

추리 작가 현수는 이미 대중의 기억에서 잊힌 지 오래였다.

"아, 젠장! 아니야, 이것도 아니야!"

현수는 노트북의 백스페이스 키를 신경질적으로 눌러 댔다. 어찌나 힘을 주었는지, 노트북 아래 책상까지 들썩거렸다. 한동안 계속되던 요란한 키보드 질이 멈췄다. 그는 노트북 옆으로 시선을 돌려 럭키 스트라이크 담뱃갑을 집어 들었다. 손바닥에 담뱃갑을 탁탁 털었지만 나오는 것은 말라비틀어진 담배 부스러기 몇 개뿐. 담뱃갑은 텅 비어 있었다.

"하아, 씨발. 아까 피운 게 돛대였어? 되는 일이 하나도 없구먼."

땅이 꺼져라 한숨을 내쉰 현수는 손안의 담뱃갑을 구겨 아무렇게나 집어던졌다.

'오늘도 텄구나, 텄어……'

부서질 듯 노트북 커버를 덮은 현수는 의자에서 빠져나와 방바닥에 벌러덩 드러누웠다.

'똑똑.'

그때 방문을 두드리는 노크 소리가 들렸다. 현수는 도끼눈을 뜨고 날카롭게 외쳤다.

"뭐야? 왜!"

잠시 정적이 흐르고, 문밖에서 조심스러운 목소리가 들렸다.

"잘 안 되니? 벌써 아홉 시가 다 돼 가는데…… 그래도 저녁은 먹어야지. 아무래도 곡기가 들어가야 두뇌 활동이 잘되고 글도 더…….”

‘쾅!’ 바깥의 말이 채 끝나기도 전에 커다란 파열음이 방문에 작열했다. 방문에 부딪힌 하드커버 책이 활짝 펼쳐진 채 바닥에 떨어졌다. 현수가 곁에 있던 하드커버를 손에 잡히는 대로 집어던진 것이다. 그는 거친 호흡을 뱉으며 소리쳤다.

“내가 글 쓸 땐 절대 방해하지 말랬지? 어? 씩, 씩.”

“미…… 미안해. 엄마는 걱정이 돼서.”

“꺼져! 꺼지라고!”

“알았어…….”

촛불이 사그라지듯 꺼져 가는 힘없는 목소리. 이내 바닥을 스치는 발소리는 방문에서 천천히 멀어졌다.

이러려던 게 아닌데 또 괜한 엄마에게 화풀이를 해버렸다.

“큭큭. 큭큭큭큭.”

울음인지 웃음인지 모를 기괴한 소리가 방안을 가득 메웠다.

‘딩동.’

방바닥에 누워 선잠이 들었던 현수는 멀리서 들리는 초인종 소리에 눈을 떴다.

오랜만에 울린 초인종 소리에 꿈인가 싶었다. 현수는 몸을 일으켜 세우고 손바닥으로 마른세수를 했다. 정신을 차리고 노트북을 보니 오후 열 시 십오 분이었다.

‘딩동.’

그때 다시 울리는 초인종. 현수는 어리둥절했다. 이 늦은 시간에 초인종을 누를 사람이 딱히 떠오르지 않았다.

66

"네. 나가요."

방문 밖에서 엄마의 목소리가 들렸다. 엄마의 발소리에 맞춰 거실 마루가 삐걱이는 소리가 이어졌다. 현수는 자신도 모르게 낯선 이의 방문에 귀를 기울였다.

'철커덩.'

현관문 잠금장치가 열리는 소리에 이어 엄마가 말했다.

"누구……."

"아, 안녕하세요. 저는……."

거리 탓인지 현수의 방에서는 방문객의 목소리가 또렷이 들리지 않았다.

현수는 자신도 모르게 침을 꿀꺽 삼켰다. 어느새 숨죽인 채 방문 밖의 소리에 집중하고 있었다. 뒤이어 엄마의 잰걸음 소리가 현수의 방으로 향했다. 아니 잰걸음이라기보다는 뜀박질에 가까웠다. 방문을 두드리는 노크 소리가 들렸다.

"현수야, 귀한 손님이 널 만나려고 찾아오셨어. 문 좀 열어주겠니?"

엄마는 약간 흥분한 듯 달뜬 목소리였다.

"누군데 호들갑이야?"

현수는 낯선 방문자의 정체가 내심 궁금하면서도 방어적으로 내뱉었다.

"그, 그게……."

"아, 제가 직접 말씀드리죠."

머뭇거리는 엄마의 말을 가로챈 중저음의 남자가 대신 말을 이었다.

"현수 씨, 저 박기범입니다. 기억하나요?"

"!!!"

현수는 깜짝 놀랐다. 추리소설계의 대부 박기범 작가였다. 한국 추리소설계에서 굵직한 작품들을 써온 살아 있는 역사. 공모전에서 현수의 데뷔작 《흑색 살의》를 대상으로 뽑아준 심사위원이 바로 박기범 작가였다. 그런 대작가가 자신을 직접 찾아온 것이 현수는 믿기지 않았다.

대인기피증이 있던 현수가 몸을 벌떡 일으켰다. 박기범 작가의 작품을 읽으며 추리작가의 꿈을 키운 현수였다. 현수는 심호흡을 한 뒤 떨리는 손으로 문손잡이를 잡았다. 이윽고 잠금장치가 풀리고 마침내 자물쇠처럼 닫혀 있던 방문이 열렸다.

문틈 사이로 남자의 실루엣이 보였다. 문틈으로 쏟아지는 거실의 빛 때문에 눈이 부셨다. 어둠에 익숙해 있던 현수의 동공이 차츰 빛에 익숙해지고 마침내 남자의 얼굴이 또렷해졌다.

"헉!"

남자를 알아본 현수의 눈이 커졌다. 정말 박기범 작가였다. 장편 대상 시상식장에서 현수를 격려하던 바로 그였다.

"잠시 들어가도 되겠나?"

"네? 방이 너무 지저분한데……."

"상관없네."

박 작가는 망설이는 현수를 지나 성큼 방 안으로 들어섰다. 현수는 그런 박 작가를 멍하니 지켜봤다. 그는 직접 방문 옆의 전등 스위치를 켰다. 오랜만에 전기가 들어온 형광등이 켜졌다 꺼지기를 반복했다. 세 번의 반복 끝에 마침내 방 안에 불이 커졌다.

어둠이 걷힌 방은 쓰레기장을 방불케 했다. 버릴 수 있는 한 계를 지나 넘쳐흐른 쓰레기통은 진즉에 제 기능을 상실한 지 오래였다. 한쪽에 산처럼 쌓인 컵라면 용기들, 여기저기 화석 처럼 굳어버린 휴지들, 라면 부스러기와 스프 가루가 방바닥을 뒤덮었고 그 위에 소설책들이 어지럽게 널려 있었다.

방이라 부를 수 없을 정도로 엉망진창인 풍경에 현수는 저도 모르게 탄식이 새어 나왔다. 존경하는 작가 앞에서 이런 꼴이라니, 얼굴에 피가 몰려 화끈거렸다. 창피했다. 쥐구멍에라도 숨고 싶었다.

현수의 속마음을 아는지 모르는지 박 작가는 아무런 내색 없이 방 한가운데로 가 책들을 치우고 앉았다. 퍼뜩 정신을 차린 현수도 박 작가를 따라 방바닥에 앉았다. 쓰레기장 같은 방 안에서 마주한 두 사람. 두 사람 사이에 묘한 긴장감이 흘렀다. 오년 만에 만난 박 작가는 시상식 때와 거의 변한 것이 없었다. 귀밑으로 희끗한 새치가 조금 늘어난 것 정도가 그나마 다른 점이랄까.

침묵하던 박 작가가 방바닥에 놓인 책을 집어 들었다.

"내가 쓴 작품이군."

그가 집어 든 책은 삼 년 전 발표한 《쓰쿠모가미》라는 작품이었다. 좀처럼 후속 작이 없던 작가가 칠 년 만에 내놓은 신작이었다. 이제는 한물간 게 아니냐는 대중의 우려를 보란 듯 불식시킨 대작이었다. 절망스러운 슬럼프에 빠져 있던 현수도 《쓰쿠모가미》는 직접 구매하여 읽었다. 그리고 신이 내린 박 작가의 재능에 더욱 좌절했던 기억이 떠올랐다. 손에 쥔《쓰쿠모가미》를 다시 옆으로 치워둔 박 작가가 시선을 들어 현수를 정면으로 응시했다. 엉겁결에 그와 눈이 마주친 현수의 동공이 지진이 난 듯 흔들렸다. 이내 현수는 고개를 돌려 박 작가의 눈빛을 피했다. 작게 헛기침을 한 박 작가가 천천히 입을 뗐다.

"자네 소식은 동료 작가들을 통해 한 번씩 들었다네. 두문불출한 지가 삼 년이 넘었다고?"

현수는 죄지은 사람처럼 고개를 들 수가 없었다. 박 작가는 그런 현수의 모습은 개의치 않고 말을 이었다.

"처음 자네 작품을 읽고 견고하게 짠 트릭과 반전에 큰 충격을 받았다네. 무궁한 가능성을 지닌 사람이라 생각했지. 그런데 단 한 번의 실패로 이렇게 움츠려 있다니, 내가 자넬 잘못 본 건가?"

"……."

박 작가의 말에 현수의 눈시울이 뜨거워졌다. 차오른 눈물이 두 볼을 타고 흘러내렸다. 현수는 아니라고 말하고 싶었다. 박 작가의 말에 반박하고 싶었다. 하지만 떨군 고개는 그대로 굳어버린 듯 움직일 수가 없었다. 묵묵부답인 현수가 답답한지 박 작가는 팔짱을 꼈다.

"난 시간이 지나면 자네가 툭툭 털고 일어나 보란 듯이 차기작을 내놓을 줄 알았네. 그런데 아니었어. 자네 정말 이대로 포기할 셈인가? 이렇게 영원한 실패자로 남을 셈이냔 말일세."

영원한 실패자.

박 작가의 마지막 말이 비수처럼 심장에 꽂혀 들었다. 갑자기 혹 들어온 팩트폭격에 분노가 치밀었다.

이 사람은 지금 날 약 올리려고 온 것인가. 실패자라고? 아니, 아니야. 싫어, 싫다고!

마침내 현수의 굳은 입에서 마음의 소리가 새어 나왔다.

"싫, 싫습니다. 이렇게 끝내고 싶지는 않습니다."

박 작가는 천천히 팔짱을 풀고 왼손으로 턱을 쓰다듬었다.

"그렇겠지. 그건 자네도 원치 않을 걸세. 물론 나도 원치 않는 일이고."

"지, 지독한 슬럼프에 빠졌습니다. 몇 달 동안 단 한 글자도 쓰지 못한 날도 있었어요."

울컥하는 심정에 현수의 목소리가 심하게 떨렸다. 박 작가는 현수의 말에 천천히 고개를 끄덕였다. 현수는 박 작가 앞에 무릎을 꿇었다.

"도와주십시오, 작가님. 평생 은인처럼 모시겠습니다. 제발 부탁드립니다."

현수는 박 작가를 향해 연신 머리를 조아렸다. 실제로 현수는 박 작가의 바짓가랑이라도 붙들고 싶은 심정이었다. 자존심 따윈 내던진 지 오래였다.

"하아, 정말로 자력으로는 안 되겠나?"

"네. 저 스스로는 헤어날 수 없는 늪에 빠졌습니다."

한참을 뜸을 들인 박 작가가 어렵게 입을 열었다.

"그 마음 나도 충분히 공감한다네. 자네는 모르겠지만 나도 한때 기나긴 슬럼프로 고생했었지. 자네를 보니 그때의 내가 떠올랐다네. 정말 자력으로는 더 이상 방법이 없다면 이곳을 찾아가게. 도움이 될 걸세."

박 작가가 메모지 한 장을 내밀었다. 현수는 엉겁결에 그 메모를 받아들었다. 명함 크기의 메모지에는 주소와 전화번호 단두 줄만 적혀 있었다.

경기도 가평군 XXX-XXX

현수는 의아했다. 메모의 의미도 알 수 없고 메모를 건넨 박작가의 의도도 이해되지 않았다.

"작가님, 여긴 어딘가요?"

"자세하게 말할 수는 없고, 일종의 합숙소라고 해두세. 자네인생에서 작가를 도저히 포기할 수 없다면 한 번 찾아가 보게."

하얀 메모지 위에 적힌 몇 개의 글자들. 현수는 박 작가가자신을 농락하려는 건 아닌지 의심스러웠다. 하지만 그는 더없이 진지했다. 아닌 게 아니라 이 밤중에 쓰레기 같은 현수의 집에 직접 찾아온 사람이 아닌가. 현수는 박 작가를 믿어보기로했다.

이후 뻔한 인사치례가 오간 뒤 박 작가는 현수의 집을 나섰다. 그를 떠나보내고 현수는 텅 빈 방 안에 멍하니 있었다. 꿈을꾼 듯싶었다.

"아, 전화번호."

문득 도움을 준 박 작가의 연락처를 아직 모르고 있다는 데생각이 미쳤다.

현수는 당장 방을 박차고 뛰어나갔다. 거실을 지나는 사이,

검은색 세단이 주차돼 있는 모습이 창밖으로 보였다. 브레이크 등이 어둠 속에서 붉게 빛났다. 다행히 아직 출발 전인 듯했다. 현수는 헐레벌떡 마당을 가로질러 마침내 대문 밖으로 나섰다. 무려 삼 년 만에 밟아보는 땅이었다. 그러나 현수의 노력에도 불구하고 박 작가의 세단은 이미 멀어지고 있었다.

현수가 따라잡기엔 늦어 보였다. 그는 멀어지는 차를 망연자실 바라보았다.

그때 자동차 실내등이 켜졌다. 자동차 뒷유리창에 뿌옇게 긴 성에 사이로 사람의 흐릿한 형체가 비쳤다.

'누구지? 박 작가님 혼자 온 게 아니었나.'

알 수 없는 의문을 품은 채 현수는 삼 년 만의 짧은 외출을 마치고 터덜터덜 집으로 돌아갔다.

그날 밤, 현수는 뜬눈으로 꼬박 밤을 지새웠다. 새벽녘이 되자 먼동이 텄다. 떠오른 태양이 커튼을 걷어놓은 창문으로 들이쳐 방 안을 환하게 비췄다. 현수는 그 태양을 바라보며 마음을 다잡았다. 다시 최상급 인기 작가가 되려는 건 아니었다. 그저 평범한 전업 작가로 '행복'하게 살고 싶었다. 더 이상 쓰레기로 살아갈 순 없었다. 어쩌면 자신에게 온 마지막 기회일지도 몰랐다. 결심이 서자 지난날의 나태를 걷어버리듯 몸을 움직였다.

여행 가방에 몇 벌의 옷을 싼 현수는 걱정스레 지켜보는 엄마에게 이 말만 건네고 집을 나섰다.

"어디 좀 다녀올게. 휴대폰은 두고 가니까 전화해도 소용없어. 언제 돌아올지 몰라. 기다리지 마."

어젯밤 둘 사이의 대화를 엿들었는지 엄마는 더 이상 아무것도 묻지 않았다.

현수는 자가용을 몰아 천안에서 가평까지 꼬박 세 시간여를 달렸다. 차는 남양주 톨게이트를 지나 금남 IC를 빠져나왔다. 내비게이션은 가평 시내를 지나 인적이 드문 산길로 안내했다. 깊은 산길을 달렸지만 이정표 하나 없었다. 어느덧 포장도로가 끝나고, 비포장 흙길을 따라 굽이치는 산길을 한참 더 달린 뒤에야 절벽 끝에 위태롭게 서 있는 낡은 건물 한 채가 나타났다. 사유지 출입금지 표지판이 붙은 철조망을 통과한 뒤 오 분을 더 달리고 나서야 목적지에 도착할 수 있었다.

회상에 잠긴 현수는 멀리서 우는 까마귀 소리에 퍼뜩 정신을 차렸다.

옷 속을 파고드는 찬바람에 몸이 부르르 떨렸다.

"그래, 여기서 실망해 봐야 소용없지. 들어가 보자."

혼잣말을 지껄인 현수는 짐 가방을 들고 출입문 계단을 올라갔다. 녹이 슬어 요란한 소리를 내는 철문을 열자 문 옆으로 유일하게 불이 켜진 사무실이 보였다. 현수는 사무실 유리문을 힘껏 밀고 안으로 들어갔다.

다섯 평 남짓한 공간에 책상 하나와 소파 둘, 건물 규모에 비해 사무실은 초라했다. 책상 위 모니터를 들여다보던 은테 안경을 낀 여성이 인기척에 고개를 들었다. 날카로운 눈매에 잔머리 하나 없이 쪽진 머리, 검은색 투피스 정장을 입은 그 여성은 굉장히 깐깐해 보였다.

"어떻게 오셨죠?"

여성은 현수를 향해 건조하게 물었다. 현수는 쭈뼛쭈뼛 대답했다.

"아, 박기범 작가님 소개로 왔습니다."

"작가셨군요. 이리 앉으세요."

여성은 사무적인 미소를 띠며 소파로 안내했다. 현수가 소파에 앉자 여성이 책상 서랍에서 두툼한 서류를 꺼내어 현수의 맞은편에 앉았다.

"성함이……."

"김, 김현수입니다."

곰곰이 생각하던 여성이 은테 안경을 고쳐 썼다.

"아!《흑색 살의》를 쓰신……."

"네, 네. 맞아요."

이마와 손바닥에 진땀이 배어났다.

역시 차기작은 기억하지 못하는구나. 그러고 보니 엄마를 제외하고 다른 사람과 대화하는 것도 삼 년 만이었다. 심장이 두근거리고 현기증이 나는 것 같았다.

여성은 두툼한 서류를 현수에게 건넸다.

"일단 저희 NW 컴퍼니를 찾아주셔서 감사드립니다. 박기범 작가님께 이야기는 들으셨겠지만, 그래도 계약서를 확인하시고 사인 부탁드립니다."

수십 장은 됨직한 서류에는 깨알 같은 글씨들이 빽빽이 들어차 있었다. 현수는 이미 겨드랑이가 축축하게 젖었고 이마에서는 땀이 비 오듯 흘렀다. 아무래도 공황장애가 도진 듯했다. 도저히 계약서를 읽을 수 있는 상태가 아니었다. 최상단 굵직한 폰트의 '계약서'라는 글자와 맨 하단의 텅 빈 서명란만 간신히 알아볼 수 있었다.

"계, 계약서요?"

"네. 여기에 사인하시는 순간 바로 저희 NW 컴퍼니 종신 케어가 시작됩니다."

여성은 '씨익' 웃으며 한마디를 덧붙였다.

"작가님도 신작 내셔야죠."

케어라니, 여자가 지껄이는 말이 도통 무슨 말인지 알 수 없었다. 하지만 현수에게 '돌보다'라는 케어의 뜻은 곧 슬럼프에서의 탈출로 이해됐다. 조금 전부터 세상이 빙글빙글 돌고 있었다. 더 이상 시간을 끌기 힘들었다. 챙겨온 약을 먹어야 했다.

어차피 여느 계약서와 똑같은 뻔한 이야기가 적혀 있으리라.

현수는 계약서 판에 끼워진 만년필로 서명란에 자신의 이름을 휘갈겼다.

여성이 현수가 내민 계약서를 낚아채듯 빼앗아 책상으로 돌아갔다. 이내 계약서는 책상 서랍 깊숙한 곳으로 사라졌다.

"이제 작가님은 NW 컴퍼니 회원이 되셨습니다. 계약서에 적힌 대로 지금 이 시간부로 케어가 시작됩니다."

선언하듯 말을 마친 여성이 책상 구석에 자리한 버튼식 버저를 눌렀다. '찌르릉' 건물 전체에 종을 때리는 버저 소리가 울려 퍼졌다.

"이, 이제 전 뭘 하면 되죠?"

여성은 물끄러미 현수를 응시했다. 현수의 질문은 깨끗이 무시했다. 뒤이어 구둣발 소리가 복도에 울려 퍼졌다. 요란한 발자국 소리는 점점 사무실을 향해 다가왔다. 마침내 사무실 문이 벌컥 열리더니 하얀색 유니폼을 입은 남자 두 명이 사무실로 난입했다. 직원인 듯했다. 그들은 순식간에 현수 주위를 에워쌌다. 한결같이 쏘아대는 적대적인 눈빛에 현수는 등골이 서늘해졌다.

불안감이 엄습했다. 일이 이상하게 돌아가는 것 같았다. 전혀 예상치 않은 방향으로, 아니, 최악의 방향으로……. 일단 자리를 피해야 했다. 당황한 현수는 소파에서 벌떡 일어서 엉거주춤 가방을 메고 돌아섰다.

"다, 다음에 다시 오겠습니다."

사무실을 빠져나가려 직원들 사이로 걸음을 옮기던 현수의 양팔에 묵직한 무게감이 실려 왔다. 직원 둘이 현수의 팔을 붙잡은 것이다. 팔을 빼려 노력했지만 결박된 팔은 꼼짝도 할 수 없었다. 몸을 움직일 수 없게 되자 숨이 막혀왔다. 온몸의 피가 거꾸로 솟는 것 같았다.

"지금 이게 뭡니까! 네?"

가파른 호흡 때문에 목소리가 온통 갈라졌다. 현수의 외침에 돌아오는 대답은 없었다. 현수는 마지막 힘을 짜내 거칠게 저항했다.

"놔요, 당장 놓으라고!"

그때였다. 현수의 뒷덜미가 따끔거렸다. 천천히 뒤를 돌아보자 어느새 은테 안경 여성이 현수 뒤에 서 있었다. 그녀의 손에는 빈 주사기가 들려 있었다.

"어…… 어……."

뒤이어 참을 수 없는 졸음이 밀려왔다. 현수는 잠들면 안 된다는 것을 직감하면서도 눈꺼풀이 내려오는 것을 막지 못했다.

머리가 깨질 듯한 두통 속에서 눈을 떴다.

정수리에 날카로운 정을 대고 망치로 내리치는 것 같은 통증이었다.

"끄으으으."

입에서 앓는 소리가 저절로 새어 나왔다.

얼마나 잠들었던가.

그런데 이상했다. 어딘가 낯설었다.

"여기가 어디지?"

매일 보던 방 안의 천장이 아닌 것을 깨닫고 나서야 현수는 자리에서 벌떡 일어났다. 순식간에 기억들이 되살아났다. 그제야 방 안의 풍경이 눈에 들어왔다.

두 평 남짓한 작은 백색의 방이었다. 마룻바닥에 덩그러니 놓인 조잡한 매트리스, 간이 변기와 세면대, 책상과 의자 그리고 노트북 하나. 도둑이 들어올 일 없는 창문은 방범 창살로 가로막혀 있었다. 흡사 감옥과 다름없었다. 현수는 매트리스에서 천천히 일어나 책상 옆 굳게 닫힌 철문의 손잡이를 거머쥐었다. 역시 손잡이는 꿈쩍도 안 했다. 천장 구석에서 방 안을 비추는 CCTV 카메라가 붉은 빛을 깜빡였다.

이쯤 되니 저절로 의도가 파악됐다. 방 안에 갇혀버린 것이다.

'일종의 합숙소라고 해두세.'

'바로 저희 NW 컴퍼니 종신 케어가 시작됩니다.'

참 나, 그런 거였나. 어이가 없어 헛웃음밖에 안 나왔다. 이런 식으로 자유를 구속한다고 좋은 글이 나온단 말인가.

마지막으로 믿었던 희망의 불씨가 급격히 사그라졌다. 하지만 어쩌겠는가. 이왕 이렇게 된 거 장단이나 맞추자고 생각했다. 혹시 좋은 글이 써질지 누가 알겠는가.

현수는 앞머리를 쓸어 올렸다.

"하하, 그래. 쓴다, 써."

현수는 들으라는 듯 허공을 향해 말한 뒤 책상 앞에 앉았다.

마우스를 잡자 대기화면이 텅 빈 한글 창으로 전환됐다. 예상대로 인터넷은 연결되어 있지 않았다.

현수는 자신의 이야기를 써 보자며 제목을 타이핑했다.

'슬럼프.'

하지만 화면 속 깜빡이는 커서는 더 이상 나아가지 않았다. 호기롭게 제목은 정했으나 첫 문장부터 막혀버렸다. 한참을 쓰고 지우기를 반복했다. 한참이 지났건만 한 글자도 쓸 수 없었다. 역시 바뀐 건 없었다. 백색의 모니터 화면이 일렁였다. 속이 메스껍고 토할 것 같았다.

"하아, 씨발. 안 돼, 역시 안 된다고."

현수는 머리를 마구 헝클었다. 고개를 좌우로 마구 흔들었다. 그때서야 현수는 왼쪽 벽에 자그맣게 붙어 있는 종이를 발견했다. 코팅된 쪽지가 형광등 빛에 반사됐다. 현수는 벽으로 다가가 쪽지를 읽어 내렸다.

| NW 집필 기한 |

1. 한 달 이내: 페널티 없음

2. 한 달 초과: 손톱

3. 두 달 초과: 발톱

4. 세 달 초과: 발가락 한 마디

5. 네 달 초과: 발가락

6. 다섯 달 초과: 발목

7. 여섯 달 초과: 종아리

8. 일곱 달 초과: 허●지

쪽지를 읽던 현수는 8번 조항에서 쪽지에 묻어 있는 붉은색 페인트 때문에 읽기를 멈췄다. 손톱으로 살살 긁어보니 페인트 조각이 떨어졌다. 그런데 페인트라기엔 조금 이상했다.

"히익!"

손가락으로 페인트를 문지르던 현수는 깜짝 놀랐다. 굳었던 페인트가 녹으며 손가락에 붉게 번졌다. 그것은 페인트가 아니었다. 피. 핏방울이 굳은 조각이었다.

끔찍한 쪽지 내용과 핏방울…….

순간 현수의 등줄기로 소름이 훑고 지나갔다.

현수는 황급히 다시 쪽지로 시선을 던졌다. 마지막 줄에 적힌 내용은 가히 충격적이었다.

13. 1년 초과: 머리

현수는 아연실색했다.

설마, 설마 아니겠지. 지금이 어떤 시대인데. 그럴 리가.

현수는 쪽지를 애써 무시하며 다시 의자에 앉았다. 하지만 머릿속에는 온통 끔찍한 쪽지 내용이 맴돌았다.

그때였다.

철문 아래로 배식구가 열리고 밥이 담긴 식판이 들어왔다.

현수는 자리에서 벌떡 일어나 문을 두드렸다.

"여기요, 잠깐만요. 문 좀 열어주세요. 계약을 취소하고 싶습니다. 이봐요! 네?"

문은 열리지 않았다. 대답도 없었다. 가슴이 답답해졌다. 그럴 리 없겠지만, 그래도 정말 만약을 가정했을 때 기한 내 글을 쓰지 못해 손발이 잘린다면…… 그다음엔 대체 어떻게 글을 쓰라는 말인가. 헉! 지금 내가 무슨 생각을 하고 있는 거지.

현수는 세차게 고개를 흔들었다.

끔찍한 생각들을 내쫓기라도 하려는 듯.

입소일 10월 2일.

노트북 화면의 시간이 11월 1일 오후 11시 58분을 지나고 있었다.

이제 이 분 뒤면 입소 한 달째.

한 달이 되도록 단 한 페이지도 쓰지 못했다.

상황은 절망적이었다.

지난한 집필 속도보다 현수를 심란하게 하는 건 조금 뒤에 집행될 패널티였다. 기한이 다가오면서 불안감 때문에 잠을 이룰 수가 없었다. 벌써 삼 일째 불면의 밤을 보냈다. 작은 방 안이 심장을 조여 왔다. 없던 폐쇄공포증이 생긴 것 같았다.

마침내 모니터 속 초침이 숫자 12를 지났다. 11월 2일, 데드라인이다.

현수는 손톱들을 어루만지며 숨죽였다. 온 신경이 철문에 집중됐다. 당장이라도 철문이 벌컥 열리고 남자 직원들이 달려와 펜치로 현수의 손톱을 뽑는 상상이 밀려 들었다. 하지만 문밖은 평온했다. 걱정하던 일은 벌어지지 않았다.

새벽 두 시. 숨죽인 두 시간이 흘렀다. 역시 밖은 고요하기만 했다.

"하, 하하. 하하하."

웃음이 터져 나왔다. 그동안 졸였던 마음이 한순간에 풀어졌다. 현수는 환하게 웃음 지으며 이마를 짚었다.

역시 기우였어. 그래, 시대가 어느 시대인데 그럴 리가 없지. 내가 착각한 거야.

"큭큭큭큭."

현수는 골방에 틀어박혀 한참이나 소리 없이 웃었다.

그날 새벽 현수는 밀린 잠을 보상받기라도 하듯 눕자마자 잠이 들었다.

'덜컹.'

갑작스러운 쇳소리에 현수는 잠에서 깼다. 잠결에도 그 소리가 철문 배식구에서 나는 소리란 걸 알아챘다.

벌써 아침 시간인가.

삼 일 하고도 열다섯 시간 만에 든 잠이었다. 단잠을 방해하는 소음이 몹시 거슬렸다. 슬쩍 돌아누워 실눈으로 노트북 잠금 화면으로 설정된 시계를 봤다. 오전 여섯 시, 이상했다. 아침 배식 시간은 여덟 시인데…… 무시하고 좀 더 자려고 했지만 웬일인지 정신이 말짱해졌다. 한 달 동안 배식 시간 외에 배식구가 열린 적은 단 한 번도 없었다.

　현수는 낡은 매트리스에서 몸을 일으켰다. 더 이상 잘 기분도 아니었다. 고개를 돌려 철문을 바라봤다. 역시 아침밥이 담긴 식판은 없었다. 다만 식판 대신 다른 것이 있었다.

　현수는 조심스럽게 철문 앞으로 다가가 그것을 집어 들었다.

　익숙하다면 익숙한 사진 한 장. 셔터를 누르는 순간 사진이 인쇄되어 나오는 폴라로이드 사진이었다. 현상된 사진이 현수의 각막을 거쳐 뇌에 전달된 순간, 현수는 소스라치게 놀랐다. '악!!' 비명과 함께 손에 든 사진을 놓치고 말았다.

　손등이었다. 다섯 손가락이 펼쳐진 손등을 찍은 사진. 하지만 손끝에 있어야 할 손톱이 없었다. 손톱이 있던 자리의 시뻘겋게 부푼 생살에서 피가 줄줄 흘러내렸다.

　난생처음 보는 사진이었다. 끈적한 땀이 관자놀이를 타고 흘러내렸다. 겨드랑이 아래에서도 땀이 배어나 옆구리를 스쳐갔다. 현수는 부들부들 떨리는 손으로 떨어진 사진을 다시 집어 들었다. 낯익은 손등이었다. 현수가 잘 알고 있는 손등. 엄지손가락 옆에 있는 커다란 반점, 오랜 관절염에 마디마디 불거진 손가락들, 거무튀튀한 주름진 손등…….

　"흐…… 흐억!"

손바닥으로 입을 틀어막았지만 터지는 울음을 참을 수 없었다. 손톱이 모두 뽑혀 나간 사진 속 손등은 다른 누구도 아닌 엄마의 손등이었다.

대체 이게 무슨 상황인가. 현수는 난생처음 원초적 공포를 느꼈다. 맹렬한 속도로 피가 거꾸로 솟았고 스스로를 억제할 수 없는 상태가 되어버렸다.

"끅, 끅…… 끅."

소리를 내지 않으려 꽉 깨문 손바닥 사이로 찝찔한 피가 스며 나왔다. 도저히 정신을 차릴 수 없었다.

현수는 그렇게 땅바닥에 주저앉아버렸다.

'아아아악! 끄아아아아악!!'

상상 속의 엄마가 울부짖었다.

입고 있던 티셔츠가 땀에 흥건히 젖어 몸에 기분 나쁘게 달라붙었다. 현수의 옆에는 끔찍한 폴라로이드 사진이 그대로 있었다. 꿈이 아니었다. 환각도 아니었다. 끔찍한 현실이었다.

"아아아아아악!!!"

현수는 날카로운 비명을 지르며 일어섰다. 철문 앞으로 달려가 미친 듯이 주먹질을 해댔다.

"야, 이 개새끼들아! 당장 문 열어! 씨발, 다 죽여 버릴 거야! 이 미친 새끼들아, 이러고도 무사하길 바라냐! 어?"

'쾅! 쾅! 쾅!' 주먹의 피부가 짓물러 철문이 피투성이가 됐지만 바깥은 조용했다.

무력했다. 아무것도 할 수 없었다. 할 수 있는 건 글을 쓰는 것뿐. 그 사실이 현수를 더욱 미치게 만들었다. 더 이상 지체할 시간이 없었다. 써야 했다. 그게 무엇이든 써야만 했다. 엄마를 살리는 길은 그것밖에 없었다.

시간은 속절없이 흘러갔다. 어느덧 감금 두 달째가 다가왔다. 하지만 현수의 소설은 여전히 지지부진했다. 조바심은 조바심을 낳았다. 높은 긴장감과 극한의 압박감. 오랜 불면의 상태는 현수의 사고를 완전히 마비시켜버렸다. 그야말로 미치기 일보 직전이었다.

결국 변변한 결과물 없이 두 달의 시한이 지났다.

오전 여섯 시. 어김없이 배식구로 사진 한 장이 떨어졌다.

철문 앞을 지키던 현수는 짐승이 먹이를 사냥하듯 사진을 낚아챘다.

"으아아아아아아아아아아악!"

그날 아침, 짐승의 처절한 울부짖음은 오전 내내 그칠 줄을 몰랐다.

– 저기요! 김현수 작가님. 잠시 인터뷰 좀 할 수 있을까요?

– 바쁘더라도 잠시만 시간 내주세요.

– 잠시만, 정말 잠깐이면 됩니다. 오늘 하루 종일 이 앞에서 기다렸어요. 조금만 시간을 내주세요, 네?

– 삼 분요? 감사합니다. 정말 감사합니다. 그럼 질문 드릴게요. 차기작 실패 후 두문불출하다가 사 년 만의 신작 《적색 살의》로 화려하게 컴백하셨습니다. 소감이 어떠신가요?

– 뻔한 질문이라고요? 작가님께서 워낙 인터뷰를 거절하시니 이런 질문도 독자들은 무척 궁금해 하고 있습니다. 그럼 질

문을 바꿔볼게요. 이번 작품을 내시면서 머리를 백발로 염색하셨는데요. 신비주의 전략에 따른 외모 변화인가요?

　- 염색이 아니라고요? 아…… 하하, 아직 젊으신데…… 그, 그리고 어머님이 위독하시다는 말을 들었습니다. 교통사고라고요. 먼저 심심한 위로의 말씀을 드립니다. 병상에 계신 어머님께 한 말씀 부탁드립니다.

　- 에? 더 이상 할 말이 없다고요? 아직 아무런 말씀도 안 해주셨잖아요. 조금만, 조금만 더 부탁드립니다.

　- 어…… 어, 야! 다시 잘 나간다고 너무 우쭐대지 마라! 그러다 큰코다칠 거다!

　NW 컴퍼니에서 써낸 차기작《적색 살의》는 다시금 현수를 최정상의 자리에 올려주었다. 하지만 성공의 대가는 너무나 컸다.

　집필을 마치고 집으로 돌아온 현수는 엄마를 보고 절규했다.

　엄마는 사지가 모두 잘려 있었다. 온전한 것은 몸뚱이에 붙어 있는 머리뿐. 마치 어린아이가 싫증나서 팔다리를 떼어낸 흉물스러운 인형 같았다. 그 상태로 얼마나 방치된 것일까. 약에 취해 정신을 못 차리는 엄마의 팬티 아래가 불룩했다. 방바닥에 눌러 붙은 소변 자국과 팬티 밖으로 새어 나온 말라붙은 분변에 파리와 벌레 떼가 꼬여 있었다.

　엄마는 곧바로 병원으로 이송됐다. 의사는 절단면의 조잡한 봉합술에 고개를 내저었다. 이미 손을 쓰기엔 늦어버린 상태였다. 며칠 뒤 엄마는 요양원으로 전원했다. 정신적 충격 때문이었을까. 엄마의 정신은 계속 퇴행했다. 온갖 약물을 써봤지만 본래의 엄마는 돌아오지 않았다. 그렇게 도우미 없이는 아무것도 할 수 없는 무력한 날들이 이어졌다. 현수의 노력에도 생의 의지를 잃어버린 엄마는 급속히 쇠약해졌다. 음식을 씹어 삼킬 수 없을 정도로 쇠약해진 엄마는 그렇게 요양원 입소 육 개월 만에 현수의 눈앞에서 숨을 거뒀다. 마지막 숨이 끊어지는 그 순간까지도 엄마는 자신이 왜 그런 꼴을 당해야 했는지 이유를 몰랐다. 현수는 눈을 감은 엄마 앞에서도 차마 진실을 이야기할 수 없었다.

엄마의 장례식을 치르는 현수의 눈에서 피눈물이 흘러내렸다.

엄마가 세상을 떠난 후, 현수는 다시 집 안에 틀어박혔다.

가장 높은 정상에서, 인터뷰와 강연 요청이 쇄도하는 상황에서 외부와 완전히 단절했다. 아이러니하게도 현수의 단절은 신비주의 전략으로 비치며 더욱 높은 인기를 구가케 했다.

은둔 생활은 이 년여간 지속됐다. 차곡차곡 쌓인 통장의 인세 덕분에 현수의 은둔 생활은 물질적으로는 전혀 지장이 없었다. 다만 정신적으로는 그렇지 않았다. 엄마에 대한 죄책감, 정신적 고통, 감금에 대한 공포가 현수를 옥죄었다. 매일 밤 가위에 눌리고 비명을 지르며 깨어났다. 심각한 외상 후 스트레스 장애가 지속됐다. 신경안정제가 없이는 단 하루도 살아갈 수 없는 상태가 돼버렸다.

마음의 상처는 오직 시간만이 해결해준다고 하던가.

어느덧 엄마의 네 번째 기일이 돌아왔다.

현수는 자신의 감옥에서 벗어나 조금씩 세상을 향해 발을 내디디려 하고 있었다. 사 년의 시간은 대중의 기억 속에서 현수를 충분히 지워내고도 남을 시간이었다. 대중에게 현수는 명작 《흑색 살의》와 《적색 살의》를 내놓고 사라진 전설의 작가로 기억됐다. 불만은 없었다. 자신의 '행복'을 추구하려는 작은 욕망 탓에 엄마를 잃었으니까. 어차피 절필을 결심했었다. 사실 엄마를 보낸 후 한 글자도 쓸 수가 없었다. 차라리 후련했다. 미련은 단 일 그램도 남아 있지 않았다.

"오늘은 조금 멀리 가볼까."

아주 오랜만에 집을 떠나 먼 길을 가리라 마음먹었다.

마침 하늘은 구름 한 점 없이 맑았다. 따사로운 햇빛을 받으며 걸음을 옮겼다.

버스와 지하철을 두 번이나 갈아타야 하는 한 시간 반가량의 외출이었다. 조금은 서툰 여정을 거쳐 지하철 홍대역에서 내린 현수는 휴대폰 내비게이션을 따라 밀집한 주택가를 배회했다. 수차례 길을 잘못 들고 나서야 마침내 한 빌라 앞에 다다랐다.

"시영 빌라 이 층이랬지."

그냥 보기에도 꽤나 고급스러워 보이는 빌라였다. 현수는 빌라 출입문 앞에 서서 심호흡을 했다. 외투 안주머니에 챙겨온 것이 제대로 있는지 가슴에 손을 대보았다. 손바닥으로 두툼한 부피감이 느껴졌다. 역시 제대로 잘 있었다. 사실 줄곧 가슴에 실린 묵직한 무게감을 느끼고 있었다. 때마침 입주민이 빌라 밖으로 나왔다. 현수는 입주민이 나간 뒤 자동문이 닫히기 전 재빨리 건물 안으로 들어갔다. 이 층으로 향하는 계단을 한 발,

두 발 오르며 머릿속을 정리했다.

마침내 이 층 현관문 앞에 도착했다. 현수는 떨리는 손으로 초인종을 눌렀다. 문밖으로 익숙한 클래식 멜로디가 흘러나왔다.

─ 누구세요?

현수는 인터폰 카메라 앞에 얼굴을 비추며 말했다.

"안녕하세요. 저 김현수 작가입니다."

─ ……

돌아오는 대답은 없었다. 하지만 인터폰의 LED는 여전히 빛나고 있었다. 갑작스러운 방문에 당황해 할 말을 고르고 있는 것이리라. 예상하던 바였다. 현수는 다시 인터폰을 향해 말했다.

"출판사 편집부를 통해 오늘 댁에 계실 거란 걸 알고 왔습니다. 다른 뜻은 없습니다. 그저 이야기를 나누고 싶었어요."

현수는 잠시 뜸을 들인 뒤 말을 이었다.

"오 년 전 그날 밤처럼 말입니다."

기나긴 정적을 지나 마침내 상대의 목소리가 흘러나왔다.

─ 들어오게.

'철컹' 소리와 함께 현관문이 열렸다. 현수는 문을 열고 안으로 들어섰다.

복도식 현관을 지나 거실 덧문을 열자 널찍한 거실이 펼쳐졌다. 브라운 컬러의 고급 소파와 초대형 와이드 TV, 오묘한 빛을 내는 진귀한 도자기로 장식된 호화스러운 곳이었다. 그리고 그 거실 한가운데 박기범 작가가 불편한 얼굴로 서 있었다.

현수는 박 작가의 따가운 시선을 그대로 받으며 다가갔다.

"안녕하세요. 그간 격조했습니다."

"그래, 자네 소식은 종종 들었네. 우리 집에는 무슨 일인가."

현수의 입꼬리가 미묘하게 올라갔다.

"제가 찾아온 이유는 작가님이 더 잘 아시지 않습니까."

현수의 말에 박 작가는 버럭 화를 냈다.

"자넬 컴퍼니에 소개한 것 때문에 그러나? 난 그저 한 가지 방법을 제안한 것뿐이네. 내가 심사숙고하라고 일렀잖은가. 그 이후의 일은 오로지 자네의 선택과 책임인 걸 모르겠는가?"

박 작가의 열변에 현수가 웃음을 터뜨렸다.

"크크크, 박 작가님이라면 그렇게 말씀하실 줄 알았습니다. 크크크크."

기괴한 웃음소리에 맞춰 현수의 어깨가 오르내렸다. 그사이 현수의 오른손이 슬며시 외투 속으로 사라졌다.

"왜, 왜 이러는 건가. 자네 미쳤나?"

박 작가는 실성한 듯 웃어대는 현수에게 적잖이 당황한 것 같았다.

사과를 바라고 온 건 아니었다. 아니, 사과했어도 결과는 달라지지 않았을 것이다. 그저 자신을 지옥으로 밀어 넣은 당사자에게 직접 묻고 싶었다. 왜 그랬는지. 왜 아무것도 모르는 날 끌어들였는지를……. 하지만 이젠 상관없다. 변명조차 듣고 싶지 않다.

현수는 외투 안주머니에 숨겨둔 나이프 손잡이를 움켜쥐었다. 딱 한 발자국이면 닿는 거리, 외투에서 꺼낸 날카로운 칼날이 박 작가의 심장에 꽂혀 피 분수를 뿜어내는 장면이 연상됐다. 이제 곧 그 상상이 현실이 될 것이다. 현수의 눈빛에 살기가 감돌았다. 현수가 막 자세를 낮춰 외투에서 나이프를 꺼내려는 찰나였다.

"아빠, 누구?"

전혀 예상치 못한 목소리에 현수의 몸은 그대로 굳어버렸다.

"지아야, 나오지 마!"

박 작가의 다급한 외침에도 불구하고 박 작가 뒤편 방문이 활짝 열렸고, 뒤이어 고등학생으로 보이는 앳된 소녀가 모습을 드러냈다.

"!!!!!!"

현수는 커다란 충격에 할 말을 잃었다. 소녀의 모습은 그의 망막에 낙인이 되어 찍혔다. 평범해 보이는 소녀였다. 하지만 평범하지 않은 것을 타고 있었다. 자신의 몸통만 한 커다란 휠체어 바퀴를 손으로 굴리며 나오는 소녀. 소녀의 몸통 아래에 있어야 할 두 다리는 보이지 않았다.

순간 몇 년 전 우연히 보았던 뉴스 한 토막이 현수의 뇌리를 스쳤다.

'인기 추리소설가 P씨가 몰던 자동차가 어젯밤 가평군 절벽 아래로 추락했습니다. 이 사고로 P씨는 가벼운 찰과상을 입었지만 조수석에 있던 아내는 목숨을 잃었습니다. 뒷좌석에 있던 자녀 G양은 다리에 큰 부상을 입고 치료 중입니다.'

기억 속에서 희미해진 오래전 뉴스가 이해되는 순간. 나이프를 쥐었던 현수의 오른손이 힘없이 아래로 떨어졌다. 믿고 싶지 않았다. 도저히 믿을 수가 없었다. 하지만 여학생의 휠체어가 모든 걸 말해주고 있었다. 불현듯 박 작가가 현수를 찾아왔던 그날 밤이 떠올랐다. 그때 자동차 뒷좌석에 타고 있던 실루엣은 박 작가의 딸이었던 건가.

소녀의 눈동자에는 오랜 슬픔과 고통이 낙인처럼 새겨져 있었다. 생기를 잃어버린 공허한 눈, 죽은 자의 눈이었다.

"미, 미안하네."

박 작가는 딸의 눈치를 보며 말을 이었다.

"내, 내가 심사숙고하라고 당부하지 않았나……. 나도 어쩔 수가 없었다네."

"으…… 으으으……."

더 이상 박 작가의 말이 귀에 들어오지 않았다. 사실 현수는 오늘 모든 일의 원흉인 그를 죽이고 자살하리라 마음먹었다. 하지만 두 다리가 잘려 불구가 된 딸 앞에서 일을 치를 수는 없었다. 게다가 사랑하는 사람에게 해를 입힌 박 작가의 마음을 현수는 누구보다 잘 알고 있었다.

현수는 천천히 뒷걸음질 쳤다. 소녀의 공허한 시선을 더 이상 견딜 수가 없었다. 뒷걸음질 치던 현수의 등이 어느새 거실 덧문에 닿았다.

틀렸다. 돌아가자.

단 한순간도 이들과 같은 공간에 있고 싶지 않았다. 끔찍했다.

현수가 박 작가에게서 등을 돌리자 그가 다급하게 외쳤다.

"자네! 다음 작품은 준비하고 있나? 자네도 이제 오 년이 얼마 안 남지 않았나?"

급히 현관을 나가려던 현수가 멈칫했다. 천천히 고개를 돌려 박 작가를 바라봤다.

"오 년……요?"

현수의 목소리가 갈라졌다. 당황한 기색이 역력했다. 현수의 얼굴을 응시하고 있던 박 작가가 믿을 수 없다는 듯 말했다.

"자, 자네 전혀 모르고 있었나? 신작 발표 후 오 년 안에 새로운 작품을 내야 한다는 계약 조건을……. 그 예외 조건이 바로 새로운 회원을 추천하는 거였네. 추천한 회원이 계약하는 순간 오 년을 더 유예할 수 있다고."

'네. 여기에 사인하시는 순간 바로 저희 NW 컴퍼니 종신 케어가 시작됩니다.'

'종신 케어가 시작됩니다.'

'종신 케어가 시작됩니다.'

'종신 케어가 시작됩니다.'

은테 안경 여직원의 목소리가 현수의 귓가에 맴돌았다. 종신의 의미가 그런 의미일 줄 누가 알았으랴.

미, 미친…… 이 미친놈들 같으니…….

영원히 벗어날 수 없단 말인가. 불현듯 어릴 적 부모님이 이혼한 뒤 떨어져 지낸 여동생이 떠올랐다. 기억 속의 어린 여동생은 해맑게 웃고 있었다.

"안…… 돼. 안 돼, 안 된다고……."

한순간 현수의 머리로 피가 쏠렸다. 현수의 의식 속에 팽팽하게 당겨진 실이 '툭' 끊어졌다. 현수는 귀신에 홀린 듯 외투에서 나이프를 꺼내 들었다. 두 손으로 나이프 손잡이를 꼭 움켜쥐었다. 칼끝은 현수 자신을 향해 있었다.

"안 돼, 그만둬."

박 작가가 급히 손을 뻗어 현수를 제지하려 했다. 현수는 박 작가를 힐끔 본 뒤 희미하게 미소 지었다. 그리고 온 힘을 다해 칼끝을 자신의 배에 쑤셔 박았다.

'푸욱!' 날카로운 칼날이 살갗을 가르는 소리. 복부에 전해지는 끔찍한 고통. 온몸이 불에 덴 듯 뜨거웠다. 이어서 거실 마루가 빠르게 현수에게 돌진했다. 현수의 볼에 차가운 거실 바닥이 닿았다. 현수는 다급하게 달려오는 박 작가를 보며 의식의 끈을 놓았다.

"아아아악!!"

자지러지는 비명과 함께 현수는 의식을 되찾았다.

유백색 형광등, 백색 천장.

집인가? 아니, 병원인가?

처음 보는 낯선 곳이었다. 현수는 고개를 돌려 천천히 주위를 살폈다. 그리고 이내 뭔가 잘못됐음을 직감했다. 방 안에는 아무것도 없었다. 구석에 놓인 휴대용 변기를 제외하면…… 창문도, 가구도, TV도 아무것도 없었다.

그때 아랫배에 찌르르, 통증이 일었다. 무의식적으로 배를 만지던 현수는 손끝에 느껴지는 거친 감촉에 깜짝 놀랐다. 배꼽 옆에 두툼한 반창고가 붙어 있었다. 현수는 천천히 반창고를 떼어봤다. 삼 센티미터 정도의 칼자국과 그 사이를 얼기설기 꿰맨 실 자국이 남아 있었다. 아직 딱지가 붙어 있었지만 딱지 아래로 새살이 차올랐다.

'이게 무슨 상처지?' 배에 왜 이런 칼자국이 남아 있는지 전혀 기억나지 않았다. 다만 상처를 보자 가슴이 답답해지고 속이 울렁거렸다. 배에 칼을 맞을 정도로 엄청난 일을 겪었는데 아무것도 기억을 못 하다니.

현수는 기가 막혔다. 상처도 상처지만 그 상처가 아물도록 기억나는 것이 없다니. 대체 얼마 동안이나 정신을 잃고 있었단 말인가. 현수는 반창고를 대충 덮고 방 안을 좀 더 살폈다.

그제야 방바닥의 위화감이 느껴졌다. 말랑했다. 바닥도 벽도. 방바닥과 벽면에 꼼꼼히 마감된 충격 흡수 쿠션을 보고서야 현수는 자신이 어딘가에 감금됐음을 깨달았다.

진땀이 났다. 대체 이곳은 어디인가. 골똘히 생각하며 무심코 턱을 쓰다듬던 현수의 손에 거칠게 자란 턱수염이 만져졌다. 어디가 됐든 아주 오랫동안 갇혀 있었던 건 분명했다.

그때 문이 열리는 소리에 현수는 소리가 나는 쪽으로 고개를 돌렸다.

문밖 어두운 복도에 누군가 서 있었다. 그림자에 파묻혀 얼굴은 알아볼 수 없었다.

"누, 누구시죠? 여긴 어디인가요. 전 왜 여기 있는 거죠?"

어둠 속의 남자가 형광등 불빛 아래로 한 걸음 내디뎠다. 다음 순간 현수는 비명을 질러대기 시작했다. 남자의 얼굴을 확인한 현수는 패닉 상태에 빠져버렸다. 이윽고 남자가 재빨리 현수를 향해 뛰어왔다. 현수는 온 힘을 다해 남자를 거부했다. "가! 가! 저리 꺼져! 흐아악!"

남자는 발작하는 현수의 어깨를 강하게 찍어눌렀다. 현수의 얼굴에 깊은 공포가 차올랐다.

"그웨에이이윽. 이으으으으이악. 우웨이이이이으이익."

남자의 입에서 알 수 없는 괴성이 쏟아져 나왔다. 귀를 틀어막고 싶었지만 팔을 남자에게 제압당해 움직일 수 없었다.

"으응이엥에이이이엑. 우어어어어익."

알 수 없는 음성이 두통을 야기했다. 머리가 깨질 듯 아파왔다.

"그…… 그만……."

현수의 눈동자가 파르르 떨리다 하늘로 말려 올라갔다. 남자가 읊조리는 음성을 들으며 현수는 정신을 잃고 말았다.

'쿵. 쿵.'

'이보게.'

'쿵. 쿵.'

'이보게.'

'쿵. 쿵.'

'이보게.'

"ㅇㅇㅇㅇㅇㅇ."

'쿵. 쿵.'

방 안에 낮게 퍼지는 희미한 소리가 현수의 귓가에 맴돌았다.

'쿵. 쿵.'

'쿵. 쿵.'

'이보게.'

귓가에 들리는 목소리에 희미해졌던 정신이 현실로 돌아왔다. 현수는 머리를 어루만지며 일어났다. 의미를 알 수 없는 소리가 계속됐다.

'쿵. 쿵. 이보게.'

감이 멀었지만 분명 사람의 목소리였다. 현수는 방 안을 돌며 소리의 진원지를 찾아 나섰다. 방 안을 이 잡듯이 뒤진 현수는 마침내 방구석에서 작은 파이프 구멍을 발견했다. 구멍 사이로 나오는 바람에 축축한 물비린내가 배어났다.

바깥과 연결된 환기구인가.

엄지손가락만 한 구멍 안으로 한쪽 눈을 대보았지만 보이는 것은 없었다. 그때 다시 구멍의 바람을 타고 희미한 목소리가 들렸다.

'쿵. 쿵. 이보게.'

현수는 급히 눈을 떼고 바람구멍에 입을 갖다 댔다.

"누, 누구시죠?"

조심스레 말을 마친 현수는 다시 구멍에 귀를 가져갔다.

곧이어 상대의 목소리가 들려왔다.

'오! 깨어났나? 하도 자지러지게 비명을 질러대서 난 자네가 죽은 줄 알았네.'

가래가 가득 낀 탁한 목소리, 낮고 느린 음성에서 나이가 꽤 지긋한 사람이라는 생각이 들었다. 낯선 독방에서 자신을 걱정하는 따뜻한 목소리에 현수의 눈시울이 붉어졌다.

"어르신은 누구십니까?"

'난 정진남이라고 하네. 나이는 오십칠 세일세.'

"전 김현수라고 합니다. 제가 동생이니 형님이라고 부를게요. 혹시 이곳이 어디인지 아십니까?"

'나도 잘 모른다네. 정신을 차려보니 사방이 막힌 이곳이었어.'

"저희를 가둔 이유가 뭘까요⋯⋯."

'내 생각엔 우리가 그놈들의 생체실험을 위한 모르모트인 것 같아. 자네도 봤지? 그놈들을⋯⋯.'

현수의 뇌리에 남자의 끔찍한 얼굴이 생생하게 떠올랐다. 정체를 알 수 없는 괴성을 쏟아내며 현수를 결박했던 남자. 남자의 얼굴은 인간의 얼굴이 아니었다. 눈, 코의 형태가 없는 민짜 얼굴, 귀밑까지 찢어진 입안으로 보이는 길쭉한 혓바닥, 그리고 머릿속을 파고드는 주문 같은 목소리⋯⋯. 현수는 끔찍함에 몸서리를 쳤다.

머릿속에서 남자의 얼굴을 떨쳐내려고 고개를 마구 저었다.

"빠져나갈 방법은 없을까요?"

'나도 처음에는 탈출하려고 했지. 그런데 이곳에 갇힌 지 벌써 삼 년이 넘었네. 그것도 내가 날짜를 세고부터 말이야. 이젠 포기 상태야. 그나마 밥은 꼬박꼬박 잘 챙겨주니 다행이지. 하하. 그래도 말벗이 생겨 다행이네. 하하하.'

정진남의 자조적인 웃음소리에 현수의 몸에서 힘이 쭈욱 빠졌다. 독방에 갇혀 썩다가 죽고 싶지는 않았다. 무슨 짓을 해서라도 탈출해야겠다고 마음먹었다.

시간이 지나면서 현수는 여러 가지 상황을 테스트했다. 괴물의 방문에는 패턴이 있었다. 보통 괴물은 저녁 배식 한 시간 뒤에 찾아왔다. 현수는 괴물과 마주하면 어김없이 정신을 잃었다. 마음먹고 크게 저항한 날에는 또 다른 괴물이 들어와 제압에

동참했다. 일단 괴물이 한 마리일 때 승부를 봐야 했다.

아랫배 상처의 딱지가 모두 떨어졌다. 꿰맨 자국이 흉하게 남았지만 상처는 모두 나은 듯했다. 매일 틈틈이 운동한 탓에 근육량도 꽤 늘었다.

그렇게 기다리던 대망의 디데이가 밝았다.

"형님, 오늘입니다."

조금 뒤 파이프 구멍으로 대답이 왔다.

'벌써 그렇게 됐나. 꼭 성공하길 바라네. 내가 아무런 도움이 못 돼 미안하구먼.'

"아닙니다. 제가 성공하면 형님도 꼭 탈출시켜드릴게요. 기다려주세요."

'잉, 그려. 건투를 빔세.'

짤막한 인사를 마치고 현수는 출입문을 등지고 돌아누웠다.

이제 시간이 다 됐다.

잠시 후 현수가 보고 있는 벽으로 그림자가 길게 드리웠다가 사라졌다.

놈이다. 놈이 문을 열고 들어왔다.

쿠션 바닥의 진동이 조금씩 가까워졌다. 그에 맞춰 괴성이 희미하게 들리는 듯했다.

젠장맞을, 밥알을 한 움큼이나 귓속에 처박았는데 그걸론 양이 모자랐나.

정신이 혼미해지는 것 같았다. 현수는 주먹을 불끈 쥐었다. 손바닥을 파고든 손톱에 피가 배어났다. 손바닥에 이는 통증으로 간신히 정신을 유지했다.

마침내 괴물의 그림자가 벽에 길게 드리웠다.

지금이다. 기회는 지금이다. 현수는 눈을 질끈 감았다. 괴물과의 거리는 보지 않아도 알 수 있었다.

현수가 벌떡 일어서 뒤에 선 괴물을 향해 돌진했다. 어깨에 묵직한 무게감이 전해졌다. 현수는 발바닥에 더욱 힘을 주어 괴물을 밀어붙였다. 괴물은 버티며 현수의 등을 마구 내려쳤다. 하지만 현수는 꺾이지 않았다.

"으아아아아!"

온 힘을 다해 밀자 드디어 괴물이 중심을 잃고 쓰러졌다.

"됐다."

현수는 재빨리 일어서 쓰러진 괴물의 머리를 짓밟았다.

'쿵. 쾅. 쿵.'

온몸의 체중을 발바닥에 실어 괴물의 머리를 내리찍었다.

'쿵. 쾅. 쾅.'

"그웨으이이이어어이엉."

괴물의 입에서 알 수 없는 목소리가 터져나왔다. 하지만 현수는 개의치 않았다. 오로지 괴물의 머리통을 깨부수는 데 모든 신경을 쏟았다.

괴물의 얼굴에서 흘러나온 질척한 녹색 액체가 방바닥을 흥건하게 적셨다.

괴물은 더 이상 움직이지 않았다. 하지만 현수의 발길질은 멈추지 않았다. 방바닥의 쿠션이 충격을 흡수했지만 그 이상의 강한 충격에 괴물의 얼굴이 뭉개지고 있었다.

죽인다. 조금만, 조금만 더하면…… 죽일 수 있다.

현수가 무릎을 가슴까지 들어올려 바닥으로 내리찍으려는 순간.

'쾅!' 수박이 쪼개지는 소리가 방 안을 갈랐다.

"끄ㅇㅇㅇㅇ."

낮은 신음 소리.

그러나 그것은 괴물의 입에서 나는 소리가 아니었다. 불행하게도 쪼개진 건 괴물의 얼굴이 아니었다. 현수가 후두부를 만지자 끈적한 피가 손에 묻어났다. 현수의 뒤에 또 다른 괴물이 서 있었다. 발길질에 정신이 팔려 문이 열리는 소리를 듣지 못한 것이리라. 아쉬웠다. 자신이 저지른 실수가 너무나 애석했다. 하지만 되돌리기엔 늦었다. 현수의 무릎은 이미 힘이 빠져 꺾이고 있었다. 바닥에 고꾸라진 현수의 의식도 저 멀리 날아가고 있었다.

현수는 미칠 듯한 두통에 눈을 떴다.

형광등 불빛, 백색 천장.

하아, 역시 실패인가. 빌어먹을…… 젠장.

"으으으, 젠장맞을……."

무심코 내뱉은 욕설. 그와 동시에 현수의 머리 너머가 갑자기 분주해졌다.

"어? 선생님, 김현수 환자 의식을 찾았어요. 게다가 말……
말을 했어요."

머리 위로 들리는 여성의 목소리에 현수는 어안이 벙벙해졌다. 반가운 사람의 말소리였다.

그렇다면 탈출했다는 건가. 괴물의 소굴에서? 어떻게, 어떻게 빠져나올 수 있었던 거지?

잠시 후 하얀 가운을 입은 의사가 현수의 눈에 차례로 플래시 불빛을 비췄다. "체온 정상, 동공 반응 정상"이라고 말하자 옆에 선 간호사가 차트에 의사의 말을 기록했다. 의사는 플래시를 가슴 포켓에 집어넣고 현수에게 말을 걸었다.

"이름이 뭔지 기억나시나요?"

현수는 천천히 또박또박 자신의 이름을 말했다.

"김. 현수."

"선생님이 쓰신 작품 제목 기억하세요?"

"흑…… 색…… 살의……."

현수의 대답에 의사는 만족스러운 듯 미소를 지으며 말했다.

"좋습니다. 이제 됐으니 가급적 안정을 취하세요."

의사가 돌아서려 하자 현수가 다급히 의사의 손목을 붙들었다.

"저, 저기요. 절 어디서 발견한 겁니까? 분명 괴물에게 뒤통수를 맞고 기절했는데요. 함께 갇혀 있던 정진남 씨는 무사한가요?"

현수의 말에 미소를 머금고 있던 의사의 안색이 변했다.

"김현수 씨가 정진남 씨를 어떻게 아시는 거죠?"

의사는 이해할 수 없다는 듯 간호사를 바라봤다. 간호사 역시 고개를 가우뚱거렸다.

"제가 괴물에게 붙잡혀 있던 방 맞은편에 정진남 씨가 있었습니다. 그분은 삼 년 넘게 그 방에 갇혀 있다고 했어요."

현수의 말에 의사의 눈빛이 날카롭게 빛났다.

"굉장히 흥미로운 얘기군요. 현수 씨의 케이스를 정식으로 연구하고 싶을 정도로요. 제가 진실을 말씀드릴 테니 잘 들어주세요."

의사는 코를 타고 미끄러진 안경을 손가락 끝으로 슥 밀어올린 뒤 말을 이었다.

"김현수 씨는 이 개월 전 복부에 삼 센티미터 깊이의 자상을 입고 이곳에 왔습니다. 곧바로 수술에 들어갔고, 다행히 중요 장기는 빗나가 목숨을 살릴 수 있었죠."

의사의 말을 듣자 현수의 흐릿했던 기억이 또렷해졌다.

"그, 그래서요?"

"신체적 상처는 봉합했습니다만, 문제는 정신적 상처였습니다."

의사는 현수를 흘끔 보고 말했다.

"과도한 스트레스 때문인지 의식을 차린 김현수 씨는 심각한 망상장애와 정신분열 증상을 보이셨습니다."

"정…… 정신분열이라고요?!!"

"네. 게다가 과도한 공격성 때문에 저희는 어쩔 수 없이 김현수 씨를 독방에 가둘 수밖에 없었습니다. 그런데 이틀 전 탈출 때 김현수 씨가 받은 후두부의 충격이 일종의 기폭제가 되어 기적적으로 원래 정신이 돌아온 것입니다."

"그럼 정진남 씨는요? 그 형님도 미쳐 있었다는 말인가요? 제가 대화할 땐 너무나 정상 같아 보였는데요."

"그 부분이 이해가 안 됩니다. 정진남 씨도 중증의 정신분열증 때문에 일반인과는 의사소통이 불가능한 상태였거든요. 물론 김현수 씨도 마찬가지였고요."

현수는 의사의 말에 망치로 머리를 얻어맞은 것 같은 충격을 받았다. 의사의 말을 곧이곧대로 믿을 수 없었다. 현수는 힘겹게 몸을 일으켜 세웠다.

"아직 일어서면 안 됩니다. 안정하셔야 해요."

"믿을 수 없습니다. 내가, 내가 직접 봐야겠습니다. 정진남 씨는 어디 있죠?"

현수는 의사의 제지를 뿌리치고 침상에서 내려왔다. 막무가내인 현수의 기세에 눌려 의사는 그를 병실 밖으로 안내했다. 현수를 복도 끝 엘리베이터에 태운 뒤 맨 꼭대기 칠 층 버튼을 눌렀다. 엘리베이터는 '웅웅' 소리를 내며 칠 층을 향해 올라갔다.

엘리베이터 안에는 불편한 정적이 감돌았다. 현수는 그런 정적을 깨며 물었다.

"그럼 제가 짓밟았던 괴물은 어떻게 됐죠?"

"아, 정신과 전문의 닥터 박입니다. 사실 김현수 씨가 가한 무차별 폭행 때문에 상태가 많이 안 좋습니다. 코뼈와 안와 골절, 광대뼈 함몰, 치아도 일곱 개나 부러졌고요. 지금도 치료 중입니다."

현수는 쥐구멍에라도 숨어들고 싶었다. 진료해준 의사를 그렇게 만들다니, 죄책감이 밀려들었다.

어느덧 엘리베이터는 칠 층에 도착했다. 의사는 말없이 어두운 복도를 지나 복도 끝 왼편 철문 앞에 섰다. 다리를 절며 힘겹게 따라온 현수도 의사 옆에 섰다. 문 한가운데 707이라는 숫자판이 붙어 있었고, 그 아래 투명 아크릴판 안에 정진남이라고 쓰인 카드가 끼어 있었다.

현수가 문손잡이를 돌렸으나 문은 굳게 잠겨 있었다. 현수는 의사를 바라보며 간곡하게 말했다.

"한 번만, 한 번만 만나볼 수 없을까요. 부탁입니다."

의사는 난처한 표정을 지었지만 거절하지는 않았다.

"원래는 안 되는데…… 김현수 씨 케이스가 워낙 특이해서 저도 호기심이 생기네요. 정진남 씨는 공격성이 크지 않으니 잠시만 대면시켜드리죠. 그래도 자극하시면 안 됩니다."

말을 마친 의사는 주머니를 뒤적여 열쇠 꾸러미를 꺼냈다. 수십 개의 열쇠들 중 하나를 골라 열쇠 구멍에 넣고 돌렸다. '철커덩' 둔탁한 쇳소리에 이어 문이 열리자 역한 냄새가 현수의 얼굴로 확 풍겼다. 걸레 썩은 듯한 냄새에 현수의 얼굴이 찌푸려졌다. 열린 문 사이로 익숙한 쿠션 방이 보였다. 방 한가운데 머리가 벗어진 중년 남자가 눈을 감은 채 앉아 있었다.

저 남자가 정진남 형님?

현수는 조심스레 말을 걸었다.

"형, 형님. 저 맞은편에 갇혀 있던 김현수예요. 기억하시겠어요?"

현수의 목소리에도 남자는 감은 눈 그대로 꿈쩍도 하지 않았다. 몇 번을 더 불러봤지만 역시 반응은 없었다. 의사가 현수의 팔을 잡고 "이만 가죠"라고 말했지만, 현수는 포기할 수 없었다. 현수는 의사의 만류를 제치고 방 안으로 들어갔다.

"자극하시면 안 됩니다."

의사가 다시 제지하려 했지만 현수의 발이 조금 더 빨랐다.

"형님, 저 김현수예요."

정진남의 어깨 위에 현수의 손이 닿았다. 그제야 감고 있던 정진남의 눈이 천천히 뜨였다.

마침내 정진남과 현수의 눈이 마주쳤다. 순간 방 안에 고요한 정적이 내려앉았다. 현수의 눈에 눈물이 차올랐다.

"형님, 저 알아보시겠어요?"

현수의 물음에 정진남의 입이 조금씩 벌어졌다.

"그웨에이이윽. 이으으으으으이악. 우웨이이이으이익."

"악!"

현수가 두 손으로 자신의 귀를 틀어막았다.

고막을 찢을 듯한 높은 고음으로 내지르는 괴성. 정진남은 기괴한 소리를 지르며 방 안을 미친 듯이 팔짝팔짝 뛰어다녔다.

정말로 이 사람이 형님이 맞는 건가. 눈앞의 남자는 정말로 제정신이 아닌 듯 보였다.

땀을 뻘뻘 흘리며 괴성을 내지르는 입가로 침방울이 뚝뚝 떨어졌다. 미쳐버린 원숭이 같았다. 현수의 등 뒤에 선 의사가 현수의 어깨를 천천히 잡아끌었다. 현수가 바라보자 의사가 말없이 고개를 가로저었다. 현수는 방에서 나왔고, 뒤이어 철문이 굳게 닫혔다.

현수는 귀신에 홀린 것 같았다. 나도 형님과 같았다니. 내가 저랬단 말인가. 이런 사람과 대체 어떻게 의사소통을 했던 걸까. 정진남처럼 발광하는 자신의 모습을 상상하자 눈앞이 캄캄해졌다. 끈적한 땀이 관자놀이를 타고 흘렀다. 겨드랑이 아래에도 땀이 배어났다.

"그럼, 저 형님은 평생 이 방에서 나올 수 없는 겁니까?"

"걱정 마십시오. 저분도 김현수 씨와 같은 종신 케어니까요. 끝까지 저희가 케어할 겁니다."

"네? 지금 뭐라고 하셨죠?!"

순간 현수의 등줄기에 소름이 돋았다. 아주 중요한 말을 들은 것 같아서 몸이 반응했지만 머리가 미처 따라잡지 못했다.

그때였다.

현수가 미처 생각을 정리하기도 전에 갑자기 남자들이 나타나 현수의 양팔을 강하게 휘감았다.

현수는 성질을 버럭 내며 따져 물었다.

"갑자기 이게 무슨 짓입니까?"

갑작스러운 상황에 강하게 저항하던 현수가 숨을 삼켰다.

자신을 결박한 남자들의 얼굴이 어딘지 낯익었다. 하얀색 유니폼을 맞춰 입은 짧은 머리의 남자들…….

"!!!!!!!"

"정진남 씨와는 다르게 김현수 씨는 이제 정신을 차리셨으니 집필을 시작하셔야죠, 후후."

의사가 손가락으로 안경을 밀어올리며 싱긋 웃었다. 그리고 잠깐 뜸을 들인 후 목소리를 높였다.

"김현수 씨가 입원한 동안 오 년 유예 기간이 만료됐습니다. 이후 입원 기간은 'NW 집필 기한'에 포함됩니다. 게다가 정신분열 상태라지만 컴퍼니 직원에게 폭행을 가했으니 적어도 삼 개월의 패널티가 추가되겠군요. 집필실에 가시면 벌써 패널티 집행 사진이 김현수 씨를 기다리고 있을 겁니다."

현수의 몸이 사시나무 떨리듯 떨렸다. 의사가 말을 이었다.

"참고로 자살하려던 김현수 씨를 저희에게 인계한 분이 박기범 작가의 따님입니다. 저희 컴퍼니는 따님의 헌신을 인정해서 삼 년의 유예 기간을 더 주기로 했죠."

의사는 현수를 붙잡고 있는 남자 직원들에게 명령했다.

"자, 이제 김현수 작가님을 모셔다드리세요."

현수가 입고 있는 환자복 아래로 흘러내린 소변 줄기가 바지를 적셨다.

무기력하게 끌려가는 현수의 발 아래로 소변 자국이 길게 이어졌다.

현수는 남자 직원들 사이에 끼어 미친 듯 몸을 떨면서 자지러지게 절규했다.

"거짓말, 거짓말이야! 안 돼에에에에에에에에!"

영원히 끝나지 않을 현수의 슬럼프가 다시 시작되었다.

4
조난

"여기요! 도, 도와주세요! 제발, 부탁드립니다. 도와주세요!"

가래가 끓고 목이 따끔거렸다. 쉬어버린 목에서는 더 이상 목소리가 나오지 않았다. 하지만 남아 있던 힘을 끌어모아 목소리를 짜냈다.

"도와주세요!"

목이 터져라 외쳤지만 산등성이에 보인 거뭇한 형체는 이내 사라져버렸다. 이제 헛것마저 보이는 걸까. 헛것이던 귀신이던 상관없었다.

"제발……, 도와주세요. 흑흑……."

뜨거운 눈물이 두 볼을 타고 흘러내렸다. 일말의 희망은 더욱 깊은 절망으로 바뀌었다. 더 이상 버틸 수 없었다. 악마가 있다면 영혼을 팔아서라도 이 지옥을 벗어나고 싶었다. 끝을 알수 없는 무간지옥. 차라리 죽는 게 나을 것 같았다.

아니야!

이렇게 약한 소릴 할 때가 아니다. 지금 눈을 감을 수는 없다. 적어도 아직은…….

"아빠! 오늘은 어디로 갈 거야?"

쌍용 초등학교 3학년, 열 살배기 아들 지원이 신이나 가방을 챙기며 물었다. 아들의 반응에 덩달아 기분이 좋아진 성훈이 말했다.

"어디긴 어디야. 항상 가던 데지."

아들이 입을 비쭉 내밀었다.

"피, 또 거기야? 거긴 이제 시시한데."

"오호, 이것 봐라."

성훈은 매주 주말마다 아들과 함께 산행을 갔다. 아들과의 산행 횟수가 늘어가면서 이제는 곧잘 산을 타는 아들을 보며 흐뭇해했는데, 이런 귀여운 투정을 부릴 줄은 생각지도 못했다.

성훈이 아들 지원의 머리를 헝클어트리며 말했다.

"그럼 난이도를 좀 더 올려볼까? 중간에 힘들다고 땡깡 부려 봐야 소용없어! 정말 자신 있어?"

지원이 까치집 머리로 어깨를 으쓱거리며 말했다.

"당연하지. 나도 이제 어엿한 3학년이라고."

호기를 부리는 모습마저 마냥 귀여웠다. 성훈은 이번 주말엔 아들이 중학생이 되면 가려고 점찍어 놓았던 산으로 가야겠다고 마음먹었다.

아들과 함께 산행을 다닌 지 어느덧 1년이 훌쩍 지났다. 4년 전, 지원이가 여섯 살이 되던 해. 지원이의 엄마이자 아내였던 미선과 이혼서류에 도장을 찍고 남이 되었다.

연애 때부터 아내는 유독 스트레스에 민감한 반응을 보였다. 직장에서 부과되는 업무에 스트레스를 받고 힘에 부쳐 하는 모습에 보호본능을 느낀 성훈은 그녀를 보살피고 챙겨주었다. 애정이라기보단 동기로서의 동정과 배려였다. 하지만 아내는 그런 배려를 사랑이라 여긴 듯했다. 어느새 아내는 업무뿐만이 아니라 점심 메뉴를 정하는 사소한 일까지 모든 것을 성훈에게 의지했다. 장남이자 3남매의 맏이였던 성훈은 그런 아내의 의존적인 모습이 낯설지 않았다.

성훈은 아내를 군말 없이 받아줬고 둘의 관계는 급속도로 가까워졌다. 아내가 교제 6개월 만에 뜻하지 않게 지원이를 임신하면서 둘은 급히 결혼식을 올렸다. 배가 부른 상태로 신부복을 입어서는 안 된다는 양가 의견에 따른 조치였다. 신혼 초 성훈은 모든 새신랑들과 마찬가지로 새로운 가족과 장밋빛 미래를 그리며 행복을 꿈꿨다. 하지만 새내기 부부에게 삶은 그리 녹록치 않았다.

예상치 못한 임신, 미처 준비되지 않은 결혼에 이어 갑작스러운 출산은 아내가 견딜 수 있는 스트레스의 한계치를 가뿐히 넘어선 듯했다. 불행의 씨앗은 바로 그때부터 잉태됐었는지도 모르겠다.

세 식구를 책임지는 가장의 무게는 각오했던 것보다 훨씬 더 무거웠다. 육아휴직 후 지원이의 육아에 전념하는 아내를 대신해 성훈은 매일 야근과 주말 출근을 강행했다. 그렇게라도 하지 않으면 비어버린 아내의 수입 공백을 도저히 메꿀 수가 없었다. 자연스레 성훈에게 집은 내일 출근을 위해 수면을 취하는 곳이 되었고, 아내는 자유롭던 커리어 우먼에서 오롯이 지원이의 독박 육아와 살림을 전담하는 전업주부로 전락했다. 만약 그때 성훈이 아내의 상태를 유심히 살폈더라면……. 결과는 달라졌을까?

"여보. 여기 지원이 등에 멍은 언제 난 거야?"

모처럼 일찍 퇴근한 성훈이 거실에서 기분 좋게 캔 맥주를 마실 때였다. 베란다에서 빨래를 너는 아내를 대신해 떡볶이 국물을 셔츠에 흘린 아들의 옷을 갈아입히던 성훈은 아들의 등 한가운데 나 있는 시퍼런 멍 자국을 발견했다. 베란다에 있던 아내는 대답이 없었다.

언뜻 보기에도 꽤 아팠을 텐데, 성훈은 맥주를 한 모금 마시고 아들에게 직접 물었다.

"지원아, 이 멍 자국은 뭐야? 어디서 넘어졌니?"

아빠의 물음에 아이가 흠칫 놀랐다. 돌아선 채 가늘게 몸을 떠는 아이의 반응이 이상했다. 잔뜩 움츠린 아들의 어깨가 더욱 작아보였다. 성훈은 아이를 앞으로 돌려 세웠다. "헉!" 성훈은 충격에 가쁜 숨을 토했다. 알싸했던 술기운이 한순간에 싹 가셨다. 가녀린 아이의 몸에 나 있는 크고 작은 상처와 멍들. 오른쪽 갈비뼈 부근에 있는 멍은 최근에 생긴 듯 아직 붉은 기가 감돌았다. 상처는 가슴이나 등 같은 눈에 보이지 않는 곳에 집중돼 있었다.

"이…… 이게 다 뭐야? 지원아. 유치원에서 무슨 일 있었어? 엄마는? 엄마도 알아?"

성훈이 내뱉은 엄마라는 말에 아이가 다시 한번 움찔거렸다. 성훈이 다그친 말이 자신을 혼내는 거라 생각한 아들의 얼굴은 온통 겁에 질려 있었다. 머뭇거리던 아들이 더듬더듬 대답했다.

"유, 유치원에서 친구들이 그랬어요."

온갖 생각들이 성훈의 머릿속에 가득 찼다. 집단 괴롭힘이 틀림없었다. 하루 이틀에 만들어진 상처가 아니었다. 요즘 애들이 예전과 다르다곤 하지만 유치원생인 아들이 이런 끔찍한 집단 따돌림을 받고 있을 줄이야. 아들의 처참한 상처를 지켜보는 성훈은 가슴이 무너져 내렸다. 매일 바쁘다는 핑계로, 피곤하다는 핑계로 아들이 보내는 구조신호를 애써 모른 척했던 건 아닐까. 가슴 한구석에 씻을 수 없는 죄책감이 몰려왔다. 너무나 미안한 마음에 아들을 쳐다볼 수 없었다. 유독 주눅 들고 자신감 없던 아들의 모습은 그 때문이었던 건가. 어느새 눈가에 눈물이 차올랐다. 행여 아들을 앞에 두고 눈물을 흘릴까봐 하늘을 올려다 본 순간. 성훈은 이해할 수 없는 위화감을 느꼈다.

아내는 이런 지원이의 상태를 전혀 모르고 있었다는 말인가? 그런 의문이 고개를 든 순간 문득 성훈은 누군가 자신을 지켜보는 듯한 기이한 시선을 감지했다.

그 시선을 따라 고개를 돌린 성훈은 흠칫했다. 어두컴컴한 베란다에서 거실 유리를 사이에 두고 성훈을 무섭도록 차갑게 노려보는 미선의 시선을. 뼛속까지 얼려버릴 듯한 아내의 눈빛과 그 눈빛에 드러난 타오르는 적의를. 그녀의 입에서 잘근잘근 씹힌 손톱으로 베어 나온 새빨간 선혈이 손목을 타고 흘러 소매를 적시고 있었다. 아내의 히스테릭한 모습에 성훈의 머리가 쭈뼛 섰다. 아내의 눈빛은 정상이 아니었다. 불안과 광기로 뒤덮인 눈동자가 갈피를 잡지 못하고 흔들렸다. 그 순간 성훈은 아들의 상처들이 어디에서 비롯되었는지를 깨달아버렸다.

대체 언제부터였을까. 수없이 쏟아내는 질문들에 아랑곳없이 아내는 입을 굳게 닫아버렸다. 아내와의 결혼 생활은 그날을 기점으로 산산이 조각났다. 학대받던 지원이를 위해서라도 더 이상 아내와 함께 살 수는 없었다. 결국 성훈은 이혼을 결심했다. 그것이 최선이었다.

이혼은 일사천리로 진행됐다. 유책배우자인 아내는 양육권은 물론 재산분할도 제대로 받지 못하고 도망치듯 쫓겨났다. 아내는 뒤늦게 성훈에게 용서를 빌었지만 성훈은 단호했다. 아이를 학대한 죄는 결코 용서받을 수 없다고 매정하게 못 박았다. 아내는 좌절했다. 이혼에 대한 압박과 스트레스는 아내를 또 다른 절벽 끝으로 밀어냈다. 결국 이혼 서류에 찍은 도장이 채 마르기도 전에 아내는 본가 자신의 방에서 스스로 목을 맸다.

유서는 떨리는 손으로 비뚤게 써낸 단 세 글자였다. '미안해.' 성훈 역시 뒤늦게 후회했지만 이미 떠나버린 사람이 다시 돌아올 수는 없었다. 지원이에겐 엄마의 죽음을 비밀로 했다. 아이가 받게 될 충격도 충격이었지만 아내가 집을 나간 뒤부터 학대로 인한 외상 후 스트레스장애(PTSD)에 시달리는 아들에게 잔혹한 진실을 차마 말할 수는 없었다. 성훈은 아내의 죽음을 슬퍼할 새도 없었다. 매일 밤 악몽에 시달려 땀에 흠뻑 젖은 채 흐느끼는 아이를 달래는 날들이 이어졌다. 성훈은 직장까지 그만두고 아들의 심리치료에 모든 노력을 기울였다. 아들에게 아니, 떠나버린 아내에게 속죄하듯이…….

"지원아. 이제 너랑 나 단 둘뿐이야. 아빠 널 절대로 혼자 두지 않아. 끝까지 함께 할 거야. 약속할게."

두 눈을 마주보고 굳게 맹세한 약속이 효과를 발휘한 걸까. 성훈의 혼신의 노력이 전달된 것일까. 아들은 서서히 잃었던 웃음을 되찾아 갔다. 아들과의 추억을 쌓기 위해 성훈이 등산을 제안한 건 그때 즈음이었다. 방안에만 틀어박혀 있던 아들은 고맙게도 성훈의 제안을 선뜻 수락했다. 처음에는 야트막한 뒷동산부터 시작했다. 서서히 기초체력이 붙자 아들은 하루가 다르게 등산실력이 일취월장했다. 성훈은 산을 곧잘 타는 아들을 보며 아들이 원래는 활발한 아이였다는 걸 깨달았다. 눈치를 보며 주눅 들어 있는 모습은 더 이상 찾아 볼 수 없었다. 이제야 비로소 아이답다고 느꼈다. 탁 트인 정상에서 땀을 흘리며 신나게 웃는 아들을 바라보며 성훈은 힘들더라도 매주 함께 등산을 가리라 마음먹었다.

울창한 나무 아래, 매미들이 귀가 따갑도록 울어댔다.

매미 울음소리 아래로 계곡의 세찬 물줄기가 기분을 상쾌하게 했다. 연일 줄기차게 내린 비 때문에 계곡 물은 많이 불어나 있었다. 7월의 장마철. 주중 내내 비를 뿌려대 등산을 갈 수 있을까 걱정했건만 다행히 주말에 접어들자 언제 그랬냐는 듯 태양이 내리쬤다. 지원의 성화에 찾은 산은 시내에서 한 시간 가량 떨어진 수발산이었다. 산세가 험하고, 등산로가 외지고 비좁아 많은 이들이 찾는 곳은 아니었다. 하지만 사람의 손을 덜 탄만큼 자연이 보존돼 있었고 등산로 아래로 흐르는 계곡이 무척 아름다운 곳이었다.

정상에서 내려다보는 천안시 전경이 끝내주는 곳으로 토박이들만 알고 있는 숨겨진 코스였다. 하지만 아들의 상태를 보니 푸르른 녹음을 즐길 여유 따윈 없어 보였다. 아무리 산을 잘 탄다지만 역시 초딩은 초딩이었다. 비지땀을 흘리며 거친 숨을 몰아쉬는 지원에겐 벅찬 코스임이 분명했다. 성훈은 슬슬 걱정되기 시작했다.

이러다 업고 내려가야 되는 거 아닌지 염려도 되었다.

"헉. 헉."

"힘들지? 조금 쉬었다 갈까?"

아들은 성훈의 말에 지체 없이 고개를 끄덕였다.

성훈과 지원은 산중턱 커다란 바위에 앉아 잠시 쉬기로 했다. 성훈이 배낭에서 꺼낸 200ml 생수병을 건네자 지원은 기다렸다는 듯 벌컥벌컥 마셨다.

"지원아, 조금만 마셔. 너무 많이 마시면 몸이 무거워서 더 힘들어."

생수병에서 입을 떼지도 않고 고개를 끄덕이던 지원은 연신 물을 들이켰다. 어느 정도 갈증이 해소된 지원이 마시던 생수병을 건넸다.

"쩝. 거의 다 마셨네."

생수는 1/3밖에 남아 있지 않았다. 지원이 몫의 생수는 이미 한참 전에 모두 비워버렸다. 아들이 맛깔나게 갈증을 해소한 물은 성훈의 몫이었다.

"헤헤. 미안."

혀를 쏙 내밀며 사과하는 아들을 보자 서운함이 가셨다. 땀에 흠뻑 젖은 지원은 아직 웃음을 보일 여유가 있었다. 성훈은 손에 든 생수 한 모금을 입에 머금고 뚜껑을 닫았다. 한 모금이면 됐다. 정상까진 아직 한 시간은 더 올라가야 했다. 정상에서 아들과 나눠 마시자고 생각한 성훈은 물병을 배낭에 도로 집어넣었다.

"다리는 괜찮아?"

성훈이 쭉 뻗은 지원의 다리를 잡고 마사지했다. 또래보다 성장도 느리고 왜소한 체격 때문에 걱정도 많이 했다. 하지만 등산을 시작한 후부터 허벅지와 종아리에는 나름 단단한 알 근육이 잡혔다. 이 작고 가녀린 다리에도 아이의 생명력이 흐르는구나, 성훈은 아들의 다리를 주무르며 혼자 감탄했다.

"아야, 아빠! 아파. 살살."

"아, 미안해. 아빠가 좀 쎘지? 하하."

실없이 웃으며 성훈이 말을 이었다.

"조금만 더 가면 정상이야. 우리 아들, 조금만 더 힘내."

지원이 눈을 빛내며 말했다.

"응. 꼭 정상까지 갈 거야. 출발하자."

성훈과 지원은 엉덩이를 털고 일어나 다시 오솔길을 올랐다.

정상에 가까워지자 등산로는 한층 좁고 위험해졌다. 전날 내린 비 때문에 흙바닥은 질척이고 미끄러웠다. 한 명이 겨우 걸을 수 있는 오솔길 끝은 바로 낭떠러지로 이어졌다. 자칫 잘못해 미끄러지기라도 한다면 바로 낭떠러지로 떨어질 것 같았다. 앞서가던 성훈은 뒤따라오는 아들에게 온 신경이 곤두섰다. 혹여 넘어지기라도 하면 뒤에서 붙잡아줄 요량으로 지원을 앞세웠다.

부자간에 오고가던 대화가 점점 사라졌다. 대신 거칠게 토해내는 숨소리가 그 자리를 대신했다. 부자는 묵묵히 진흙땅을 살피며 한발 한발 조심히 내딛었다. 성훈은 어느새 앞서가는 아들의 발만 쳐다봤다. 출발할 때만 해도 하얗고 깨끗했던 지원의 운동화는 온통 진흙투성이가 돼 있었다.

그냥 가던 대로 갈 걸 그랬나.

성훈은 아들을 무리하게 끌고 온 것 같아 후회되기 시작했다. 한 발, 두 발, 세 발. 교차하는 아들의 진흙 묻은 운동화에 정신이 팔린 사이에 지원이 갑자기 멈춰 섰다.

"아빠. 저기 저 새 봐봐."

성훈은 고개를 들어 멈춰선 아들이 가리키는 손가락 끝으로 시선을 옮겼다.

지원의 앞에 말라비틀어진 썩은 고목의 가지 위로 온몸이 새까만 까마귀 한 마리가 앉아 있었다. 눈 한 번 깜빡이지 않고 아들을 향해 머리를 고정한 까마귀를 보자 성훈은 묘하게 불쾌해졌다. 먹이를 낚아채기 전 사냥감을 노려보는 포식자의 모습이랄까. 까마귀를 보면 재수 없다고 말하는 이유를 알 것도 같았다. 알 수 없는 불안감에 빠진 건 성훈뿐만이 아니었다. 아들도 자신을 노려보는 까마귀에 시선을 고정한 채 한 발짝도 나아가지 못하고 있었다. 더 이상 속을 알 수 없는 짐승의 눈빛을 보고 싶지 않았다. 아니, 보고 있을 수 없었다. 성훈은 길가에 떨어진 묵직한 돌멩이 하나를 주워들었다.

까마귀를 맞혀 죽이려던 건 아니었다. 그저 돌을 피해 저 멀리 날아가길 바랐다.

"에잇, 재수 없어!"

성훈은 있는 힘껏 까마귀를 향해 돌을 던졌다. 성훈의 손끝에서 빠져나간 돌이 커다란 포물선을 그리며 낙하했다.

푸드덕.

그와 동시에 나뭇가지에 앉아 있던 까마귀가 날개를 활짝 펴고 나뭇가지를 퉁겼다.

"아, 아빠."

아들 지원이 절박하게 아빠를 불렀다.

성훈의 눈에 그 모든 순간이 슬로우 모션처럼 느리게 인지됐다.

성훈이 던진 돌은 고목을 크게 빗나가 떨어졌다. 고목 위를 뛰어오른 까마귀가 날개를 활짝 펴고 도약했고, 날아오른 까마귀는 곧장 지원이를 향해 활강했다.

성훈의 동공에 맺힌 검은 벨벳 같은 까마귀가 점점 커져갔다. 날아오는 까마귀의 눈에 아들의 겁먹은 얼굴이 비쳐 보이는 듯했다.

갑작스러운 까마귀의 위협에 지원은 중심을 잃었다. 넘어지지 않으려고 버둥거리던 아들의 발이 길 끝 낭떠러지를 향해 갔다.

"안 돼!"

성훈은 아들을 향해 재빨리 손을 쭉 뻗었다.

"아아아아아아아아아아아악."

아들의 날카로운 비명이 테이프를 늘어뜨린 듯 늘어졌다. 몸은 이미 낭떠러지 밖으로 떨어지고 있었다. 그때 성훈이 뻗은 손가락이 간신히 지원의 오른손 끝에 닿았다.

간발의 차이.

성훈은 간신히 아들의 오른손을 붙들었다. 하지만 떨어지는 지원을 붙잡은 성훈도 관성에 따라 낭떠러지로 향해 있었다. 성훈의 왼쪽 발이 공중에 떠올랐다. 성훈은 안간힘을 쓰며 땅에 붙어 있는 오른발에 브레이크를 걸었다.

아뿔싸. 오른발이 붙어있던 땅바닥의 진흙이 성훈의 발을 주르륵, 미끄러트렸다. 성훈과 지원은 그대로 한데 뒤엉켜 절벽 아래로 굴러 떨어졌다. 속절없이 그리고 정신없이.

아래로.

아래로.

아래로.

"으……."

얼굴이 따끔거렸다. 가슴과 등에 격통이 밀려왔다.

통증 때문에 숨을 제대로 들이마시기 힘들었다. 다만 밀려드는 고통이 아직 살아있음을 깨닫게 했다. 귓가에 거슬리는 고주파의 소음이 머릿속을 파고들었다. 성훈이 익히 알고 있는 소음이었다. 1초에 800회를 왕복하는 모기의 날갯짓이 내는 소리. 성훈은 무의식적으로 손을 휘젓고 나서야 조금 전에 겪었던 사고를 자각했다. 급박했던 상황이 성훈의 머릿속에 폭발하듯 밀려들었다.

성훈이 감았던 눈을 번쩍 떴다. 내리쬐던 태양은 온데간데없고 어느새 사위는 어둠이 침잠했다. 빛을 잃은 산속은 바로 앞의 풀 한 포기조차 알아볼 수 없을 정도로 암흑천지였다. 얼마나 의식을 잃었던 걸까. 잠시 휴식을 취했을 때가 오후 3시였으니 해가 빨리 지는 산속임을 감안해도 네다섯 시간은 쓰러져 있었던 것 같다. 불현듯 깎아지른 비탈진 경사면이 떠올랐다. 그 낭떠러지에서 떨어져 아직 목숨이 붙어있는 것만으로도 기적이나 다름없었다.

지, 지원이!

한숨을 돌리고 나서야 함께 떨어진 아들이 뇌리에 스쳤다.

"지원아! 윽. 지원아 어디 있니? 대답해봐. 으윽."

갈비뼈를 다쳤는지 소리를 지를 때마다 가슴에 통증이 느껴졌다. 통증을 참아내며 한참을 불러봤지만 돌아오는 대답은 없었다. 불안감이 밀려들었다.

'혹시, 설마, 아냐, 아니야.'

성훈은 애써 고개를 흔들어 불길한 생각을 떨쳐냈다.

불현듯 바지 주머니에 넣어 두었던 휴대폰이 떠올랐다.

"휴대폰!"

성훈은 서둘러 바지 주머니를 뒤졌다. 하지만 성훈이 찾는 휴대폰은 어디에도 없었다. 비탈길을 구르면서 주머니에서 빠져 나간 듯했다. 잠시나마 성훈을 밝혔던 희망의 불빛이 힘없이 사그라졌다.

　시간이 지나자 어느 정도 어둠에 눈이 익숙해졌다. 성훈은 자신이 있는 곳을 둘러보기 위해 몸을 일으켰다. 팔을 땅에 짚고 상체를 일으킨 뒤 다리를 들기 위해 힘을 줄 때였다.

　"어?"

　왼쪽 다리에 힘이 들어가지 않았다. 아니, 힘을 주자 엄청난 고통이 몰려왔다. 허벅지를 찢어발기는 통증에 정신을 차릴 수가 없었다. 성훈은 통증의 진원지인 왼쪽 허벅지를 손으로 더듬었다. 등산복 합성섬유의 감촉을 따라간 손끝에 낯선 것이 닿았다. 평상시라면 절대로 만져질 수 없는 부자연스러운 감촉. 바지 위로 튀어나와 있는 그것을 건드리자 다시금 아찔한 통증이 강타했다.

　"악! 하, 하. 씨발, 망했다."

　통증이 전신을 훑고 지나자 허탈감에 비탄의 실소가 새어 나왔다.

　절벽에서 뒹굴면서 부러진 날카로운 나뭇가지가 왼쪽 허벅지를 관통한 듯했다. 상처를 단단히 틀어막은 나뭇가지 때문에 아직까지 살아 있는지도 몰랐다. 행여 나뭇가지가 빠졌다면 과다 출혈로 이미 이 세상 사람이 아니었으리라. 어디인지도 모를 산중턱에 발이 묶여버렸다. 더군다나 아들은 생사조차 모른다.

　'지원아, 이제 너랑 나 단 둘뿐이야. 아빤 절대로 널 혼자 두지 않아. 끝까지 함께 할 거야. 약속할게.'

　성훈의 마음속에 아들과의 약속이 메아리쳤다.

　그래. 아직 포기하기는 이르다. 날이 밝으면, 땅바닥을 기어서라도 아들을 찾아낼 것이다. 성훈은 가슴 깊이 다짐하고, 또 다짐했다.

영원토록 오지 않을 것 같던 아침이 밝아 왔다.

밤새 날아드는 모기 떼와 벌레들에 시달린 성훈은 뜬눈으로 밤을 지새우다 새벽녘에야 겨우 눈을 붙였다. 아침 일찍부터 하늘 높이 떠오른 태양이 지면을 작열했다. 장마철이 무색하게 하늘엔 구름 한 점 없었다. 폭염을 예상케 하는 습하고 무더운 날씨였다.

"지원아…… 지원아…… 지원아!"

성훈은 애타게 아들을 부르짖으며 눈을 떴다. 떠오른 햇빛을 그대로 받아 온몸이 땀으로 흥건했다. 온몸이 끈적거렸고 모기에 물린 얼굴과 손등이 몹시 가려웠다. 어디 하나 성한 곳 없이 불쾌감이 최고조인 아침이었다. 성훈은 고개를 들어 왼쪽 다리를 살펴봤다.

허벅지 위로 족히 10cm는 우뚝 솟은 부러진 나뭇가지가 성훈의 눈을 의심케 했다. 예상은 했지만 밝은 대낮에 보는 상처는 생각보다 더욱 그로테스크했다. 그나마 다행인건 깊숙이 박힌 덕분에 상처로 새어 나온 출혈이 적었다는 정도, 아무래도 왼쪽 다리를 쓰는 건 포기해야 할 것 같았다.

중천에 오른 태양은 점차 열기를 더해갔다. 입안이 모래를 씹은 것처럼 까끌거렸다. 타오르는 갈증이 밀려왔다. 마지막으로 물을 마신 게 언제였더라. 그제야 어깨에 메고 있던 가방의 존재감이 느껴졌다. 성훈은 서둘러 배낭을 벗고 지퍼를 열었다.

엉망진창인 가방 속에서 투명한 생수병이 보였다. 다급하게 생수병을 꺼내 뚜껑을 따고 입을 댔다.

미적지근한 액체가 말라붙었던 입안을 천천히 적셨다. 목구멍 안으로 흘러들어간 수분이 온몸 구석구석 퍼지는 듯했다. 한 모금, 두 모금, 꿀꺽. 꿀꺽.

성훈의 이성이 절대 물을 다 마셔선 안 된다고 강하게 경고했다. 하지만 그의 본능이, 육체의 욕구가 이성을 마비시켰다. 어느새 페트병 속에 남아 있던 물이 남김없이 사라졌다. 성훈은 모자란 듯 병을 하늘 높이 치켜들고 마지막 한 방울까지 입안에 털어 넣었다. 텅 빈 페트병을 신경질적으로 구겨서 던져버린 성훈은 상체를 일으켜 세워 주변을 천천히 둘러봤다. 탁 트인 비탈면에 튀어나온 3평 남짓한 공간, 평지의 끝인 좌측 낭떠러지 아래로 깊이를 알 수 없는 계곡물이 흐르고 있었다. 장맛비에 불어난 수량으로 수심은 깊어 보였지만 유속이 빠르고 곳곳에 날카로운 바위들이 있어 몹시 위험해 보였다. 성훈은 계곡에서 눈을 떼 우측으로 고개를 돌렸다. 눈앞에 수직 돌벽이 성훈의 시야를 가로막았다. 성훈은 고개를 들고 돌벽 너머를 살폈다. 저 멀리 우거진 나무들 사이로 거친 경사면이 보였다. 정상 근처였으니 아마도 10m 위에서 굴러 떨어진 것 같았다. 시선을 아래로 떨어뜨리자 돌벽 바로 위로 잡초들이 듬성듬성 자란 것이 보였다. 그 잡초 옆으로 보이는 커다란 너럭바위……. 어디선가 봤음직한 그 바위가 성훈의 머릿속에 맴돌았다. 그때 성훈의 뇌리에 뭔가 떠올랐다.

아들의 다리를 주무르고 물을 마시며 쉬어 갔던 곳, 아들과 함께 앉았던 바로 그 너럭바위.

성훈은 자신이 굴러 떨어진 곳의 위치를 어렴풋이 짐작했다.

"저, 저 돌벽만 넘으면…… 바로 등산로인데……."

2m 높이의 돌벽, 173cm의 성훈이 가볍게 손만 들어도 넘을 수 있는 돌벽이 지금은 생사를 가르는 죽음의 벽이 되어 성훈을 가로막고 있는 것이다. 그래도 등산로에서 멀지 않은 곳에 떨어진 것만으로도 천만다행이었다. 분명 이 길을 지나는 등산객이 있으리라.

가만, 그런데 오늘은 월요일이 아닌가. 이렇게 외진 산길을 평일에 찾는 사람이 과연 있을까.

하지만 다른 방법이 없었다. 그저 기다릴 수밖에는…….

성훈은 손바닥으로 마른세수를 하고 고개를 돌려 등 뒤를 살폈다. 성훈의 뒤쪽으로 그리 멀지 않은 곳에 나뭇가지 더미가 쌓여 있었다. 천천히 그 더미를 살피던 성훈의 눈이 커졌다.

"헉! 지, 지원아."

부러진 나뭇가지들과 나뭇잎 사이로 말라붙은 진흙이 잔뜩 묻은 운동화가 있었다. 지원이 신고 있던 흰색 나이키 운동화. 성훈은 아들이 절벽 아래로 떨어지지 않은 것에 안도했다. 하지만 안도의 기쁨도 잠시, 뭔가 이상했다. 나뭇가지들이 덮인 채 쓰러져 있는 아들은 아무런 미동도 없었다.

"지원아……. 괜찮니?"

돌아오는 대답은 없었다. 아들을 뒤덮고 있는 나뭇가지들이 그대로 쌓여 있는 건 밤이 새도록 쓰러진 상태 그대로였다는 것인가. '설…… 설마…….' 성훈은 이를 악물고 팔을 뻗어 지원을 향해 기어갔다. 왼쪽 다리를 질질 끌고 다가가 아들을 온통 덮고 있는 나뭇가지들을 미친 듯이 쓸어냈다. 나뭇가지들이 허공을 가르며 절벽 아래로 떨어졌다. 얼굴에 붙은 젖은 나뭇잎들을 떼자 잠을 자듯 눈을 감은 아들의 얼굴이 드러났다.

"지원아. 괜찮니? 아빠야. 눈 좀 떠봐. 지원아."

지원의 얼굴을 어루만지는 성훈의 손끝이 사정없이 떨렸다. 잠긴 목으로 아들을 부르는 목소리에 쇳소리가 섞였다. 파리한 안색은 엉망이었다. 지원의 얼굴에 무수히 긁힌 상처들이 눈에 들어왔다.

"지원아……. 제발 눈 좀 떠봐."

성훈의 눈에서 눈물이 솟구쳤다. 성훈은 아들의 몸을 세차게 흔들었다. 그는 힘없이 성훈의 손에 이리저리 흔들렸다. 그때 지원의 고개가 옆으로 툭 떨어졌다. 이를 본 성훈의 얼굴이 표정을 잃었다. 다문 입이 크게 벌어졌고 벌어진 입에서 괴상한 소리가 새어 나왔다.

"그으으으…… 아아아아아아……."

지원의 뒤통수가 온통 떡 져 있었다. 떡 진 머리에는 끈적한 피가 엉겨있었다. 그리고 머리가 있던 자리에는 피로 흥건히 젖은 바위가 박혀 있었다. 한눈에 봐도 머리에 치명상을 입었다는 걸 알 수 있었다. 지원의 감은 두 눈은 떠질 줄 몰랐다.

"으아……. 아아악! 아아아악! 꿈이야! 이건 꿈이야!"

성훈은 자신의 머리를 쥐어뜯었다. 정신없이 이마를 땅바닥에 찧었다.

쿵. 쿵. 쿵.

계속되는 충격음에 땅바닥이 성훈의 피로 물들어 갔다. 둔탁한 충격음이 온 산에 울려 퍼졌다.

쿵. 쿵. 쿵……

"나를…… 채워줘요……"

미친 듯 머리를 찧던 성훈이 머리를 바닥에 붙인 채 그대로 얼어붙었다.

"사랑의 밧데리가 다 됐나 봐요……"

멀리서 아련하게 들리는 노랫소리. 충격에 미쳐버린 건가, 환청이 들리는 건가.

"나를…… 사랑으로…… 채워줘요."

"아!"

성훈은 한참이 지나서야 그것이 자신이 설정한 휴대폰 알람 소리였다는 것에 생각이 닿았다. 여태 7시 30분밖에 안 된 것인가. 멍하니 알람 소리에 정신을 놓고 있던 그는 퍼뜩 정신을 차렸다. 남아 있는 배터리 잔량은 얼마 안 될 터였다.

'일단 구조요청을 해서 이곳을 탈출하자. 아들의 장례식을 치른 뒤 나도 그 뒤를 따르자. 저 하늘에서 아내와 아들과 함께 못다 한 삶을 살아가자.'

성훈은 소리가 들려오는 절벽 끝을 향해 기어갔다. 누운 채 손바닥으로 땅을 밀어냈다. 왼쪽 다리가 땅에 끌리자 또다시 아찔한 통증이 밀려왔다. 세 발자국이면 도착할 거리가 끝없이 멀게 느껴졌다. 벼랑 끝이 가까워질수록 노랫소리가 크게 들려왔다.

성훈은 고개를 벼랑 밖으로 쭉 내밀었다. 그의 휴대폰이 깎아지른 절벽 위에 뿌리를 박은 소나무 가지 사이에 위태롭게 걸려 있었다. 팔을 쭉 뻗으면 닿을 수도 있는 거리였다. 하지만 허벅지 위로 튀어나온 나뭇가지 때문에 엎드릴 수 없었다. 하늘을 향해 누운 채 팔을 뻗으니 휴대폰까지는 거리가 턱없이 모자랐다.

"젠장맞을. 뭔가 방법이 없을까."

성훈은 서둘러 주변을 둘러봤다. 가엾게 숨이 멎은 아들, 빈 배낭, 자잘한 돌멩이들, 쓸모없는 나뭇잎, 부러진 나뭇가지들……

성훈은 적당한 길이의 나뭇가지를 집어 들고 잔가지들을 뜯어냈다. 손톱으로 껍질을 까내고 이빨로 수없이 다듬자 반질반질한 나무 막대기 두 개가 완성됐다. 성훈은 이 막대기에 손수건을 두르고 한쪽 끝에 신발 끈을 묶었다. 어설프게나마 미꾸라지를 잡을 때 쓰는 작은 뜰채가 만들어졌다. 이 뜰채로 나뭇가지에 걸린 휴대폰을 아래에서 떠낼 생각이었다.

성훈의 이마에 땀방울이 송골송골 맺혔다. 티셔츠를 끌어올려 이마의 땀을 닦아냈다. 흘러내린 땀방울이 눈에라도 들어가면 일을 망쳐버릴지도 몰랐다. 세 차례 심호흡을 하고 가슴 가득 공기를 들이마신 상태로 숨을 참았다. 성훈의 왼쪽 팔이 천천히 절벽 아래로 내려갔다. 왼쪽 손끝에는 나무 막대기로 만든 뜰채가 들려있었다. 뜰채가 점점 휴대폰에 가까워졌다.

"이런, 씨발."

뜰채가 휴대폰 바로 앞에서 멈췄다. 5cm, 한 끗 모자랐다. 성훈은 쭉 뻗은 팔로 안간힘을 썼다. 팔이 빠져라 절벽 아래로 뜰채를 디밀었다. 너무 무리하게 뻗은 탓일까. 어이없게도 한순간 손가락에 힘이 빠져버렸다.

툭.

"안, 안 돼!"

성훈의 손끝에서 떨어진 뜰채가 휴대폰 바로 위로 떨어졌다. 간신히 나뭇가지에 걸쳐 있던 휴대폰이 뜰채와 함께 추락했다. '퐁당' 명료한 소리와 함께 계곡물이 휴대폰을 삼켜버렸다. 성훈은 일말의 희망을 집어삼킨 계곡을 망연히 바라봤다.

"큭큭큭큭큭큭큭."

허탈감이 엄습했다. 아니 그보다 더한 감정이었다. 절망감, 극복할 수 없는 절망감. 성훈은 웃음이 터져 나왔다. 그리고 눈물도 터져 나왔다.

덥다. 무덥다. 온몸이 타버릴 것 같다.

한낮의 태양이 성훈의 몸뚱이를 익혀버릴 듯 작열했다. 벌써 햇빛에 노출된 얼굴과 목, 손등이 발갛게 익어 따끔거렸다. 이대로 있다간 일광화상을 입을 것이다. 햇빛을 막을 방법을 찾아야 했다.

눈에 띄는 거라곤 부러진 나뭇가지와 나뭇잎 몇 개 뿐. 나뭇가지에 붙어 있던 나뭇잎을 떼어 맨살에 붙여봤다. 약간 시원한 것도 같았다. 하지만 조금만 움직여도 쉽게 떨어졌고 드러나 있는 맨살을 가릴 정도로 충분치도 않았다. 그러다 지원이 성훈의 눈에 띄었다. 정확히 말하자면 죽은 아들이 입고 있는 형광 바람막이 점퍼가 눈에 들어왔다.

"쓰레기 같은 놈. 지금 죽은 아들의 점퍼를 뺏어 입겠다는 거냐?"

성훈은 눈을 질끈 감고 고개를 흔들었다. 흔들리는 머리카락에 매달린 땀방울이 사방으로 튀었다. 이미 아침부터 흘린 땀으로 체내 수분을 모두 소진한 상태였다. 갈증과 허기가 성훈을 잠식했다. 몸 안의 체온을 낮출 방법은 햇빛의 노출을 최소화하는 것이었다. 한참을 갈등하고 고민했지만 이미 결론은 나와 있었다.

성훈은 죽은 지원을 향해 천천히 기어갔다. 미안해. 지원아. 이 나쁜 아빠 절대로 용서하지 말아줘. 잠시 눈을 감고 사죄한 성훈은 아들이 입었던 형광색 바람막이의 지퍼를 내렸다. 그는 아들의 왼쪽 소매부터 팔에서 빼냈다. 소매 끝을 잡고 잡아당기자 스르르 팔이 빠졌다. 오른팔 소매를 빼내려는 성훈에게 알 수 없는 위화감이 엄습했다.

죽으면 시신이 뻣뻣하게 굳는다고 하지 않았던가.

이상했다. 죽은 지원의 팔은 전혀 굳어 있지 않았다. 성훈은 고개를 돌리고 있는 아들의 얼굴을 뚫어져라 쳐다봤다. 급히 얼굴로 머리를 숙였다. 핏기 없이 창백한 아들의 얼굴. 꼭 감은 두 눈, 하얗게 말라 거칠한 굳게 다문 입, 아직 푸른빛을 띠는 파리한 입술. 가만…… 푸른빛? 성훈은 서둘러 아들의 작은 가슴에 귀를 대고 숨을 죽였다.

'……'

성훈은 온 신경을 자신의 귀에 집중했다.

'…… 두근 …….'

분명 성훈의 귀에 지원의 심장 박동이 들렸다. 아들의 푸른색 아이언맨 티셔츠가 점점이 젖어들었다. 성훈은 그렇게 아들의 심장에 귀를 대고 눈물을 흘렸다. 살아 있었다. 비록 가늘고 희미하지만 아들의 심장은 아직 뛰고 있었다. 생과 사의 기로에서 힘겹게 사투를 벌이고 있었다. 이 작고 가녀린 몸으로 외로이 싸우고 있었던 것이다.

바보 같은 놈, 바보 같은 놈.

성훈은 자신의 뺨을 때리고 또 때렸다.

도대체 왜 자세히 살펴보지 않았을까. 자신의 부주의함을 원망하고 또 원망했다. 바람막이를 벗기던 자신을 용납할 수 없었다. 지원이 살아 있다는 것을 안 이상 가만히 있을 수 없었다. 가늘게 이어지는 미약한 호흡이 남은 시간이 얼마 없음을 말해주고 있었다. 하얗게 말라 껍질이 부르튼 입술이 성훈의 가슴을 후벼 팠다. 왜 그렇게 섣불리 물을 다 마셔버린 걸까. 지금 아들에게 가장 필요한 건 다른 무엇도 아닌 물 한 모금일 것이다.

성훈은 고심 끝에 자신이 내어줄 수 있는 수분을 주기로 마음먹었다. 심호흡을 한 뒤 손바닥의 두툼한 아랫 부분을 입으로 가져갔다. 가슴이 요동쳤다. 성훈은 눈을 질끈 감고 입안을 메운 두툼한 살을 힘껏 이빨로 끊었다.

"욱!"

그의 손바닥 깊이 박힌 이빨 자국 사이로 피가 스며 나왔다. 영화에서는 멋진 주인공이 단번에 살을 찢고 피를 철철 내던데……. 이 정도로는 어림없었다. 이번엔 좀 더 깊이, 좀 더 세게……. 성훈은 이빨 자국이 패인 살을 다시 물었다. 스며 나온 피에서 비릿한 쇠 맛이 느껴졌다. 다시 마음속으로 숫자를 셌다.

하나, 둘, 셋.

"윽! 퉤."

손톱만 한 살점이 성훈의 입에서 튀어나왔다. 손바닥에서 흘러나온 피가 금세 손목을 타고 흘러내렸다. 성훈은 재빨리 손바닥을 지원의 말라붙은 입술로 가져갔다. 입술 끝에 붉게 핀 꽃송이들이 점점이 피어났다. 손끝에서 피어난 꽃봉오리들이 입안을 타고 사라졌다. 아들의 목젖이 조금씩 오르내렸다. 다행이었다. 효과가 있었다. 창백한 아들의 얼굴에 조금은 붉은 기가 감도는 것 같았다. 고통으로 일그러진 성훈의 얼굴에 안도감이 퍼졌다.

"지원아. 조금만, 조금만 더 힘내. 아빠가 꼭 살려줄게."

대답 없는 아들에게 성훈이 읊조렸다.

몇 시쯤 됐을까? 내리 쬐던 태양이 돌벽 뒤로 넘어간 걸 보니 오후인 것 같았다. 성훈이 입고 있던 찢어진 바람막이는 아들을 위해 벗었다. 지원의 머리 근처에 나뭇가지를 꽂고 성훈의 바람막이를 둘러 그늘을 만들었다. 두 차례 성훈의 피를 마신 아들의 입가는 피를 한껏 들이마신 뱀파이어처럼 붉게 번져 있었다. 다행히 호흡은 조금 안정된 듯 보였지만 의식이 없는 상태는 그대로였다. 상처가 난 허벅지 부근이 몹시 가려웠다. 높은 기온과 습도 탓에 상처가 빨리 부패되는 것 같았다. 상처

부위가 썩어 고름이 차고, 그 부패한 독소가 몸으로 퍼지면 고열에 시달리다 패혈증으로 목숨을 잃게 될 터였다. 그건 머리를 크게 다친 지원도 마찬가지이리라. 어서 뭔가 해야 했지만 뭘 해야 할지 몰랐고, 할 수 있는 것도 없었다.

남아 있는 귀중한 시간이 속절없이 흘러갔다. 한참을 가만히 등산로 쪽으로 귀기울여보았지만 우렁차게 울어대는 매미 소리와 멀리서 가끔씩 들리는 날짐승의 울음소리, 계곡의 흐르는 물소리 외에 성훈이 애타게 기다리는 소리는 들리지 않았다. 그저 해가 서산으로 넘어가 해를 피할 그늘이 만들어졌다는 것이 그나마 다행이라면 다행이랄까. 성훈의 마음속에 꽉 차 있던 희망과 의지는 점차 희미해져 갔다. 성훈은 멍하니 앉아 살아 나갈 방법을 궁리했다.

바로 그때였다.

"어?"

초점 없던 성훈의 눈이 어느 한 지점에 꽂혔다. 성훈이 바라보던 맞은편 산등성이에 뭔가가 있었다. 수풀로 우거진 짙은 녹음 사이로 보이는 검은 점, 성훈은 눈을 찡그려 검은색 점에 초점을 맞췄다. '헉!' 성훈은 깜짝 놀라 자신의 눈을 비볐다. 다시금 성훈의 눈동자에 저 멀리 검은 점의 상이 맺혔다. 눈을 감았다 다시 떠도 똑같았다.

"저, 저승사자?"

검은색 갓, 눈이 있어야 할 자리엔 텅 비어버린 눈구멍이 대신한 기괴한 얼굴, 검은 도포를 입은 정체불명의 남자.

손발이 부들부들 떨렸다. 목덜미에 소름이 돋았다. 헛것이

보일 정도로 상태가 안 좋은 건가. 전신을 뒤덮는 공포에 헛구역질이 날 것 같았다. 하지만 검은 옷의 남자에게서 시선을 뗄 수 없었다. 벌건 대낮에, 그것도 이런 산속에 저승사자라니.

그럴 리 없다. 사람, 저건 분명 사람이다.

성훈은 떨리는 손을 입가에 대고 힘차게 외쳤다.

"여기요! 도…… 도와주세요! 제발, 부탁드립니다. 도와주세요!"

절박한 마음에 목소리가 갈라졌다. 가래가 끓고 목이 따끔거렸다. 쉬어버린 목에서는 더 이상 목소리가 나오지 않았다. 성훈은 남아 있던 힘을 끌어모아 다시 목소리를 짜냈다.

"도와주세요!"

목이 터져라 외쳤지만 산등성이에 보인 거뭇한 형체는 이내 사라져버렸다. 이제 헛것마저 보이는 걸까. 헛것이던 귀신이던 상관없었다.

"제발…… 도와주세요. 흑흑…….."

눈시울이 뜨거워졌다. 차오른 눈물이 두 볼을 타고 흘러내렸다. 일말의 희망이 더욱 깊은 절망으로 바뀌었다. 더 이상 버틸 수가 없었다. 악마가 있다면 영혼을 팔아서라도 이 지옥을 벗어나고 싶었다. 끝을 알 수 없는 무간지옥. 차라리 죽는 게 나을 것 같았다.

아니야! 이렇게 약한 소릴 할 때가 아니다. 지금 눈 감을 수는 없다.

적어도 아직은…….

지원을 살려야 한다.

"아빠! 이제 그만 자고 일어나. 아침이야."

"응?"

눈이 잘 떠지지 않았다. 몸이 찌뿌둥하고 무거운 게 영 컨디션이 좋지 않았다.

"오늘 수발산 가기로 했잖아. 난 아까 일어나 준비 다했어. 아빠만 준비하면 돼."

지원이 형광색 바람막이를 챙겨 입고 성훈의 어깨를 흔들었다. 정신이 하나도 없었지만 아들의 성화에 못이겨 침대에 걸터앉았다.

"아빠. 얼른."

"아이고, 알았어. 그만 흔들어. 얼른 씻을게."

지원은 성훈이 화장실에 들어갈 때까지 팔을 잡고 흔들었다. 부산하게 재촉하던 지원은 성훈이 화장실 문을 닫고 나서야 비로소 잠잠해졌다.

성훈은 세면대에 서서 거울을 바라봤다. 뿌옇게 물때가 낀 거울 안으로 다크서클이 짙게 배여 피로에 찌든 한 남자가 서 있었다. 수발산에 가기로 약속한 날이 오늘이었던가. 바로 어제 일이 하나도 기억나지 않았다. 뭔가 지독한 악몽을 꾼 것 같은, 설명할 수 없는 불쾌감이 감돌았다.

쾅쾅!

문밖에서 지원의 목소리가 들렸다.

"아빠. 물소리가 안 나는데 뭐하고 있어? 얼른 씻으라니까."

피식, 웃은 성훈이 문에 대고 대꾸했다.

"아빠 똥 싸고 있었어. 얼른 씻을게."

성훈은 세면대의 수도꼭지를 틀었다. 세차게 쏟아지는 찬물을 얼굴에 끼얹었다.

재잘재잘 떠들어대는 아들과 자가용으로 한 시간여를 달려 수발산 등산로 입구에 도착했다. 차에서 내린 지원은 기대감 가득한 얼굴로 눈을 빛냈다.

"여기가 정말 그렇게 힘들어?"

성훈은 그런 지원을 귀엽다는 듯 바라봤다.

"그래. 중간에 힘들다고 집에 가기 없기야!"

"히힛, 걱정 마. 꼭 정상까지 올라갈 거야."

아들의 호언장담에도 어딘가 마음이 꺼림칙했다. 데자뷔라고 해야 하나. 처음 찾은 산인데도 낯설지가 않았다. 아니, 분명히 아들과 이 수발산을 올랐던 것 같다. 성훈의 마음 한구석에서 불길한 느낌이 꾸물거렸다.

"아빠. 나, 오줌."

지원이 상념에 잠긴 성훈을 끌어냈다.

"어. 저기 풀숲에 가서 싸고 와."

아들은 급했던지 수풀로 달려가 소변을 봤다. 지퍼 내리는 소리에 이어 물방울이 수풀을 때리는 소리가 들렸다. 그때 아들의 호기심에 찬 목소리가 들렸다.

"아빠. 여기 이상한 돌이 있어요."

"뭔데?"

성훈은 아들이 서 있는 곳으로 다가갔다.

"아……."

성훈이 탄식했다. 그곳엔 아들의 소변에 흠뻑 젖어 번들거리는 작은 석조 불상이 있었다. 등산로 입구에서 흔하게 볼 수 있는 수호석인 듯했다. 우거진 수풀 사이로 땅에 박힌 불상을 아들은 보지 못한 것이리라. 불길했다. 산을 지키는 수호신에게 오줌을 갈긴 격 아닌가. 영 찜찜했다. 난감해하는 성훈을 빤히 바라보던 지원이 물었다.

"아빠. 이 돌은 뭐예요?"

성훈은 서둘러 아들을 끌며 말했다.

"아니야. 그냥 오래전부터 땅에 박혀 있는 돌이야. 신경 쓸 것 없어."

급하게 얼버무리는 성훈을 지원은 의아하게 봤지만 더 이상 불상에 대해 이야기하지 않았다.

두 시간쯤 올랐을까.

성훈과 지원은 정상 근처 외길로 난 오솔길을 따라 걸었다. 바깥쪽 길은 바로 낭떠러지로 이어져 걱정이 된 성훈은 뒤따라오던 지원을 앞세웠다. 그렇게 말없이 몇 분을 올랐을 때였다. 갑자기 멈춰선 지원 때문에 성훈은 아들과 충돌할 뻔했다.

"왜 그래?"

성훈의 물음에 지원이 겁먹은 얼굴로 성훈을 돌아봤다. 지원이 뻗은 손끝으로 성훈의 시선이 향했다.

지원의 앞에 웬 초로의 남자가 서 있었다.

검정 갓을 쓰고, 검정 도포를 입고 서 있는 의문의 남자.

그런데 남자의 얼굴이 이상했다.

"헉!"

눈이 있어야 할 자리가 텅 비어버린…… 시꺼먼 눈구멍이 그대로 드러나 있었다. 너무나 기괴했다. 도저히 인간으로 보이지 않았다.

"큭큭큭큭……."

검은 옷 남자의 입에서 기분 나쁜 웃음소리가 새어 나왔다.

"아빠. 무서워."

지원이 성훈의 팔을 꼭 붙들었다. 잔뜩 겁먹은 얼굴이었다.

"누, 누구요? 썩 꺼지시오!"

성훈이 강하게 외쳤지만 공포에 떨리는 목소리를 감출 수 없었다.

검은 옷의 남자는 기분 나쁜 웃음소리를 내면서 서서히 다가왔다. 한 걸음, 두 걸음. 남자가 가까워질수록 성훈은 공포로 미쳐버릴 것 같았다. 비현실적인 상황에 맞닥뜨린 성훈은 그저 빨리 자리를 벗어나야겠다는 생각밖에 들지 않았다.

"지원아. 얼른 도망치자."

성훈이 지원의 손을 붙잡고 급히 돌아섰다.

하지만 성훈이 올라온 길은 온데간데없었다. 성훈의 발끝에는 끝을 알 수 없는 천 길 낭떠러지가 아가리를 벌리고 있었다.

"큭큭큭큭큭."

어느새 남자의 웃음소리가 바로 등 뒤에서 들렸다. 성훈의 등골이 서늘해졌다. 더 이상 도망칠 곳 없는 사면초가였다.

성훈은 맞잡은 아들의 손을 꼭 쥐었다. 지원을 지켜야 했다. 그런데 뭔가 이상했다.

아들의 손에서 전에 없던 차디찬 냉기가 흘렀다. 얼음장처럼 차가운, 마치 시체의 손을 잡은 것 같은 냉기가……

성훈이 서서히 아들을 향해 고개를 돌렸다.

아들은 고개를 푹 숙이고 있었다.

"큭큭큭큭큭."

웃음소리에 맞춰 지원의 어깨가 흔들렸다. 성훈은 기분 나쁜 웃음소리가 아들의 입에서 흘러나오는 것임을 직감했다. 무서웠다. 아들과 맞잡은 손에서 시작된 소름이 순식간에 온몸으로 번졌다. 성훈이 아들의 어깨를 잡고 흔들었다.

"지원아. 왜 그래? 괜찮아?"

지원이 서서히 고개를 들었다. 성훈은 아들의 얼굴을 보고 깜짝 놀랐다. 피를 흠뻑 뒤집어쓴 피투성이의 얼굴, 시뻘건 얼굴 사이로 번뜩이는 안광. 기괴하게 찢어진 입술 사이로 흘러나오는 비릿한 웃음소리. 성훈은 혼란에 빠졌다. 지원의 모습을 한 악마인가. 지원에게 악마가 씌인 걸까. 그럴 리 없다. 아들을 지켜야 한다.

성훈은 무릎을 꿇고 아들을 꼭 끌어안았다. 지원이 성훈의 넓은 가슴속에 파묻혔다. 서서히 지원의 떨림이, 기괴한 웃음이 잦아들었다. 성훈의 품 안에서 진정하는 것 같았다. 고개를 드니 검은 옷의 남자는 어디론가 사라지고 없었다. 사방이 낭떠러지였던 등산로도 제 모습을 찾았다. 성훈은 무릎을 굽힌 채 천천히 품안에 있던 아들을 살폈다. 피범벅이었던 아들의 얼굴이 언제 그랬냐는 듯 말끔했다.

"지원아 괜찮니?"

눈을 감고 있는 지원을 향해 성훈이 조심스럽게 물었다. 지원이 감았던 눈을 천천히 떴다. 그 순간 아들의 볼이 빵빵하게 부풀기 시작했다. '꾸르르륵' 뱃속 깊은 곳에서 뭔가가 지원의 식도를 타고 입안으로 모이는 듯했다. 금세 지원의 두 볼이 터질 듯 팽창했고 눈알이 터질 것처럼 튀어나왔다.

"지, 지원아……."

성훈은 지원을 보며 그대로 굳어버렸다.

'푸왁' 그 순간 지원의 입안에 가득 차 있던 시뻘건 피가 분수처럼 쏟아졌다. 뿜어져 나온 뜨거운 피가 성훈의 얼굴을 세차게 때렸다. 피를 흠뻑 뒤집어쓴 성훈은 이성이 마비되는 것 같았다. 악몽, 이건 악몽이다. 끔찍한 악몽. 얼굴에 뒤집어 쓴 아들의 각혈에서 역겨운 썩은 내가 진동했다. '그웨웨웨에에 엑!' 지원은 여전히 속을 끓이며 엄청난 양의 피를 토해냈다. 성훈은 두 눈을 질끈 감았다. 다시 지원을 품 안에 꼭 끌어안았다. 그것밖에는 다른 무엇도 할 수가 없었다.

품 안에 안긴 아들의 몸이 떨리기 시작했다. 점점 더 세게, 점점 더 강하게. 격렬한 떨림에 지원의 이빨이 딱딱 맞부딪혔다. 온몸을 미친 듯 떨어 대는 아들의 진동이 그대로 성훈에게 전달됐다. 이게 꿈이라면…… 이제 제발 깨길 바랐다.

"딱! 딱!"

"딱! 딱! 딱!"

"딱! 딱! 딱! 딱!"

성훈은 깜짝 놀라 눈을 떴다. 온 세상이 미친 듯 흔들렸다. 지진이 난 것 같았다. '딱! 딱! 딱! 딱!' 고막을 때리는 소음, 정신없는 진동. 조금씩 정신이 돌아온 성훈은 지진의 진원지를 깨달았다. '딱! 딱! 딱! 딱!' 아들의 윗니와 아랫니가 맞부딪쳤다. 성훈의 품 안에서 지원이 미친 듯 경련하고 있었다.

한낮은 찜통더위로 사람을 지치게 만들더니 저녁이 되어 해가 떨어지자 기온이 급격히 떨어졌다. 이빨이 부딪칠 정도로 한기가 밀려와 성훈은 잠을 이룰 수 없었다. 배고픔과 갈증 때문에 추위가 배로 느껴졌다. 성훈은 양손으로 자신의 마른 팔을 비볐다. 입고 있던 바람막이는 아들에게 덮어줬다. 나뭇잎과 나뭇가지를 덮어줬지만 지원도 역시 맨바닥에서 올라오는 냉기에 뼛속까지 시릴 것이었다. 별 수 없었다. 아들을 꼭 안고 온기를 나누는 수밖에……. 그렇게 아들과 함께 추위에 떨다 지쳐 잠이 들었다.

시간은 흘러 밤이 지나고 또다시 약속한 듯 태양이 떠올랐다. 햇빛을 받으며 성훈의 체온은 서서히 올라갔다. 그런데 성훈의 품 안에 있던 아들이 갑자기 경련을 일으켰다.

"딱! 딱! 딱! 딱!"

아들의 상태는 매우 심각해 보였다. 지원은 온몸을 사시나무 떨 듯 떨었다. 마지막 남아 있는 생명을 모조리 태워버리는 것 같았다.

"지원아, 조금만 더 버텨. 죽으면 안 돼."

성훈은 자신의 몸으로 아들을 누른 채 팔과 다리를 꼭 붙들었다. 하지만 발광하는 아들의 몸을 멈추기엔 역부족이었다. 몇 분이나 흘렀는지 모른다. 오 분? 십 분? 시간이 지나면서 아들의 경련은 기적적으로 잦아들었다. 아직 희미하게 호흡이 있었다. 경련 후 아들의 안색은 전보다 확연하게 나빠졌다. 성훈은 그저 아들을 꼭 붙든 채 서서히 죽어 가는 모습을 지켜볼 수밖에 없었다.

'지원아. 이제 너랑 나 단 둘뿐이야. 아빠 널 절대로 혼자 두지 않아. 끝까지 함께 할 거야. 약속할게.'

"미친놈, 큭큭큭. 너 같은 놈도 아빠라고 할 수 있는 거냐?"

눈물과 웃음이 동시에 터져 나왔다.

"이 아무짝에도 쓸모없는 놈아!"

성훈이 내지른 소리에 깜짝 놀란 새들이 하늘로 푸드덕거리며 날아갔다.

그때였다.

저벅.

성훈의 귀에 분명히 풀숲을 밟는 메마른 소리가 들렸다. 재빨리 눈물을 훔치고 온 힘을 다해 귀를 기울였다. 부스럭. 저벅, 저벅. 분명 성훈이 그토록 기다렸던 돌벽 위 등산로에서 나는 소리였다.

"여기요! 여기 사람이 있어요! 도와주세요!"

성훈의 외침에 이어 풀숲을 밟는 소리가 점점 커졌다. 분명히 사람의 발소리였다. 성훈의 가슴에 기대감이 가득 찼다. 이제는 이 지옥을 끝낼 수 있다. 아들을 살릴 수 있다. 절망 끝에서 희망이 샘솟았다. 그리고 잠시 후 마침내 성훈이 그렇게 기다리던 사람의 실루엣이 모습을 드러냈다.

"아아아악! 악! 저리 가! 저리 가!"

성훈의 입에서 조금 전과는 전혀 다른 목소리가 터져 나왔다. 두 눈을 부릅뜬 성훈이 공포에 질린 얼굴로 두 손을 휘휘

내저었다.

돌벽 위에는 그가 꿈속에서 본 검은 옷의 저승사자가 성훈을 지긋이 내려다보고 있었다.

저승사자는 말없이 그렇게 성훈을 내려다봤다. 어떠한 말도, 행동도 없었다. 그저 뒷짐을 진 채 가만히 서 있었다.

공포에 질렸던 성훈도 가만히 서 있는 검은 옷의 사람을 다시 살펴봤다. 이내 그는 자신이 말도 안 되는 착각을 했다는 것을 깨달았다.

검은 갓은 검정색 산악용 사파리 모자였고, 텅 빈 눈구멍은 검정색 선글라스였다. 물론 검정 도포 역시 검정색 바람막이 점퍼였다. 얼룩무늬 군복바지 끝단은 등산 양말 속에 들어가 있었고 어깨에는 천으로 된 가방을 메고 있었다. 가방 밖으로 흙이 묻은 풀과 딱딱한 적갈색 나무뿌리가 보였다. 성훈은 이내 나무뿌리를 알아봤다. 영지버섯, TV에서나 보던 바로 그 영지버섯이었다.

아무래도 산에서 약초나 버섯을 캐는 약초꾼인 듯했다. 모자와 선글라스 때문에 나이를 가늠하기 힘들었지만 까맣게 탄 피부는 탄력을 잃어 늘어졌고, 군데군데 보이는 잔주름과 하얗게 센 수염을 봤을 때 오십대 후반의 중년인 듯했다. 성훈은 의문스러웠다. 왜 가만히 보고만 있는 거지? 선글라스에 가린 눈빛은 읽을 수가 없었다. 뭐 일단 그런 건 상관없다. 성훈에게 남자는 구세주나 다름없으니까. 성훈은 안도하며 남자를 향해 말했다.

144

"저기요, 선생님. 선생님 덕분에 살았습니다. 휴대폰 갖고 계시죠? 보시다시피 저와 제 아들이 절벽에서 떨어져 많이 다쳤습니다. 특히 아들은 한시가 급한 상황입니다. 119 구조대에 전화 한 통만 걸어주세요. 부탁드립니다."

그러나 남자는 대답이 없었다. 주머니에서 핸드폰을 찾으려는 시늉조차 없었다. 성훈이 두 손을 모으고 다시 말했다.

"저기요, 선생님. 이렇게 부탁드립니다. 전화 딱 한 통입니다. 제발 한 번만 도와주시면 이 은혜 잊지 않겠습니다."

"……"

이쯤 되자 성훈은 자신을 내려다보는 사람이 정말 있는지 의문이 들기 시작했다. 눈을 감았다 뜨고 비벼봐도 분명 사람이었다. 그런데 이렇게 아무런 반응이 없을 수 있는가. 공감능력이 결여된 소시오패스라도 지금의 상황을 본다면 동정심이 생길 터였다. 지원은 분초를 다툴 정도로 위독했다. 시간이 얼마 남지 않은 성훈은 화가 치밀어 오르기 시작했다.

"야이, 개새끼야! 네가 사람새끼라면 이 꼴을 보면 도와줘야겠다는 생각이 안 드냐? 멀쩡한 손가락으로 터치 몇 번이면 되는 일이라고! 거지같은 새끼야!"

성훈은 속 시원히 내지르자마자 바로 후회했다. 어찌됐던 그들을 도울 수 있는 사람은 저 소시오패스밖에 없었으니 말이다. 성훈은 애써 감정을 다스리려 크게 심호흡을 하고 비굴한 웃음을 띠며 말했다.

"선생님. 제가 잠시 흥분했나 봅니다. 험한 말 한 건 사과드립니다. 상황이 상황이니 이해해 주시리라 믿습니다. 제발 한 번만 부탁이니 전화 한 통만 걸어주세요."

"……"

성훈은 진심으로 당황했다. 모든 사고가 마비되어 버렸다. 불현듯 한 가지 생각이 머릿속에 스쳤다. 혹시 말하고 듣기를 못하는 장애인일까? 그는 반신반의하면서 남자에게 손짓을 시작했다. 주먹 쥔 손에 엄지와 새끼손가락을 펴고 귀에 가져가 전화 통화를 하는 제스처를 취했다. 이후 119라는 의미로 검지만 편 손을 두 번 강조하고 아홉 개의 손가락을 펴 보였다. 마지막으로 기도하듯 절박하게 손바닥을 맞비볐다.

"아!"

성훈의 절박한 몸짓이 통한 것일까. 드디어 묵묵히 서 있던 남자가 고개를 끄덕이며 반응했다. 비로소 성훈의 만면에 웃음이 번졌다. 성훈은 빨리 부탁한다는 의미로 손바닥을 펴고 팔을 앞뒤로 교차해 달리는 시늉을 했다. 남자는 손가락으로 성훈을 가리키고 산 아래를 가리켰다. 성훈은 기다리라는 의미로 이해했다.

"아, 휴대폰이 없으셨구나. 네. 기다리고 있겠습니다. 빨리 좀 부탁드립니다."

성훈은 웃는 낯으로 남자를 향해 연신 고개 숙여 인사했다. 남자는 그런 성훈을 두고 사라졌다. 남자가 사라진 이후에도 성훈은 연신 고개를 숙였다. 인사하는 성훈의 눈에서 눈물이 뚝뚝 떨어졌다. 마침내 이 지옥을 벗어나게 된다.

"지원아. 조금만, 이제 다 왔어. 조금만 더 힘내."

지독한 절망 속에서 새로운 희망의 새싹이 움텄다. 계속된 긴장의 끈이 풀리자 그동안 누적된 피로가 엄습했다. 손가락 하나 까딱할 힘조차 없었다. 하지만 이제 곧 들려올 사람들의 발소리를 기다리며 아들을 위해 기도했다.

뭔가 잘못됐다. 그렇지 않고서야 이렇게 조용할 리 없다. 산 아래로 내려간 남자는 그대로 소식이 끊겨버렸다. 어느덧 해는 저물었다. 요란한 구조 헬리콥터 소리는커녕 구급대원들의 발소리조차 들리지 않았다. 급히 산길을 내려가던 남자가 자신처럼 변을 당한 건 아닐까. 온갖 비극적 상상들이 성훈의 머릿속에 가득 찼다. 가만히 있다간 불안감에 미쳐버릴 것 같았다. 성훈은 깍지 낀 두 손을 맞잡고 눈을 꼭 감았다.

"제발, 선생님이 무사히 내려갈 수 있도록 도와주세요. 어서 구조대가 올 수 있도록 도와주세요."

성훈은 약초꾼의 무사안위를 기도하고 또 기도했다.

하지만 신은 성훈의 절박한 기도를 잔인하게 외면했다.

그렇게 조난 2일 차, 월요일이 지나가고 화요일이 밝았다.

성훈은 여전히 희망의 끈을 놓지 않았다. 밤새워 기도하고 또 기도했다. 흐느껴 울고 한참을 오열했다. 성훈에겐 정말로 마지막 남은 희망이었다. 어떻게든 그 희망의 끈을 부여잡고 싶었다. 아니 고집스럽게 붙들 수밖에 없었다. 하지만 시간이 지날수록 희망은 절망으로 퇴색됐다. 밤이 지나고, 아침이 지나 정오가 되도록 소식은 없었다. 서서히 약초꾼에 대한 의심과 분노가 싹텄다. 더위와 허기에 제정신이 아님에도 성훈은 한 발 떨어져 상황을 객관적으로 살펴봤다. 사실은 다시 생각해 볼 것도 없었다. 결론은 이미 나와 있었으니까. 다만 인정하기 싫었던 것뿐. 도저히 믿고 싶지 않았지만, 이제는 인정해야 했다. 성훈이 남자에게 농락당했다는 것을.

저벅. 저벅.

해가 돌벽 뒤로 넘어가자 어제의 발소리가 다시 들렸다. 분명 선글라스 남자일 것이다. 남자가 다시 성훈을 찾아온 이유도 어렴풋이 이해가 될 것 같았다. 누군가의 목숨을 손에 쥐고 쥐락펴락할 수 있는 인간의 정점에 선 자의 희열. 절박한 자의 희망을 갈기갈기 찢어버릴 때 얻는 파괴의 카타르시스를 느끼기 위해 다시 돌아 왔으리라. 성훈은 미칠 것 같았다. 남자에 대한 증오로 가득했지만 그 분노를 내색할 수 없었다. 아무리 사이코패스라 해도 성훈은 남자를 구슬려야 했다. 성훈은 남자가 모습을 보이기 전에 자신의 뺨을 세게 때렸다. 정신이 번쩍 들었다. 마침내 남자가 역광을 받으며 돌벽 위에 섰다. 성훈은 힘겹게 입가에 미소를 지었다. 억지로 짓는 미소 사이로 입꼬리에 경련이 일었다.

"선생님. 구조대에는 연락하셨는지요?"

"……"

"귀도 잘 들리고 말도 하실 수 있는 거 알고 있습니다."

"……"

남자는 여전히 묵묵부답이었다. 하지만 저 선글라스 뒤에 감춰진 눈은 성훈을 마음껏 비웃고 있으리라.

"선생님. 이제 장난은 그만하시고 원하시는 걸 말씀해 주세요. 혹시 돈을 원하시는 건가요? 당장 큰돈은 가지고 있지 않지

만 전화 한 통만 해 주시면 제가 내려가서 저희 목숨을 구해주
신 데 상응하는 보답은 꼭 하겠습니다. 정말입니다. 제가 부자
는 아니지만 섭섭지 않게 챙겨드리겠습니다."

피식.

남자를 바라보던 성훈의 눈이 커졌다. 성훈의 말에 반응이
없던 남자가 드디어 반응을 보였다. 그런데 애타게 기다렸던
반응이 입꼬리를 올리는 비웃음이라니. 내내 묵묵부답이던 남
자가 드디어 입을 뗐다.

"얼마를 줄 수 있소?"

절박한 성훈과는 달리 여유가 넘치는 느린 목소리였다.

선글라스 남자가 성훈을 향해 엄지와 검지를 비볐다.

하하. 돈. 역시 원하는 건 돈이었나. 겨우 이 말을 들으려고
소중한 하루를 날려버린 건가. 목숨이 오락가락하는 이 마당
에? 성훈은 울컥, 목구멍까지 욕설이 치솟았지만 꾹 참았다. 가
까스로 끌어낸 남자의 말이었다. 지금이 화를 낼 때가 아니란
건 바보천치도 알 것이다. 꽉 쥔 주먹이 부들부들 떨렸다. 주먹
을 쥔 손바닥에 손톱이 파고들었다.

"통장에 모아 놓은 돈이 이천 정도 있습니다. 적금까지 깨면
오천 정도 될 겁니다."

남자는 성훈의 말에 입을 비쭉 내밀었다.

"하하! 겨우? 지금 그 정도 푼돈으로 당신과 저기 쓰러져 있
는 아들의 목숨을 살리려는 거요? 당신 둘의 목숨값이 그 정도
밖에 안 된다고 생각하는 거요? 나 참, 웃기는 사람이구만. 큭
큭큭."

배를 잡고 낄낄대는 남자를 보자 눈두덩에 열이 올랐다. 성훈이 느끼지 못한 사이 눈물이 흘러내렸다. 성훈 앞의 남자는 악마였다. 인두겁의 탈을 쓴 악마. 예상은 했지만 막상 눈앞에서 실체를 확인하니 더욱 치가 떨렸다. 성훈은 마음을 다잡았다. 악마가 거래를 요청해왔다. 거래에서 이기면 살아남을 것이고, 진다면 죽음뿐이다.

"그럼 선생님이 원하는 두 사람 분의 금액은 얼마인가요? 생각하시는 금액을 말씀해 주십시오."

"아니지, 아니지. 제안은 당신이 하는 거요. 난 당신이 제시한 금액에 예스와 노를 말할 뿐이오."

성훈은 머릿속으로 돈을 끌어낼 방법들을 고심했다. 그동안 모은 통장의 금액, 적금, 부동산, 자동차 등 온갖 숫자들이 머릿속에 정신없이 떠다녔다. 그런 성훈을 보던 남자가 대뜸 물었다.

"혹시 〈쏘우〉라는 영화 봤소? 미치광이 살인마가 생존자에게 이기지 못할 게임을 제안하는 헐리우드 공포 영화인데 말이지."

발목에 쇠줄을 채운 인질에게 극한의 미션을 주고 죽음과 생존 사이에서 선택하게 했던 그 미친 영화 말인가.

"네. 알고 있습니다. 그런데 그건 왜……."

남자가 씨익, 웃었다. 벌어진 입술 안으로 번쩍이는 금니가 햇빛에 반사됐다.

"내가 그 영화를 보고 좀 느낀 게 있소. 인간은 극한상황에 처했을 때야말로 내면에 갖고 있던 본연의 인간성이 밖으로 드러난다는 거지. 그래서 말인데 내가 게임 하나 제안해도 되겠소? 뭐 당신에겐 거부할 권리도 없는 것 같지만 말이오. 하하하."

남자의 말에 성훈은 참을 수 없는 불길한 기분에 휩싸였다. 저놈은 제정신이 아니다. 저 미친놈의 장난에 놀아나면 안 된다. 방심하는 순간 죽는다. 정신 똑바로 차려야 한다.

"말, 말씀해 보십시오."

성훈이 더듬거리며 말했다.

남자가 웃음기를 싹 거두고 진지하게 말했다.

"당신과 아들의 목숨 중 단 한 명만 살려야 한다면 당신은 누굴 선택하겠소?"

성훈은 남자의 질문에 고민 없이 바로 대답했다.

"전 상관없습니다. 제 아들만⋯⋯."

그때 남자가 성훈의 말을 가로챘다.

"물론 생각할 것도 없이 아들을 택하겠지. 그건 예상했소. 그런데 말이지. 당신, 아크로토모필리아라고 들어봤소?"

아크로토모필리아? 살면서 한 번도 들어본 적 없는 단어였다. 성훈은 고개를 가로저었다. 남자는 만족스러운 듯 말을 이었다.

"그게 뭐냐 하면 말이지. 일종의 성적 취향일세. 페티쉬같이 스타킹이나 제복에 집착하면서 성적 만족감을 찾는 것과 같지. 그런데 이 아크로토모필리아는 절단된 육체에 성적 쾌락을 느낀다네. 근데 내가 되먹지도 않게 이쪽에 관심이 있거든. 뭐 만드는 방법은 정말 간단하네. 양팔과 두 다리를 잘라내 움직이지 못하게 만들고 눈알과 이빨, 혀를 뽑아내 반병신을 만들어버리면 된다네. 그저 입만 잘 벌려주면 되거든. 저 나이대 애들이 내 사이즈에 딱 들어맞더라고. 큭큭큭큭."

성훈은 한동안 할 말을 잃었다. 남자의 말을 들었지만 그 뜻을 이해하는 데는 시간이 걸렸다. 대체 지금 이 미친놈이 뭐라고 떠드는 건가. 성훈은 너무 놀란 나머지 목소리가 갈라졌다.

"뭐, 뭐라고요? 선생님, 지금 농담하시는 거죠?"

성훈의 얼굴이 일그러졌다. 하지만 억지로 미소를 유지하려 애썼다.

성훈의 불길한 예감은 점점 현실로 다가왔다. 그는 귀를 막고 싶었다. 남자는 길게 기른 구레나룻을 손으로 비비 꼬았다.

"큭큭. 당신이 허락만 한다면 당신 아들은 살려드리지. 다만 새로이 부여받은 목숨은 오로지 내 쾌락을 위한 도구로 사용하게 될 걸세. 내 아들은 정성껏 잘 사육해드리리다. 그래도 괜찮으시려나?"

남자는 진심으로 즐거운 듯 크게 소리내 웃었다. 성훈은 더이상 말을 잇지 못했다. 남자의 말은 일고의 가치도 없는 쓰레기 같은 제안이었다. 화가 머리끝까지 치솟았다. 저런 미친놈에게 목숨을 구걸하느니 차라리 아들과 함께 자살하는 게 낫겠다 싶었다. 인간이 어떻게 저렇게 잔인해질 수 있는지 이해할 수 없었다. 성훈은 자신의 무력함을 절감하며 속으로 울부짖었다. 성훈이 대답 없이 분노로 몸을 떨자 남자는 성훈이 고민 중이라고 여기는 듯했다.

"큭큭. 그나저나 서두르는 게 좋을 것 같네만. 저기 당신 아들 몸이 막 떨리는데? 이 무더위에 오지게 추운가보네. 큭큭큭."

남자의 말에 성훈이 황급히 아들을 봤다. 지원이 다시 극심한 경련을 일으키고 있었다. 성훈은 남자에게 등을 돌리고 아들을 향해 급히 기어갔다. 또다시 자신의 몸으로 아들을 포개어 누르고 두 손으로 몸을 꼭 붙들었다.

"ㄲㅇㅇㅇㅇㅇ."

아들의 입에서 속을 게우는 소리가 들렸다. 이내 벌어진 입으로 피거품이 흘러나오기 시작했다. 지원은 죽음과 마지막 사투를 벌이는 중이었다. 더 이상 지체할 수 없었다.

'지원아. 이제 너랑 나, 단 둘뿐이야. 아빤 널 절대로 혼자 두지 않아. 끝까지 함께할 거야. 약속할게.'

아들에게 한 약속이 성훈의 귓가에 맴돌았다. 머리가 빙글빙글 돌았다. 세상이 미친 듯이 돌아갔다. 성훈이 눈을 질끈 감고 외쳤다.

"선생님의 제안은 무리입니다. 대신 십억! 십억을 드릴게요. 제발 아들을 살려주십시오! 지금 당장, 빨리…… 빨리요!"

등 뒤에서는 아무런 대답이 없었다. 성훈은 다급하게 재차 외쳤다.

"어서, 빨리 전화해! 빨리!"

성훈의 아래에서 경련하던 지원의 가슴이 갑자기 팽팽하게 팽창했다. 지원의 기세에 내리누르던 성훈의 상체가 함께 들렸다.

"훅."

영원을 담아낸 깊은 한숨, 생의 마지막 날숨을 토한 지원은 그대로 정지해버렸다. 결국 지원은 굴복했다. 죽음과의 치열한

싸움에서. 성훈의 품 안에서 아들은 숨을 거뒀다.

"어윽…… 으으윽…… 아아아악!"

성훈의 비극적 절규가 수발산을 뒤흔들었다. 절망에 찬 비명 소리가 온 천지를 진동했다. 눈앞에서 아들이 끔찍한 고통 속에 숨을 거뒀다. 그는 결국 아들을 지켜내지 못했다.

이 모든 것이 저 미친 새끼 때문이다. 저 때려죽일 놈의 새끼.

성훈은 입가에 피범벅이 된 아들에게서 눈을 떼 돌벽을 향해 고개를 돌렸다. 그러나 돌벽 위에 서 있어야 할 남자는 어디에도 없었다. 남자는 신기루처럼 성훈에게서 모습을 감춰버렸다. 그리고 돌벽 아래 남자가 던진 것으로 보이는 약간의 물이 든 생수병과 이름을 알 수 없는 버섯 몇 개가 덩그러니 남아 있다. 그가 남기고 간 물건이 선글라스 남자가 이곳에 존재했었음을 알리고 있었다.

"여보."

망연자실한 모습으로 죽은 아들을 바라보던 성훈 옆에 어느샌가 아내가 쪼그리고 앉아 있었다.

"여보."

하늘색 스웨터에 발목까지 오는 치마가 무릎 아래로 드러났다. 아내는 목을 매고 자살했던 그날과 같은 모습이었다. 단발머리 사이로 언뜻 보이는 깊게 패인 밧줄 자국까지도…….

열이 펄펄 오르고 머리가 깨질 듯 아프더니, 이젠 죽은 아내까지 보이는구나. 현실과 환상을 분간하기엔 성훈은 이미 지칠 대로 지쳐 있었고 착란에 가까운 상태였다.

"여보."

아내의 목소리엔 감정이 실려 있지 않았다. 그저 나직이 성훈을 부르고 있었다. 표정 없는 얼굴로 자신을 부르는 아내를 보자 죄책감이 밀려왔다. 아들을 잃고도 버젓이 살아 있는 자신을 벌하기 위해 저승에서 찾아온 것일까?

"미정아, 미안해. 지원이 우리 지원이를 지키지 못했어."

성훈은 조심스레 용서를 빌었다. 하지만 성훈의 말이 끝나자 아내는 두 눈을 부릅떴다. 부릅뜬 두 눈에서 피눈물이 흐르기 시작했다. 성훈도 바짝 말라버린 눈에 다시 눈물이 차올랐다. 아내가 서서히 성훈에게 다가왔다. 아내는 성훈의 오른쪽 귀에 입을 바짝 대고 조용히 속삭였다.

"지원이는 네가 죽였잖아."

"!"

성훈은 큰 충격을 받았다. 아내의 말에 반박하고 싶었지만 대꾸할 말이 떠오르지 않았다. 성훈은 도리질 치며 외쳤다.

"아니! 아니야!"

아내는 개의치 않고 계속 속삭였다.

"넌 내가 힘들었다는 거 알고 있었잖아. 내가 지원이에게 한 짓도 알고 있었잖아. 넌 다 알면서 모른 척했었잖아."

"아, 아니야! 아니라고!"

"넌 지원이가 이 산을 오르지 못할 거란 거 알고 있었잖아. 다친 지원이가 죽지 않고 살아 있었다는 것도 알고 있었잖아."

"몰랐어. 정말이야. 난 그저……. 정말 지원이가 죽은 줄로만 알았다고."

"지원이에게 남은 시간이 얼마 없었다는 거 알았잖아. 네 고
집 때문에 지원이가 살 수 있는 기회를 앗아가 버렸어. 넌 그
남자의 제안을 받아들였어야 했어."

성훈은 도리질 치며 말했다.

"그 미친놈의 제안은 도저히 받아들일 수 없었어."

아내는 마지막으로 한 마디를 더했다.

"넌 지원이가 죽으면 뒤따라 죽겠다고 했잖아."

한껏 웅크렸던 성훈이 아내를 향해 고개를 쳐들었다.

"그, 그래. 나도 지원이를 따라 죽을 거야! 나도 지원이를 위
해 최선을 다했…… 헉."

갑자기 아내의 차디찬 손가락이 성훈의 목덜미를 파고들
었다.

"그래. 그럼 너도 죽어."

갑자기 숨이 막힌 성훈은 아내의 손가락을 풀기 위해 발버둥
쳤다. 하지만 성훈의 목을 휘감은 아내의 손가락은 굳은 목석
처럼 꿈쩍도 하지 않았다.

"컥……. 컥컥!"

성훈의 손톱이 아내의 손목을 후벼파 피가 흘렀지만, 아내는
성훈의 목을 놓지 않았다. 씨근덕대던 숨소리는 줄어들었다. 머
리에서 피가 빠져나가지 못한 성훈의 얼굴이 삽시간에 새빨개
졌다. 실핏줄이 터진 눈알이 붉게 물들었다. 눈알이 튀어나오고
입에서 침이 줄줄 흘러내렸다.

"그…… 그으으윽."

아내의 손목을 치는 성훈의 손이 점점 느려졌다. 성훈의 정

신이 서서히 흐려졌다. 눈동자가 하늘을 향해 치솟았다. 안간힘을 쓰며 버티던 성훈의 목에 갑자기 전보다 더욱 강한 압박이 느껴졌다. 성훈은 마지막 힘을 다해 하늘로 말려 올라간 눈동자를 정면으로 향했다. 성훈은 잃어가던 정신을 부여잡고 아내 옆에 서 있는 거뭇한 형체를 바라봤다.

"크억!"

성훈의 동공이 한없이 팽창했다.

어느새 죽은 아들 지원이 피투성이 얼굴로 아내와 함께 있는 힘껏 성훈의 목을 조르고 있었다. 아들의 광기 어린 눈빛을 정면으로 마주보면서 성훈의 의식은 희미해졌다.

"아아아아아악!!"

산을 뒤흔드는 비명을 지르며 깨어난 성훈은 미친 듯 주변을 살폈다. 성훈의 발치께에 죽은 아들이 보였다.

"헉. 헉."

한참동안 숨을 고른 성훈은 자신이 끔찍한 가위에 눌렸음을 깨달았다. 성훈의 죄책감이 부른 악몽일까. 하늘에 있던 아내가 성훈을 벌하기 위해 찾아온 것일까. 악몽을 곱씹으며 성훈은 낭떠러지 끝으로 기어갔다.

낭떠러지 아래로 계곡물이 세차게 흘러갔다. 성훈은 목을 빼고 흐르는 계곡 물을 바라봤다. 아들의 뒤를 잇자. 아내와 아들은 그걸 바랐던 건지도 몰랐다. 살아서 또다시 그 악마놈의 노리개가 되느니 차라리 스스로 끝내고 말자. 수십 미터 아래, 굽이치는 계곡 사이로 거대한 암석들이 보였다. 막상 몸을 던지려 마음먹으니 두려움이 엄습했다. 여기서 떨어지면 저 바위에 머리가 산산조각 나겠지. 단숨에 끝날까? 아니면 오래도록 고통에 힘겨워 할까? 온몸의 뼈가 부서지는 고통 속에서 흐르는 계곡물에 으깬 두부 같은 뇌수가 둥둥 떠다니는 상상이 떠올랐다.

자신의 죽음을 머릿속에 그려갈수록 처음 결심했던 자살의 각오는 희석됐다. 숨이 차고 당장이라도 아사할 것 같았지만 절벽 아래로는 도저히 몸을 날릴 수 없을 것 같았다. 그런 자신의 모습에 또다시 눈물이 흘렀다. 한심했다. 너무나 한심했다. 아들조차 지키지 못하고 목숨조차 마음대로 끊지 못하는 자신이 선글라스 남자만큼이나 증오스러웠다. 이런 성훈을 지켜보고 있을 아내와 아들에게 죄스러웠다.

부웅, 붕, 붕.

아들을 잃은 슬픔을 추스를 새도 없이 어떻게 알고들 왔는지 파리 떼들이 날아들기 시작했다. 몇 킬로미터 밖에서도 귀신같이 시취를 맡고 모이는 파리들이니 이런 탁 트인 산속에서는 눈앞에 차려진 진수성찬이리라. 파리들이 지원의 몸으로 달려들었다. 파리 한 마리가 아들의 얼굴에 내려앉았다. 성훈은 움찔하여 손을 휘저었다. 성훈은 눈에 불을 켜고 아들에게 달려드는 파리들을 쫓아냈다. 아들의 몸에서는 벌써 지독한 악취가 풍겨났다. 아들에게 진동하는 썩은 내가 성훈의 코를 찔렀다. 아들의 엉덩이 부분의 땅이 축축하게 젖은 걸 보니 풀린 괄약근으로 분변이 흘러나온 것 같았다.

조금 뒤면 파리뿐만 아니라 온갖 벌레들과 짐승들이 몰려들 것이었다. 멍하니 아들을 보고 있다가 왼쪽 허벅지의 상처에 파리들이 달라붙는 걸 깨달았다. 시체 썩는 냄새는 아들의 몸에서만 나는 것이 아니었던 것이다. 갑자기 찢어진 허벅지에서 통통하게 살이 오른 구더기들이 미친 듯 기어 나오는 장면이 연상됐다. 상처로 들어간 구더기들이 생살을 파고들어 항문과 입, 콧구멍으로 쏟아져 나올 것 같았다. 이대로 죽더라도 구더기들에게 파 먹혀 죽고 싶지는 않았다.

"꺼져! 저리 꺼져버려!"

성훈이 나뭇가지를 허공에 미친 듯 휘둘렀다. 주변을 돌던 파리는 끈질기게 다시 성훈의 허벅지에 내려앉았다. 무서웠다. 죽는 것도 무서웠고, 이렇게 미쳐가는 것도 무서웠다.

어느덧 해는 산등성이 너머로 기울었다. 이렇게 수요일도 지나가는 건가. 벌써 4일 째다. 성훈은 한기에 몸을 부르르 떨었다. 추위 때문이 아니었다. 성훈이 만난 악마 때문이었다. 그는 악마에게 아들을 잃었다. 하루하루 시간이 지날수록 악마에게 농락당하며 죽음에 한 걸음씩 가까워지는 것 같았다.

지원의 시취는 이제 참을 수 없을 정도로 지독해졌다. 달라붙는 벌레들을 쫓는 데도 지쳐버렸다. 지독한 탈수인 것 같았다. 남자가 두고 간 물병은 손도 대지 않았다. 악마가 준 먹이는 손대지 않겠다고 마음먹었다. 하지만 당장이라도 의지가 꺾일 정도로 힘에 부쳤다. 몸에 열이 나는 것 같았다. 허벅지 상처가 부패되고 있는 중이리라. 상처의 염증이 혈관을 타고 온몸으로 퍼지는 것 같았다. 썩은 내가 허벅지에서도 풍기는 걸까, 파리 떼가 끈질기게 성훈의 다리를 노렸다. 어둠이 완전히 내려앉으면 이 파리 떼조차 쫓아내지 못할 것이다. 이제 결단을 내려야 했다.

죽음과 복수 중 단 하나를…….

쓰윽, 헉. 헉. 쓰윽, 헉. 헉.

팔에 힘을 줄 때마다 허벅지의 상처가 욱신거렸다. 석양이 꼬리를 길게 물고 넘어가고 있었지만 아직 남아 있는 잔열 탓에 무더웠다. 누군가 해질녘 여름이 가장 덥다고 했던가. 몸에 열이 나고부터 땀이 나지 않았다. 아니면 흘릴 땀이 남아 있지 않은 건지도 모르겠다. 발산하지 못한 열이 몸 안에 차곡차곡 쌓여갔다. 그 때문인지 머리가 무겁고 어지러웠다. 어쨌든 성훈은 아들의 시체를 절벽 낭떠러지로 밀어내고 있었다. 어쩔 수 없었다. 성훈은 죽은 아들의 시신에 더 이상 의미를 부여하지 않기로 했다. 벌레뿐만 아니라 어디선가 날아온 까마귀들도 성훈의 주변을 배회했다. 이대로 잠이라도 들었다간 까마귀에게 꼼짝없이 생살을 뜯어 먹힐 판이었다.

"미안해, 지원아. 아빠 절대로 용서하지 마."

아들의 시신 앞에서 두 손을 모아 합장하며 나직이 읊조렸다. 성훈은 싸늘하게 식은 아들의 몸에 손을 댔다. 그리고 두 팔에 마지막 힘을 가했다.

풍덩. 아들은 그대로 흐르는 물속으로 사라져버렸다.

그렇게 아들은 떠났다.

밤이 깊었다. 체력을 아끼기 위해선 잠을 자야 했지만 냉기가 파고들어 도저히 잠을 이룰 수 없었다. 아들의 바람막이를 덮어도 소용없었다. 온몸이 덜덜 떨려왔다. 꼬르륵. 한동안 잠 잠했던 뱃속이 다시 요동쳤다. 계속된 허기 때문에 배가 아플 지경이었다. 남자가 놓고 간 물과 버섯이 떠올랐다. 남자가 먹을 것을 남긴 의도는 분명했다. 좀 더 오래 성훈을 농락하려는 목적이리라. 빤히 보이는 의도에 성훈은 음식을 거들떠보지도 않았다. 하지만 머릿속에서 지우려 하면 할수록 더욱 생생하게 떠올라 괴롭혔다. 온몸이 불덩이에 손가락을 움직일 힘조차 남아 있으려면 나뭇잎이라도 씹어 먹어야 했다. 남자에게 복수해야 했다. 그러기 위해선 살아남아야 했다. 이건 굴복이 아니라 복수를 위한 준비라고 생각하기로 했다.

성훈은 버섯을 움켜쥐고 한입 베어 물었다. 시큼한 맛이 입안에 퍼졌다. 맛을 따질 때가 아니었다. 우걱우걱 씹고 남은 버섯을 마저 쑤셔 넣었다. 뭐가 됐던 입안에 음식이 들어오자 침이 고였다. 뱃속이 요동치며 소화시킬 준비를 시작했다. 생수병의 뚜껑을 따서 물과 함께 버섯을 삼켰다. 턱없이 모자랐지만 그래도 3일만의 식사였다. 생의 기운이 몸속에 퍼지는 것 같았다. 성훈은 그대로 가만히 누워 체력소모를 최소화했다.

"아! 이 개새끼."

만족감은 오래가지 않았다. 얼마 되지 않아 위장을 후벼 파는 통증이 몰려왔다. 위 속을 까뒤집어 입 밖으로 꺼내려는 듯한 생전 처음 느끼는 고통이었다. 그놈이 주고 간 버섯이 식용이 아니란 건 분명했다. 악마 같은 놈이 성훈을 희롱하려고 독

버섯을 준 게 분명했다. 눈물이 찔끔 나왔다. 어쩔 수 없었다. 손가락을 입속에 집어넣어 억지로 구토했다. 위장을 비워내는 게 최선책이었다. 먹은 게 없어 나오는 것도 별것 없었다. 희뿌연 위액과 반쯤 소화된 버섯 조각밖에는. 그런 성훈의 모습을 상상하며 껴 웃고 있을 그놈이 떠올랐다. 뿌드득. 이빨이 갈렸다. 성훈은 배를 움켜쥐고 속을 게워내며 다짐했다.

꼭 복수하리라고, 그 망할 개새끼에게 꼭 복수하리라고. 지원의 몫까지 몇 갑절로 복수하리라.

기나긴 통증의 밤이 지나고 아침이 밝았다. 밤새 복통과 설사에 시달린 성훈은 뜬눈으로 밤을 지새웠다. 버섯의 독소가 손발을 마비시키는 것 같았다. 다리 상처에서 누런 고름이 흘러나왔다. 온몸이 불덩이였다. 당장이라도 까무러칠 것 같았지만 정신력으로 버텼다. 꺼져가는 정신을 부여잡도록 통증이 돕고 있었다. 오히려 강렬한 복수심을 끝까지 이어가게 해준 독버섯이 고마울 지경이었다.

밤새 통증에 시달리며 성훈은 생각했다. 성훈이 산등성이에서 봤던 저승사자는 헛것이 아니었다. 바로 그 망할 개새끼였던 것이다. 그 새끼도 똑같이 맞은편에서 조난당한 성훈을 목격했던 것이리라. 그리고 농락하기 위해 기꺼이 그가 있는 곳으로 찾아온 것이다. 그 새끼라면 수십 킬로미터라도 찾아왔을 것이다. 약자 위에서 군림하는 짜릿한 기분을 만끽하기 위해, 죽음을 눈앞에 둔 인간의 절망감을 희롱하기 위해, 희망이 절망으로 뒤바뀌는 상대를 바라보며 희열을 목도하기 위해. 그 모습을 바라보면서 그 새끼는 뭘 느꼈을까? 왠지 군복 바지 사이가 부풀어 오른 걸 본 것 같기도 했다. 망할 변태 사이코패스 새끼.

성훈은 놈이 분명 다시 올 것이라 확신했다. 자신의 숨통이 끊길 때까지는. 사이코패스가 오기 전 만반의 준비를 했다. 해가 머리 위를 넘어갔으니 이제 슬슬 그놈이 올 시간이 됐다. 복수를 위해서는 정신을 잃을 만큼 아찔한 통증을 참아내야 했다. 흐으윽! 성훈이 입에 문 굵은 나뭇가지에 이빨 자국이 깊이 파였다. 정신을 잃을 것 같을 땐 쳐 죽여 버릴 그놈을 생각했다. 효과는 끝내줬다. 그놈에 대한 증오와 적개심은 극한의 통증마저 극복할 아드레날린을 분출했다. 다만 꽉 다문 이 사이로 신음이 튀어나오는 게 문제였지만 말이다.

이제 준비는 다 끝났다. 남은 건 인고의 기다림 뿐.

저벅. 저벅.

눈을 뜬 채 멍하니 정신을 놓고 있던 성훈의 귀가 번쩍 뜨였다. 익숙한 발소리. 그놈 발소리가 틀림없었다. 어제와 비슷한 시간대였다. 집요한 변태 새끼. 성훈은 정신을 바짝 차렸다. 그리고 숨죽였다.

이윽고 발소리가 멈췄다. 놈의 그림자가 돌벽 아래로 길게 드리웠다. 그림자 끝에 매달린 머리가 좌우를 두리번거렸다. 잠시 후 놈이 돌벽 쪽으로 한 발짝 더 내디뎠다. 내디딘 등산화 앞코가 튀어나왔다.

기회는 단 한 번, 바로 지금이었다.

성훈은 입에 문 나뭇가지를 다시 한번 꽉 깨물었다. 성한 오른쪽 발에 몸무게를 싣고 양팔을 머리 위로 뻗었다. 두 손에 놈의 등산화가 잡혔다.

성훈은 지체 없이 꼭 잡은 등산화를 낚아챘다.

"어어."

당황한 목소리와 함께 성훈의 눈앞으로 놈의 두 종아리가 나타났다.

놈을 돌벽 아래로 떨어트릴 심산이었지만 낚아채는 힘이 너무 부족했다. 놈은 돌벽 끝에 엉덩이를 걸쳐 앉은 꼴이 돼버렸다. 자신이 있는 절벽 아래로 떨어트리려던 성훈의 계획은 실패했다. 하지만 이미 성훈의 체력은 한계를 넘어섰다. 계획을 수정할 여력은 남아 있지 않았다. 몸을 지탱하던 오른쪽 다리에 힘이 풀렸다. 왼쪽 허벅지에 힘이 쏠리자 불타는 통증이 뇌로 작열했다.

"으아악!!!"

성훈은 휘청이는 다리에 힘을 주고 정신력으로 버텨냈다. 다음은 머리가 아닌 본능에 따른 행동이었다. 눈앞에 보이는 놈의 오른쪽 다리를 꽉 붙잡았다. 입을 한껏 벌리고 두툼한 종아리에 그대로 이빨을 박아 넣었다. 놈은 미친 듯 발버둥 쳤다. 딱. 딱. 하지만 질긴 군복 때문에 이빨이 섬유 위로 미끄러졌다. 성훈은 재빨리 양말 속에 넣은 바지 끝단을 잡아 뺐다.

"이거 놔, 미친놈아!"

놈은 거칠게 소리쳤다. 성훈은 발버둥치는 놈의 다리를 붙들고 바지를 밀어올렸다. 질긴 승강이 끝에 마침내 성훈의 눈앞에 놈의 뽀얀 맨살이 드러났다.

성훈은 기다렸다는 듯 입을 최대한 벌렸다.

푹! 고깃덩어리에 칼을 꽂는 소리가 났고, 찢어지는 비명이 이어졌다.

"끄아아아악. 야이 미친 새끼야! 이거 안 놔!"

성훈의 입안 한가득 놈의 종아리 살이 차올랐다. 이빨 사이로 찝찔한 피가 솟구쳤다. 놈은 미친 듯 발버둥 쳤다. 성훈은 아랑곳없이 턱뼈에 힘을 가했다.

뚝. 마침내 성훈의 윗니와 아랫니가 맞부딪쳤다.

놈의 다리에서 솟구친 피가 성훈의 얼굴을 때렸다. 돌벽에서 떨어진 놈은 괴성을 지르며 성훈을 힘껏 밀쳤다. 성훈은 비틀거리며 절벽 끝으로 떠밀렸다.

그리고 성훈이 낭떠러지로 추락하는 찰나, 고통에 비명을 지르던 놈은 목격했다.

피범벅을 한 채 한껏 미소를 머금은 성훈의 얼굴을…….

성훈은 그렇게 추락했다. 더 없이 만족스러운 얼굴로.

영원 같던 몇 초가 지나고. 성훈은 차디찬 계곡 속으로 사라졌다. 아들이 사라졌던 것처럼.

유속이 빠른 계곡에서 성훈은 정신을 차리기 위해 안간힘을 썼다. 하지만 소용돌이치는 급류에 휘둘려 바위에 머리를 세게 부딪친 성훈은 이내 정신이 아득히 멀어졌다.

"저기요. 괜찮으세요? 정신 차려요."

성훈의 볼에 따끔한 통증이 일었다. 정신을 못 차리는 사이

누군가 누워있는 성훈의 목을 뒤로 꺾었다. 뒤이어 코를 막고 억지로 입을 벌리려 했다.

안 돼!

그 순간 성훈의 정신이 번쩍 들었다.

의식을 잃고 있다 갑자기 눈을 부릅뜬 성훈을 본 남자가 뒷걸음질 쳤다.

"아이고 깜짝이야. 정신이 들어요?"

밀짚모자를 쓴 60대 남자가 성훈을 빤히 쳐다봤다. 성훈은 고개를 돌려 주변을 살폈다. 자갈이 깔려 있는 수발산 계곡 하류였다. 물가 근처에 접이식 의자와 빈 낚싯대가 널브러져 있었다.

죽지 않고 살아남은 건가.

성훈이 천천히 몸을 일으키려 하자 낚시꾼이 만류했다.

"몸도 성치 않은데 아직은 안 돼요. 좀 더 누워있어요."

하지만 입을 꾹 다문 성훈은 고개를 흔들었다. 상체를 세우고 낚싯대가 있는 물가로 기어갔다. 이유를 알 수 없는 낚시꾼은 그 모습을 그저 바라만 봤다. 마침내 물가에 다다른 성훈이 낚시꾼이 잡아놓은 물고기가 든 가방을 바닥에 쏟아 부었다.

"지금 뭐하는 겁니까?"

갑작스러운 성훈의 행동에 놀란 낚시꾼이 급히 달려왔다.

카악! 퉤.

시뻘건 핏덩어리가 낚시 가방 속에 떨어졌다. 뛰어오던 낚시꾼은 엉거주춤 멈춰 섰다. 성훈의 피와 침이 뒤섞여 거품이 이는 핏물이 한가득 입안에서 흘러나왔다. 이빨 자국이 선명한 살덩어리가 온통 핏물과 뒤섞여있었다.

"큭큭큭큭. 하하하핫! 콜록, 하하하핫. 콜록."

충격을 받고 망연히 서있는 낚시꾼과 입가에 핏물을 질질 흘리며 웃어대는 성훈이 묘한 대조를 이뤘다. 멀리서 119 구급대의 사이렌 소리가 울려 퍼졌다.

성훈은 구급 요원이 자신을 향해 달려오는 걸 지켜보면서 다시 정신을 잃었다. 거의 반죽음 상태로 천안시 종합병원으로 긴급 이송됐다. 성훈의 상태는 심각했다. 왼쪽 다리의 상처가 썩어 염증이 전신에 퍼진 상태였다. 다리는 살릴 수 있는 상태가 아니었다. 어쩔 수 없이 허벅지 위로 절단할 수밖에 없었다. 혼수상태로 생사의 고비를 넘나드는 며칠이 지났다.

의료진이 항생제 칵테일을 때려 부은 덕분인지 차도가 있었다. 위험한 고비를 넘긴 성훈은 기나긴 혼수상태에서 서서히 의식을 되찾았다.

"어? 김성훈 씨 정신이 드십니까? 여기요. 김성훈 씨 의식을 찾았습니다!"

오랜 혼수상태로 흐릿한 성훈의 눈에 실루엣이 비쳤다. 성훈은 앞에 선 사람을 자세히 보기 위해 눈을 가늘게 떴다. 초점이 맞춰지려던 순간 성훈은 깜짝 놀라 비명을 질렀다. 처음 보는 남자의 뒤로 아내와 아들의 서늘한 얼굴이 성훈을 내려다보고 있었다.

"으아악! 뭐, 뭐야. 누, 누구야?!"

성훈의 비명에 아랑곳없이 하얀 가운을 입은 의사가 나타나 성훈의 눈에 빛을 비췄다. 의사는 동공이 플래시 빛에 반응하자 성훈의 상태를 간단히 설명했다. 의사가 떠나고 다시 눈을 떴을 때 성훈의 눈앞에 처음 본 남자가 나타났다. 남자의 뒤로 아내와 아들의 환영은 사라지고 없었다.

"안녕하세요. 동남 경찰서 오영섭 형사입니다. 김성훈 씨, 이야기를 들으려고 이렇게 찾아 왔습니다."

자신을 형사라 소개한 남자는 짧은 머리에 턱선이 도드라진 강인한 인상을 가진 사람이었다. 날카로운 눈매에 부드러운 눈빛은 묘한 분위기를 자아냈다. 형사의 말에 수발산에서 겪었던 끔찍한 일들이 생생하게 되살아났다. 이내 감정이 북받쳐 올라왔다. 허무하게 떠나보낸 아들이 떠올랐다. 성훈의 눈시울에 눈물이 고였다.

"하아, 제게 있었던 악몽 같던 일들을 이야기해드리겠습니다."

성훈은 영섭에게 자신이 겪은 모든 일들을 털어 놓았다. 영섭은 차분하게 성훈의 이야기를 들었다. 오랜 이야기를 마친 성훈은 피로에 지쳐 잠들었다. 영섭은 떠났고, 며칠이 지났다. 움직일 수 있을 정도로 회복된 성훈은 재활훈련에 매진했다. 허벅지 위로 잘려 나간 다리에 의족을 끼우고 걷는 연습에 몰두했다. 몸은 그날의 상흔을 잊고 서서히 아물어 갔지만 기억은 쉽게 잊혀지지 않았다. 매일 밤 왼쪽 다리가 잘리는 환상통에 시달렸고, 그때마다 아들의 죽음과 다시 마주했다. 수면제 없이는 잠을 이룰 수 없을 정도로 마음의 상처는 깊었다. 하루하루 힘겨운 나날들을 보내던 성훈에게 형사가 다시 찾아왔다.

"또 오셨군요."

"네. 잠시 시간 괜찮으실까요?"

의족을 차고 레일 위에서 걷기 연습을 하던 성훈은 수건으로 땀을 닦고 영섭에게 갔다. 영섭은 미리 사온 시원한 캔 커피를 성훈에게 건넸다. 커피를 한 모금 마신 성훈에게 영섭이 말했다.

"성훈 씨가 말씀하셨던 남자를 찾았습니다."

커피를 한 모금 마시던 성훈이 입을 떼고 캔을 쥔 손에 힘을 줬다.

"정말입니까? 그놈을 잡았나요? 대체 뭐하는 놈입니까?"

"성훈 씨가 가져온 남자의 피부조직을 유전자 감식했습니다. 경찰청 범죄자 데이터베이스에 일치하는 DNA가 있더군요."

성훈이 영섭을 빤히 처다봤다.

"십 년 전 평택에서 벌어진 초등생 토막 살인사건을 기억하십니까? 당시 학교에서 하교하는 1학년 남학생을 꾀어내 성폭행을 하고 목 졸라 죽인 뒤 시신을 토막 내 유기했던 사건이었죠."

성훈의 기억 속에 세상이 떠들썩했던 잔악한 사건이 어렴풋이 떠올랐다.

"네. 기억나는 것 같습니다. 워낙 잔혹한 사건이라 연일 뉴스가 쏟아져 나왔죠. 당시 범인의 신원은 밝혀냈지만 결국 못 잡았던 걸로 기억하고 있습니다."

영섭도 손에 든 캔 커피를 한 모금 마셨다.

"맞습니다. 평택 일대를 샅샅이 수색했습니다만 범인은 경찰의 수사망을 빠져나가 그대로 잠적해 버렸죠. 그런데 그 미제 사건의 살인범이 십 년 만에 다시 나타난 겁니다."

성훈이 손에 쥔 커피 캔이 부르르 떨렸다. 충격적인 얘기였지만 묘하게 납득이 갔다. 성훈은 놈이 했던 제안이 단지 그를 농락하려던 게 아니라 진심이었다는 걸 깨달았다. 모골이 송연해지고 한기가 들었다.

"그, 그랬군요. 자그마치 십 년이라니. 그럼 경찰은 지금까지 그놈의 행방을 전혀 못 찾고 있었다는 말인가요?"

"네. 맞습니다. 당시에는 체계적인 과학수사가 자리 잡기 전이었고 또 놈이 교묘하게 수배망을 피해 잠적해 버리는 바람에 난항을 겪었었죠. 그런데 성훈 씨 덕분에 그 실마리를 잡았던 겁니다. 저희는 성훈 씨의 증언을 토대로 수발산을 찾은 등산객들과 인근 약초 상을 수소문해 범인이 기거했던 거처를 급습했습니다. 수발산 속 깊은 암자에 은둔하고 있었더군요. 체포 당시 왼쪽 종아리에 부상을 입은 상태였습니다. 바로 성훈 씨가 낸 상처였죠. 신원을 숨기느라 제대로 된 치료를 받지 못한 것 같더군요. 결과적으로 성훈 씨 덕분에 미해결 사건의 범인을 잡을 수 있었습니다."

성훈은 영섭의 말에 울컥했다. 꾹 참았던 눈물이 흘러내렸다. 허망하게 떠나보낸 아들을 대신해 복수했다. 하지만 죽은 아들은 돌아오지 않는다는 것을 알기에 비탄과 희열이 복잡하게 교차했다.

영섭은 그런 성훈을 바라보며 덧붙였다.

"그리고 놈의 집 주변에서 어린아이의 대퇴부로 보이는 유해가 발견됐습니다. 국과수에서 암자 주변을 샅샅이 수색중인데 발견되는 유해들로 보아 한 명 이상이라는 것 같더군요. 아

무래도 놈은 십 년 동안 암자에서 숨죽인 채 있었던 건 아닌 것
같습니다. 성훈 씨가 미치광이 살인범의 연쇄살인을 막아주신
겁니다."

자신의 힘으로 변태 살인마의 추가 범행을 막을 수 있었다는
사실은 성훈에게 큰 위로가 됐다. 아들의 희생이 그저 헛되지
만은 않았던 것이리라. 영섭의 마지막 말에 성훈의 얼굴에 슬
픈 미소가 떠올랐다.

"어? 박 선생님, 김성훈 환자 지금 웃은 것 같은데요."

성훈의 링거를 교체하던 간호사가 의사에게 말했다. 차트를
기록하던 의사는 성훈을 스윽, 쳐다본 뒤 다시 차트 기록을 이
어갔다.

"꿈을 꾸고 있나 보지. 김간도 알다시피 이 환자는 발견 당시
패혈증 때문에 심장과 신장이 완전 망가져버렸어. 장기간 의식
불명에 에크모 장치로 연명하고 있지만 아마도 환자의 뇌는 끝
나지 않는 기나긴 꿈을 꾸고 있나 보네."

간호사가 희미한 미소를 짓는 성훈을 애처롭게 쳐다봤다.

"가족도 없이 중환자실에 홀로 입원해 있는데 언제까지 연명
치료를 계속할 수 있을까요."

의사는 작성을 마친 차트를 병상 발치에 꽂으며 말했다.

"에휴. 벌써 두 달째 의식불명 상태야. 딱하긴 하지만, 그건
김간이 걱정한다고 해결되는 건 아니니까. 그나저나 오늘 구내
식당 점심이 뭐였지?"

"아, 오늘 부대찌개였어요. 선생님."

"또 부대찌개? 난 부대찌개는 별론데. 어때? 오늘은 밖에 나가서 같이……."

의사와 간호사의 목소리가 멀어지면서 드리운 침묵을 생명 연장 장치에서 나오는 복잡한 기계음이 대신했다. 중환자실 집중 치료 병상에 누운 성훈의 잠든 얼굴에 번진 흐릿한 미소는 이후로도 한참이나 지속됐다.

"엄마, 배고파. 밥 좀……"

"아까 먹었잖아. 칭얼대지 말고 좀 참아!"

아까라고? 마지막으로 밥을 먹은 게 언제인지 기억조차 나지 않는데? 또 굶길 작정인 거야?

정말이지 더 이상은 못 참겠다.

나는 오늘 엄마를 죽인다.

내가 살기 위해서.

머릿속으로 수십 번, 수백 번 그려온 일이다.

할 거다. 오늘 기필코…….

"엄마가 이렇게 밥알 흘리지 말라고 했지! 오늘 저녁은 없어."

엄마의 학대는 평범한 일상 속에서 아무렇지 않게 시작됐다. 처음에는 한 끼, 다음에는 두 끼. 그러다 세 끼가 되고 어느새 하루, 이틀, 사흘로 금식 기간이 늘어났다. 엄마는 매번 내가 딱 죽지 않을 만큼만 굶겼다.

매일 밤 꼬르륵거리는 배를 부여잡고 잠을 청해야 했다. 엄마가 지켜보는 낮에는 물조차 마음대로 마실 수 없었다. 소변을 자주 본다는 말도 안 되는 이유 때문에.

쫄쫄 굶은 지 사흘째 되던 밤이었다.

허기와 갈증에 도저히 잠을 이룰 수 없었다. 정말이지 이대로는 굶어 죽을 것만 같았다. 어쩔 수 없이 슬쩍 잠든 엄마의 눈치를 봤다. 엄마는 미동이 없었다. 곤히 잠든 듯했다. 나는 조용히 소리를 죽이고 일어나 도둑고양이처럼 발꿈치를 들고 부엌으로 갔다. 심장이 세차게 뛰고 뱃속이 음식을 달라고 아우성쳤다. 먹을거리는 냉장고에 있었지만 냉장고 문을 여닫는 건 위험했다. 얼마 전 냉장고 경첩이 고장 나 문을 열 때마다 삐걱이는 소리가 크게 났기 때문이다. 어쩔 수 없이 허기는 포기하고 갈증만 해소하기로 마음먹었다.

싱크대 수도꼭지에 조심스럽게 입을 대고 천천히 물을 틀었다. 벌린 입안으로 금세 차가운 수돗물이 차올랐다. 말라비틀어진 혓바닥과 입안이 촉촉하게 젖어들었다. 마침내 목구멍으로 수돗물을 넘기려는 찰나, 나는 깜짝 놀랐다. 어느새 곁에 다가온 엄마가 내 머리를 후려쳤기 때문이다.

"아야!"

놀라움과 충격이 동시에 찾아왔다. 눈앞에 별이 반짝였다.

수도꼭지에서 나온 수돗물이 빈 개수대를 때리는 소리가 요란하게 울렸다.

"자다 말고 도둑고양이처럼 뭐 하는 짓이야!"

서슬 퍼런 엄마의 목소리에 정신이 번쩍 들었다. 엄마의 손에는 냄비 뚜껑이 들려 있었다. 급한 김에 싱크대 옆에 있던 냄비 뚜껑을 손에 잡히는 대로 들고 내 머리를 내려친 것이다.

툭. 툭.

뜨끈한 물줄기가 얼굴을 타고 흘러 부엌 바닥에 떨어졌다.

손으로 얼굴을 훔치자 잠옷 소매에 붉은 핏물이 흥건히 묻어났다. 냄비 뚜껑의 날카로운 부분에 맞아 두피가 찢어졌나 보다. 찢긴 상처의 아픔보다 빈속에 비릿한 피 냄새가 올라와 구역질이 치밀었다. 토하지 않으려 안간힘을 썼지만 뱃속에서 밀고 올라오는 신물을 참을 수가 없었다. 애쓴 보람도 없이 결국 저질러버리고 말았다.

"욱, 우웩."

핏물이 튄 부엌 바닥 위로 시큼한 위액이 덧칠되었다.

"너, 너 지금 뭐 하는 짓이야? 부엌 바닥에 이게 나 뭐야! 정말로 엄마 미치는 꼴 보고 싶어서 이러는 거야? 응?!"

"엄마, 잘못했어요. 흑흑."

나는 무릎을 꿇고 두 손을 싹싹 빌며 용서를 구했다.

엄마의 관자놀이에 불툭 핏대가 솟았다. 엄마가 정말로 화났을 때 생기는 상징. 용서를 빌며 슬그머니 바라본 엄마의 눈은 무섭도록 희번덕거렸다. 그 얼음처럼 차가운 눈빛에 손발이 얼어붙었다. 쭈뼛대는 나를 두고 엄마는 무선 청소기를 가져와 롤러와 본체를 떼어 내 즉석 몽둥이를 만들었다. 엄마는 허공을 향해 몽둥이를 휘둘렀다.

붕붕거리며 바람을 가르는 소리에 오금이 저린 나머지 그만 바지에 실수를 해버렸다. 거실 바닥에 피와 오줌이 뒤섞여 붉게 번져갔다.

"아악! 이, 이년이!"

머리끝까지 화가 치솟은 엄마는 정신없이 날 때렸다. 더 이상 몽둥이를 쥘 수 없을 정도로 지칠 때까지.

그날 밤 나는 깨달았다.

정말로 아플 땐 비명소리조차 나오지 않는다는 것을…….

처음부터 엄마가 날 학대한 건 아니다. 사실 엄마는 다른 집 엄마들 못지않게 날 사랑했었다. 그랬던 엄마가 돌변한 건 아빠의 장례식 직후부터였다.

내 열 번째 생일날, 추적추적 비가 오던 여름날이었다. 회사에서 퇴근한 아빠는 나와 함께 생일 케이크를 사려고 집 근처 빵집으로 나섰다. 얼마 뒤 아빠와 함께 서 있던 횡단보도 건너편에 빵집이 보였다. 그때 난 초코 케이크를 먹으려는 생각에 들떠 있었던 것 같다. 마침 신호가 바뀌고, 난 빵집을 향해 쏜살같이 뛰어나갔다.

그때 조금만 천천히 출발했더라면…… 좌우를 살피고 길을 건넜더라면 내 운명은 지금과는 달라졌을까?

끼이이익!

지금도 생생히 기억난다. 자동차 타이어가 바닥과 마찰하던 날카로운 소리가. 신호를 무시하고 돌진하던 자동차가 빗길에 미끄러져 횡단보도에 있던 나를 향해 돌진하던 장면이.

난 그저 바라볼 수밖에 없었다. 순식간에 내게로 다가오는 죽음의 위기를⋯⋯.

무서운 기세로 돌진하는 자동차가 나를 집어삼키려던 찰나. 강한 힘이 등 뒤에서 날 떠밀었고, 난 그 힘에 밀려 도로 밖으로 튕겨나갔다.

뒤이어 들려온 둔탁한 충격음.

쿵. 털썩.

꼭 감았던 눈을 뜨자 주변 사람들이 도로 바닥에 쓰러진 아빠에게 모여들어 있었다. 그때까지도 나는 무슨 일이 벌어졌는지 제대로 알지 못했다. 덜컥 겁이 난 나는 쓰러진 아빠에게 다가가 몸을 흔들었다. 하지만 아빠는 아무런 대답이 없었다. 그저 온몸을 사시나무 떨듯 떨었을 뿐⋯⋯.

내 대신 차에 치인 아빠는 그 자리에서 즉사했다. 아빠를 친 자동차는 속도를 줄이지 않고 그대로 도망쳤다. CCTV도 없던 외신 도로였다. 결국 뺑소니범은 잡지 못했다. 뒤늦게 달려온 엄마는 죽은 아빠를 붙들고 미친 듯이 오열했다. 엄마와 난 아빠의 사망선고가 내려진 병원에 부속된 장례식장에서 아빠의 장례를 치렀다.

난 울다 지쳐 넋이 나간 엄마에게 아무런 말도 할 수 없었다.

내 생일날 나 때문에 아빠가 죽었으니까.

내가 얼마나 끔찍한 일을 저질렀는지 알고 있으니까.

장례식장에 찾아온 사람들 모두 날 욕하는 것 같았다. 특히 엄마가. 나를 바라보는 엄마의 얼음장처럼 차가운 눈빛이 나를 얼어붙게 했다.

핏기 없는 얼굴로 삼일장을 치른 엄마는 사고 이후 처음으로 나에게 말을 건넸다.

모든 게 네 탓이라고. 아빠가 죽은 건 너 때문이라고.

그때 엄마의 눈빛은 얼음보다 더 차가웠고 날이 선 칼보다 날카로웠다.

아빠가 돌아가신 지 육 년이 흘렀다. 이제 며칠 뒤면 고등학교에 올라간다. 육 년 동안 엄마의 끔찍한 학대를 참아왔다. 엄마가 나를 죽일 듯이 미워하는 건 이해한다. 하지만 이제 나도 참을 만큼 참았다고 생각한다. 차라리 아빠 대신 내가 죽는 게 나았을 거라고 생각한 육 년이었다.

처음 엄마에게 가졌던 미안한 마음은 희석되고, 그 자리에 지독한 살의가 차올랐다.

엄마를 죽이고 나서 할 일들도 모두 계획해두었다. 기차를 타고 서울로 올라가 친구가 일하는 봉제공장에 들어갈 거다. 먼저 상경한 친구 역시 아빠의 가정폭력을 견디지 못하고 집을 뛰쳐나온 친구였다. 친구 말로는 숙식이 제공되는 기숙사도 있다고 했다. 그곳에서 새로운 인생을 시작할 거다.

그러기 위해선.

엄마를 죽여야 한다.

엄마는 설거지 중이다. 며칠째 밥도 주지 않으면서 대체 무슨 설거지를 하는지 모르겠다. 엄마와 나 단둘뿐인데도 저렇게 가식적인 모습을 볼 때면 엄마에 대한 증오가 더욱 커진다. 차라리 잘됐다. 설거지에 집중해 있을 때 뒤에서 몰래 접근해 목을 그어버리면 된다. 그래, 지금이다. 지금 해치우자. 나는 아일랜드 식탁 위에 올려둔 과도를 조용히 집어 들었다. 묵직한 과도의 무게가 손에 느껴지자 가슴이 뛰기 시작했다. 육 년간의 지옥 같던 날들에 마침표를 찍을 기회. 미친 듯이 펄떡이는 심장을 억누른 채 조용히 엄마에게 다가갔다.

그때였다.

귀신같이 나의 기척을 느낀 엄마가 뒤를 돌아봤다.

"응? 왜?"

"아, 아니. 물 마시려고. 오늘 처음 마시는 거야."

나는 재빨리 과도를 등 뒤로 숨기고 물컵을 잡았다. 긴장한 탓에 이마에 비지땀이 솟았다.

"약은?"

"약? 아까 먹었어."

약? 감기약을 말하는 건가. 기억은 잘 안 나지만 일단 먹었다고 대답했다. 엄마는 대수롭지 않게 고개를 끄덕이고는 멈췄던 설거지를 다시 시작했다.

나는 손에 든 컵을 조용히 내려놨다. 이제 엄마와의 거리는 딱 한 걸음. 이제 이 한 걸음만 내디디면 엄마와는 영원히 안녕이다. 천천히, 그리고 깊이 심호흡을 한 뒤 과도를 꽉 움켜쥐었다.

마침내 불행한 인생의 종지부를 찍을 마지막 한 걸음을 내디뎠다.

아무것도 모른 채 설거지를 하던 엄마가 고개를 돌렸다. 나는 그 틈을 놓치지 않고 엄마의 어깨를 꼭 붙들고 엄마의 목 깊숙이 과도를 그었다. 엄마가 칼을 든 채 굳어 있는 나를 의아하게 쳐다봤다. 깜짝 놀란 엄마의 얼굴은 이내 기괴하게 일그러졌다. 무섭게 치뜬 엄마의 눈과 겁에 질린 내 눈이 마주치고…… 그렇게 한동안 정적이 이어졌다.

'컥!' 불편한 정적을 깬 건 엄마였다. 엄마의 입에서 터져 나온 고통의 단말마.

엄마의 목이 일자로 벌어지고 그 틈으로 피가 분수처럼 솟구쳤다. 엄마는 물이 뚝뚝 흐르는 고무장갑을 낀 손으로 다급하게 목을 움켜잡았다. 그러나 솟구치는 피를 틀어막기엔 역부족이었다. 엄마의 손가락 사이로 엄청난 양의 피가 흘러내려 옷깃을 적셨다. 순식간에 엄마의 하얀 티가 검붉게 물들었다.

쉭. 쉭.

목에서 바람 빠지는 소리가 조용한 집안 공기를 갈랐다. 엄마는 두 눈을 부릅뜬 채 부엌 싱크대 사이로 무너져 내렸다.

'후우.'

그제야 나는 참았던 숨을 토해냈다.

엄마는 피투성이 고무장갑을 낀 손을 천천히 내게 뻗었다.

"엄……"

엄마는 마지막 목소리를 쥐어짜낸 뒤 그대로 축 늘어졌다.

엄? 생의 마지막 순간에 하려던 말이 무엇일까? 뭐, 아무래도 상관없다. 드디어 엄마와의 끔찍한 악연을 내 손으로 직접 끊어버렸으니까.

"엄마, 미안해. 하지만 나도 살아야지."

피투성이로 죽어 있는 시신을 조용히 바라보았다. 이제 자유다. 새로운 삶을 향한 기대감이 가슴 가득 차올랐다. 반면 알 수 없는 위화감도 불현듯 엄습했다. 뭔가 익숙한 느낌, 기시감이라고 하던가. 살인의 긴장감이 풀려서일까? 홀로 살아가야 한다는 막연한 불안감일까?

그때 갑자기 현관문에서 익숙한 전자음이 들렸다.

삑삑삑삑. 철컹.

누구지? 이 시간에 집에 올 사람은 없는데. 그보다 우리 집 비밀번호를 어떻게 아는 거지?

낯선 이의 침입에 우왕좌왕하는 사이 난생처음 보는 교복 입은 소녀가 불쑥 거실로 들어왔다. 가슴에는 천안여고라는 글씨가 자수로 박음질되어 있었다. 예상치 못한 갑작스러운 상황이지만 최대한 냉정하게 생각했다. 누구냐가 문제가 아니다. 살인 현장을 들켰으니 저 언니도 죽여야 한다.

나는 일단 물었다.

"누, 누구세요?"

익숙한 듯 거실 소파에 가방을 벗은 여고생이 그제야 나를 보고 날카로운 비명을 질러댔다.

"꺄아아악! 그 피 뭐예요? 다치셨어요?"

피? 언니의 말에 옷을 살펴보니 과연 온통 피투성이였다. 엄마가 뿜어낸 피가 내 옷에도 튀었나보다. 긴장한 탓에 그것도 모르고 있었던 것이 신기했다.

"그것보다 우리 집에 마음대로 들어오는 언니는 누구세요?"

언니는 멀뚱히 나를 쳐다봤다. 그러다 이내 연민의 눈빛으로 나를 바라보며 말했다.

"할머니, 대체 왜 그러시는 거예요."

할머니? 이 언니가 지금 무슨 말을 하는 거지.

언니의 눈이 나를 지나쳐 내 뒤에 싸늘하게 죽어 있는 엄마에게 고정됐다.

"엄, 엄마…… 엄……"

엄청난 충격을 받은 듯 언니는 말을 잇지 못했다. 언니는 천천히 나를 지나쳐 시신으로 다가갔다. 그러고는 두 눈을 부릅뜬 엄마의 시신을 품에 안고 흐느꼈다.

"엄마, 엄마. 죽지 마요, 엄마. 흑흑."

엄마라니? 왜 모르는 언니가 내 엄마에게 엄마라고 부르는 걸까. 기분이 몹시 나빠졌다. 납득할 수 없는 이 상황이 불쾌했다. 뭔가, 뭔가 잘못됐다.

무심코 과도를 쥔 손을 내려다봤다.

쨍그랑.

나도 모르게 손에 쥔 과도를 놓쳤다.

내 손, 내 손이 아니었다. 피범벅이 된 손, 쭈글쭈글하게 주름진 손, 대체 이 손은 누구의 손인가.

떨리는 손을 바라보던 그 순간 분절된 기억의 파편들이 머릿속으로 쏟아져 들어왔다.

"밥 줘."

"아까 먹었잖아. 밥 먹었던 기억을 자꾸 잊어버리는 거야. 엄마, 이렇게 먹다간 위장 버려요."

"약 먹었어?"

"어, 먹었어."

"치매는 약을 잘 챙겨 먹어야 진행이 늦춰진대. 빠뜨리지 말고 잘 먹어."

"엄………"

헐떡이며 숨이 끊어지던 순간 마지막으로 하려던 말이 나를 부르는 '엄마'였던가.

내가 낳은 딸의 목숨을 내 손으로 끊었단 말인가. 수십 년 전 내 엄마를 죽였던 그때처럼…….

온몸에 피를 흘리며 죽어 있는 딸을 안고 오열하는 손녀의 모습이 눈에 들어왔다.

대체…… 대체 내가 무슨 짓을 저지른 거지…….

이건 내가 죽인 엄마가 나에게 내린 저주인가.

"끄윽. 끅. 으아아아악!"

지독히도 처절한 비명이 집안에 울려 퍼졌다. 피투성이로 멍하니 서 있는 노파의 눈동자에 빛이 사라졌다. 죽은 자의 눈, 그건 지옥 같은 현실을 피해 끝없는 과거로 도망쳐버린 죽은 자의 눈이었다.

망연히 서 있던 노인은 들릴 듯 말 듯한 목소리로 나지막이 중얼거렸다.

"미안해. 미안해. 미안해. 미안해……."

6

크리스마스의
유령

"여, 여보……."

아기를 안은 아내가 남편을 향해 손을 뻗었다. 아내의 품에 안긴 아기가 빽빽 울어댔다. 남자는 아내를 향해 성큼 다가섰지만, 무언가에 가로막혀 다가갈 수 없었다. 아내와 남자 사이에 보이지 않는 벽이 있는 듯했다. 당황한 남자는 엉겁결에 아내를 향해 손을 뻗었다. 다행히 남자가 뻗은 손은 보이지 않는 벽을 통과할 수 있었다.

"내 손 잡아. 조금 더……."

남자의 손은 불과 손가락 한 마디 차이로 아내에게 닿지 않았다. 조바심이 난 남자가 안간힘을 쓰며 말했다.

"조금만 더. 여보. 제발, 으으윽!"

남자는 팔이 빠져라 손가락 끝까지 힘을 줬다. 부들부들 떨리는 남자의 손가락이 아내의 손끝을 향해 천천히 다가갔다.

3cm, 2cm, 1cm……

마침내 두 사람의 손가락이 맞닿으려는 순간.

'화르륵'

"꺄아아아아악!"

"응애! 응애!"

날카로운 비명 소리와 함께 아내와 아기의 몸에 시뻘건 불길이 치솟았다. 불과 수초 사이에 뜨거운 화마가 모자의 몸을 뒤덮었다.

"아악! 뜨거워! 여보, 뜨거워."

"미선아! 안 돼! 안 돼! 우진아! 안 돼!"

남자는 목이 터져라 아내와 아이의 이름을 외쳤다.

"우진이라도, 우리 우진이라도 이리로 보내!"

남자는 불타는 아내를 향해 다급하게 외쳤지만 불길은 이미 품 안의 아기까지 집어 삼켜버렸다.

괴물의 혓바닥처럼 날름거리는 불길이 아내와 아기의 얼굴을 새카맣게 태워갔다. 핑크빛이 감돌던 아기의 볼이 순식간에 재가 되어 바스러졌다. 남자를 바라보던 아이의 검은 동공이 '픽' 소리를 내며 터져버렸다. 동굴 같은 눈구멍에서 녹은 마시멜로우 같은 잿빛 점액질이 흘러내렸다. 그 점액질 액체마저 이내 지글지글 끓어 증발했다.

"끄으으으으"

새카맣게 그을린 아내의 입에서 기이한 신음 소리가 새어 나왔다. 아내와 아기 모두 얼굴을 덮고 있던 본래의 피부는 더 이상 찾아볼 수 없었다.

크기가 다른 앙상한 해골 두 구가 끝도 없이 불타올랐다.

"아아아아악! 그만! 그마아아아안!"

"으아아아아아아악!"

덕훈은 찢어지는 비명을 지르며 눈을 떴다. 그대로 이불을 박차고 엎드려 두 손으로 머리를 감싸 쥐었다. 눈을 뜨고 주변을 살펴봤지만 온 세상이 빙글빙글 돌았다. 천장이 덕훈을 향해 내려오는 것 같았다. 숨이 가빠왔다. 공황장애에 빠진 것 같았다.

"우욱! 헉, 헉, 헉……."

구역질이 올라왔다. 구토를 가까스로 참고 눈을 질끈 감아 마음을 가라앉히려 노력했다. 조금씩 천천히 숨을 골랐다. 다행히 호흡이 진정되는 것 같았다.

살며시 눈을 뜨자 익숙한 전경이 눈에 들어왔다.

언제 빨았는지 모를 누렇게 얼룩진 침대, 침대 난간에 위태롭게 걸쳐진 티셔츠와 바지, 탁자 위에 너저분하게 걸려 있는 옷가지들, 방바닥에 어지럽게 널려있는 구겨진 맥주 캔과 소주 병들.

그래, 몇 달째 지내고 있는 지긋지긋한 여관방이었다.

커튼 사이로 비치는 햇살이 어두컴컴한 방 안을 밝혔다. 휴대폰 액정 속 시계가 오전 11시 30분을 지나고 있었다.

갑자기 관자놀이로 편두통이 밀려왔다.

덕훈은 방바닥에 널린 구겨진 캔 맥주를 들춰내 성한 맥주 한 캔을 찾아냈다. 살짝 흔들어 보니 아직 1/3쯤 차 있었다. 언제 딴 맥주인지는 상관없었다. 몹시 목이 탔다. 덕훈은 탄산이 빠진 뜨끈한 맥주를 목구멍으로 흘려보냈다. 그래도 김빠진 맥주 덕에 전날의 취기가 조금은 가시는 것 같았다.

"하아, 네 병인가."

방바닥 앉은뱅이 상 옆에 소주 네 병이 나란히 놓여있었다.

매일 밤 꾸는 악몽을 피하기 위해 필름이 끊길 때까지 술을 마신 게 벌써 7년이나 됐다. 이제는 새우깡 한 봉지에 소주 네 병은 너끈히 비울 정도로 주량이 늘었지만, 여전히 망할 놈의 악몽은 덕훈을 미치게 만들었다. 매일 밤 7년 내내 말이다.

불현듯 간밤에 꾸었던 새까만 해골 모녀가 떠올랐다. 소름 때문에 저절로 몸서리가 쳐졌다.

"쿨럭, 쿨럭."

갑자기 목 안의 가래가 걸려 기침이 터져 나왔다.

"카아악, 퉤."

덕훈은 들고 있던 캔 맥주에 가래침을 뱉었다. 다시 갈증이 밀려왔다. 숙취 때문이리라. 캔 맥주를 구긴 뒤 휴지통에 던져 넣고 침대에서 일어섰다. 텔레비전 아래 비치된 소형 냉장고 문을 열자 냉장식품 사이로 마지막 남은 캔 맥주가 보였다.

덕훈은 마지막 남은 맥주를 꺼내 뚜껑을 따고 쓰라린 빈속에 찬 맥주를 들이부었다. 순식간에 뱃속이 싸해졌다. 아직 풀리지 않은 숙취에 알코올이 더해지자 다시금 알딸딸한 취기가 밀려왔다.

이 여관도 오늘이 마지막이다.

가진 돈이 모두 떨어졌다.

다시 한탕을 노려야 했다.

목적지 없이 버스를 타고 떠돌다 보니 의도치 않게 천안에 다다랐다.

도망치듯 떠난 게 벌써 7년이 지났다. 7년 만에 다시 원점으로 돌아오다니…….

허탈한 웃음이 터져 나왔다.

거리는 묘하게 생기가 넘쳤다. 14년 만에 맞는 화이트 크리스마스라나 뭐라나. 전날 내린 폭설 탓에 교통이 마비됐지만 여기저기 상점에서 틀어놓은 캐럴이 정신 사납게 울려 퍼졌다. 한겨울의 칼바람이 옷 속으로 스며들었다. 덕훈은 점퍼 지퍼를 끝까지 올리고 천안 터미널 대합실에서 밤이 되기를 기다렸다.

어느덧 해가 뉘엿뉘엿 저물고, 대합실을 드나드는 사람들의 발길이 뜸해질 즈음. 마침내 대합실 플라스틱 의자에 망부석처럼 앉아 있던 덕훈이 일어섰다.

터미널을 나온 덕훈은 적절한 타깃을 찾아 번화가로 향했다. 크리스마스 이브인 만큼 술이 떡이 되도록 마셔 인사불성이 된 인간들도 많으리라. 덕훈은 날카로운 눈으로 길가의 행인들을 살폈다. 몸을 한껏 움츠리고 신부동 먹자골목으로 향하던 덕훈의 발길이 한 가게 앞에서 잦아들었다.

전면이 통유리로 된 패밀리 레스토랑 앞에 선 덕훈이 아예 발걸음을 멈추고 안을 들여다봤다. 덕훈의 시선은 레스토랑 창가에 앉은 한 가족에게 꽂혀 있었다.

통유리 너머 사십 대 초반으로 보이는 부부와 남자아이가 눈처럼 하얀 케이크에 초를 꽂고 있었다. 환하게 웃는 아이의 웃음소리가 덕훈의 귀에까지 들리는 듯했다. 눈썹 위로 앞머리를 반듯하게 자른 아이는 일곱 살 남짓 돼 보였다.

"아직 살아있다면 저 정도쯤 됐으려나⋯⋯."

초에 불을 붙이는 아이를 바라보는 덕훈의 입가에 희미한 미소가 떠올랐다.

아내 미선은 덕훈이 이십 대 후반 3년의 뜨거운 연애 끝에 결혼했다.

결혼 후 부부는 자연스럽게 아이를 기다렸지만 좀처럼 임신 소식은 들리지 않았다. 어느덧 서른셋이 된 덕훈은 아내의 손에 끌려 함께 불임클리닉을 찾았다. 검사 결과 덕훈과 미선 둘 다 특별한 문제는 없다고 했다. 의사는 부담감을 내려놓고 자연스럽게 기다리라고 조언했다.

덕훈은 담배를 끊고, 술도 줄이면서 다시 아이를 갖기 위해 노력했다. 미선 역시 배란 유도 주사를 맞으며 임신을 위해 최선을 다했다. 하지만 부부의 노력이 무색하게 미선은 번번이 생리가 터졌다. 계속되는 실패에 덕훈은 지쳐갔다. 서서히 회식 자리에 참석하는 날들이 늘어갔다. 미선은 그런 덕훈을 보며 몹시 불안해했다. 그리고 고심 끝에 덕훈에게 인공수정 시술을 제안했다. 덕훈은 아내의 간곡한 부탁을 차마 거부할 수 없었다. 그렇게 인공수정 시술이 시작됐다. 미선은 내심 기대하는 기색이었으나 다섯 차례의 정부무상지원 중 네 차례가 실패로 끝났다. 덕훈은 낙담했다. 다섯 번째 인공수정마저 실패하면 시험관 시술로 넘어가야 했다. 시험관은 그동안 들인 노력의 배로 힘들다고 했다. 시험관까지는 가고 싶지 않았다.

그리고 기도하듯 시도한 마지막 다섯 번째 시술.

그 다섯 번째 시도에서 덕훈과 미선은 임신에 성공했다.

일단 임신에 성공하자 뱃속의 아기는 안정기를 거쳐 쑥쑥 자랐다. 매일매일 부풀어 오르는 배를 보며 덕훈과 미선의 얼굴에는 웃음꽃이 피었다. 초음파에서 아이가 아들이라는 것을 알게 된 순간 덕훈은 아들의 이름을 '우진'이라고 지었다. 방에 아기 침대를 들이고 옷가지와 장난감을 들이면서 부부는 우진이 세상 밖으로 나오는 날을 손꼽아 기다렸다.

행복한 날들이 쏜살 같이 지나갔다.

39주 4일, 4시간의 진통 끝에 우진은 마침내 세상 밖으로 나왔다.

덕훈은 떨리는 손으로 직접 우진의 탯줄을 끊어 주었다. 부부의 눈에서 기쁨의 눈물이 하염없이 흘러내렸다.

우진은 부부에게 찾아온 하늘의 축복이었다.

출산 후 정신없는 나날들이 이어졌다. 미선은 다니던 직장을 그만두고 육아에 전념했다. 그럼에도 시든 때도 없이 울어대는 우진 덕분에 덕훈과 미선은 하루도 편히 쉴 틈이 없었다. 몸이 천근만근 피곤했지만 하루가 다르게 커가는 우진을 보는 맛에 덕훈은 피로를 잊을 수 있었다.

덕훈에게는 매일매일이 기적 같았다. 언제까지고 이 행복이 계속 될 것 같았다.

하지만 행복은 그리 오래 가지 않았다.

돌이킬 수 없는 사고가 덕훈의 모든 것을 앗아가 버렸다.

우진의 백일을 불과 사흘 남긴 날이었다.

덕훈의 직장은 주중에 한 번 당직을 서야 했다. 우진의 백일 사흘 전에도 덕훈이 당직이었다. 그는 출근길에 아내에게 난방과 문단속, 우진을 꼼꼼하게 돌보라는 잔소리를 한참이나 반복한 뒤에야 문밖을 나섰다. 갓난아기와 아내만 두고 집을 나서는 것이 영 내키지 않았지만 한 푼이라도 더 벌려면 어쩔 수가 없었다.

아내는 다가올 백일잔치 준비로 정신이 없었다. 백일상 물품 대여를 위해 인터넷으로 업체들을 비교했다. 수수팥떡을 직접 만들어 보겠다며 레시피도 찾았다.

덕훈은 우진의 떠들썩한 백일잔치를 떠올리며 힘든 줄 모르고 업무를 수행했다.

덕훈의 휴대폰 벨소리가 울린 건 늦은 저녁을 먹고 나른함에 책상에 앉아 잠시 졸던 밤 9시경이었다. 텅 빈 사무실에 요란하게 울리는 휴대폰 벨소리에 덕훈은 퍼뜩 정신이 들었다. 휴대폰 주소록에 저장되지 않은 처음 보는 번호였다.

스팸 전화인가. 이 시간에?

망설이던 덕훈은 전화를 받았다.

- 김덕훈 씨 되십니까?

- 네. 맞습니다. 누구시죠?

잠시 정적 뒤에 목소리가 들려왔다.

- 동남 경찰서 오영섭 형사입니다. 초면에 이런 말씀 드리기 죄송하지만…….

휴대폰 너머로 들려오는 형사의 목소리가 덕훈에겐 더 이상 들리지 않았다.

덕훈은 당직 중인 것도 잊은 채 정신없이 사무실을 박차고 달려 나갔다. 승용차에 시동을 걸고 액셀을 힘껏 밟았다. 규정 속도를 넘겨 운전하는 내내 덕훈은 절규했다.

그럴 리 없다. 그럴 리가 없다. 경찰이 착각한 것이다. 수십 번, 수백 번 되뇌어도 마음속의 불안감은 가시지 않았다. 금세 눈물이 차올랐다. 운전대를 잡은 손이 덜덜 떨렸다. 사는 동네에 도착하는 15분 남짓한 시간 동안 여러 번 사고 위기를 넘겼다. 마침내 승용차는 덕훈의 집이 있는 동네 어귀에 다다랐다.

밀집한 주택가 사이로 몰려나온 사람들 때문에 더 이상 차량 진입이 불가했다. 사람들 너머 경광등이 번쩍이는 한 무리의 소방차와 경찰차가 보였다. 어두운 밤인데도 쏘아대는 랜턴 불빛에 거리가 대낮처럼 환했다. 차창 밖으로 목을 뺐지만 인파와 차들에 가려 집이 보이지 않았다.

"저리 꺼져! 비키라고!"

덕훈은 미친 듯 클랙슨을 울려대고 소리쳤다. 하지만 빽빽한 인파는 비킬 줄을 몰랐다. 조바심이 난 덕훈은 그대로 차를 두고 나와 인파를 밀치며 집으로 뛰어갔다. 행인들과 부딪히자 여기저기서 욕설이 터져 나왔다. 가까운 거리임에도 숨이 턱까지 차올랐다. 거친 숨을 몰아쉬며 다가가자 매캐한 탄내가 코를 찔렀다.

마침내 집 앞에 다다른 덕훈은 다리에 힘이 풀려 주저앉고 말았다.

덕훈의 단독주택은 아니, 단독주택이었던 곳은 이미 형체를 알아볼 수 없을 정도로 잿더미가 되어 있었다. 소방관들이 흉물스럽게 남아있는 철제 골조 안으로 소화수를 뿌려대고 있었다.

설마 저 잿더미 속에 아내와 아이가 있다고?

"미, 미선아! 우진아!!"

덕훈은 미친 듯 울부짖으며 연기가 피어오르는 잿더미를 향해 뛰어들었다. 그러나 앞서 있던 소방관들이 덕훈을 강하게 뜯어 말렸다.

"이봐요! 저기, 저 안에 아내와 아들이 있다고요! 날 놔줘요!"

소방관을 밀치며 외쳐댔지만 그들은 꿈쩍도 하지 않았다. 덕훈은 더 이상 한 발자국도 나아갈 수 없었다.

"나 좀 놓으라고 씨발! 아아아아악! 이건 말도 안 돼! 으아아아악!"

밤하늘을 가르는 통한의 절규는 날이 새도록 그치지 않았다.

아내와 우진은 전소된 안방 침대 잔해 속에서 발견됐다.

발견 당시 아기를 꼭 끌어안은 채 열기에 녹아내려 두 사람이란 걸 알아볼 수 없을 정도로 심하게 엉겨 붙어 있었다고 했다. 뼈가 바스러질 정도로 뜨거운 열기에 두 사람의 고통이 얼마나 지독했을지 덕훈은 상상조차 할 수 없었다.

화재 원인은 노후된 가스 배관에서 새어 나온 가스 누출로 인한 폭발이라고 했다. 집안 곳곳이 낡기는 했지만 이런 사고가 날 것이라고는 꿈에도 생각지 못했다. 경찰은 아내의 비강에 탄소가 검출된 것으로 보아 화재로 숨지기 전까지 살아있었고, 가스 폭발의 충격 때문에 정신을 잃어 미처 빠져나오지 못하고 변을 당한 것 같다고 설명했다. 시신이 너무나 손상되어 부검조차 힘들다는 말에 덕훈은 화장장을 택했다. 고통 속에서 죽어간 아내와 아들의 몸에 차마 칼을 댈 수는 없었다.

며칠 뒤 덕훈은 반쯤 넋이 나간 채 아내와 아들의 삼일장을 치렀다.

양가 부모님과 일가친척들, 회사동료들이 장례식장을 찾아와 위로했지만 덕훈의 귀에는 하나도 들리지 않았다. 가족마저도 덕훈의 상태를 보고 고개를 절레절레 젓고 더 이상 말을 걸지 않았다. 하루아침에 가족을 잃은 덕훈의 상실감은 위로 몇 마디로 극복할 수 있는 것이 아니었다.

화장을 마친 유골은 평소 아내가 좋아하던 아산 신정호에 흩뿌렸다. 모든 장례를 마친 덕훈은 그길로 자취를 감췄다. 그 누구도 찾을 수 없는 곳으로 잠적해버렸다. 애타게 기다리던 덕훈의 부모님도 덕훈의 생사조차 알 수 없었다. 사라진 덕훈을 찾으려 백방으로 노력하던 부모님도 해가 바뀌면서 아들을 가슴속에 묻어둘 수밖에 없었다.

그렇게 덕훈은 모두의 기억 속에서 사라져갔다.

장례 직후, 아내와 아들의 뒤를 이으려고 동해 바다 절벽을 찾은 덕훈은 차마 스스로 뛰어내릴 수 없었다. 두려웠다. 죽음이 무서웠다. 억장이 무너지면서도 생의 한 걸음을 뗄 수가 없었다. 오랜 망설임 끝에 결국 절벽에서 내려왔다. 너무나 한심한 자신에게 화가 났다. 도저히 용납할 수가 없었다. 죄책감이 송곳처럼 가슴을 후벼 팠다.

그날부터 딕훈은 아내와 아기가 불타오르는 악몽을 꾸기 시작했다. 매일 밤 비명 속에서 깨어났다. 매일매일 아내와 아기를 잃는 고통을 반복해야 했다.

죽지 못해 사는 고통의 날들이 계속됐다.

처음에는 동해 작은 마을에 눌러 앉아 고깃배도 타고 잡일을 하며 근근이 살아갔다. 하지만 매일 저녁 만취 상태로 주정을 부리다 마을 사람들에게 빈축을 사 쫓겨났다. 그 뒤로는 발길 닿는 대로 돈이 있으면 여관방에서, 없으면 없는 대로 길바닥에서 노숙을 했다. 길거리 생활이 이어지면서 자연스럽게 덕훈의 성격은 거칠고 날카로워졌다. 보통은 일용직이나 거친 막노동으로 돈을 벌어 생활했다. 그러나 막노동마저 여의치 않을 땐 술 취한 취객들을 상대로 퍽치기를 하거나 열린 주택에 침입하여 물건을 터는 강도짓도 서슴지 않았다.

내일 없는 삶.

밑바닥 인생.

끝없이 추락하고 혹사시키는 것이 살아남은 자신이 치르는 죗값이라 여겼다.

'펑!'

회상에 젖었던 덕훈은 터지는 폭죽 소리에 한순간 현실로 돌아왔다.

통유리 너머 아이가 케이크에 꽂힌 촛불을 '후' 하고 불자 아이의 아빠와 엄마가 그에 맞춰 폭죽을 터트린 것이다. 아이는 웃음을 터트리며 손가락을 생크림 케이크에 푹 찍어 아빠의 코에 묻혔다. 아빠가 생크림이 묻은 코로 눈동자를 모으자 우스꽝스러운 표정이 됐다. 아이는 그 모습을 보고 허리를 뒤로 젖혀 깔깔거리며 웃어댔다.

크리스마스 이브. 너무나 단란하고 행복한 가족의 모습이었다.

그래서, 그래서 화가 치솟았다. 덕훈의 안에서 마그마처럼 뜨거운 분노의 감정이 솟구쳐 올랐다. 피가 거꾸로 솟는 것 같았다.

눈뜨고 봐줄 수가 없었다. 이렇게 불행한 자신의 앞에서 이렇게 행복한 가족의 모습이라니, 봐줄 수가 없었다. 이들의 웃음소리가 자신을 향한 비웃음으로 느껴졌다.

덕훈은 주먹을 불끈 움켜쥐었다. 눈빛이 적의로 타올랐다.

이들에게도 나와 똑같은 불행을 맛보게 해주리라.

이들의 행복을 내 손으로 산산조각 내 주리라.

주먹을 쥔 손이 부르르 떨렸다. '뿌드득' 덕훈의 꽉 다문 입 사이로 이빨이 맞물리는 소리가 났다.

가족은 오랜 식사를 마치고 아무런 경계 없이 집으로 향했다.

차를 타면 어쩌나 걱정했는데, 아무래도 집은 이 근처인 것 같았다. 덕훈은 조용히 가족의 뒤를 밟았다. 아이를 가운데 두고 양쪽에서 손을 맞잡은 가족은 금세 번화가를 지나 주택이 밀집한 구역으로 들어갔다.

젠장, 여기는 내가 살던 집 근처가 아닌가.

오랜만에 왔음에도 낯익은 건물들이 보였다. 아내와 함께 이 길을 얼마나 걸어 다녔던가. 과거의 기억이 되살아날수록 가슴 한편에 묵직한 고통이 찾아왔다. 그럴수록 앞서가는 가족에 대한 살의도 더욱 깊어졌다. 가족은 1층이 빵 가게인 주상복합건물로 들어갔다. 이 빵집의 크림빵이 특히 맛있어 아내와 함께 자주 찾던 곳이었다.

그러고 보니 부부의 얼굴이 왠지 낯설지가 않았다. 빵집을 운영하던 부부였던가. 뭐, 이제 그런 건 아무 상관없었다. 그저 이 울분을 잠재워줄 희생양일 뿐.

덕훈은 가족을 놓칠세라 닫히는 유리문을 손으로 잡고 건물 안으로 들어갔다.

건물 안으로 들어서니 2층 복도 등이 켜져 있었다. 아이의 웃음소리가 계단을 타고 울렸다. 그때 디지털 도어록의 비밀번호를 누르는 소리가 들렸다. 덕훈은 재빨리 발소리를 죽이고 계단을 뛰어 올라갔다.

'삑삑삑삑. 철커덕.'

덕훈이 2층으로 향하는 계단 코너를 돌자 때마침 아이의 아빠가 열린 현관문을 붙잡고 서서 아이와 엄마를 집안으로 들여보냈다. 덕훈은 계단을 오르며 바지 허리춤에 꽂아둔 망치에 손을 얹었다. 엄마와 아이를 들여보낸 아빠가 현관문 안으로 사라졌다. 열린 현관문이 도어 클로저에 의해 천천히 닫히는 중이었다.

현관문이 완전히 닫히려던 순간. 덕훈이 손에 든 망치를 쭉 뻗었다. 망치는 절묘하게 현관문과 문틈 사이에 끼었다. '텅' 현관문과 망치가 부딪혀 둔탁한 쇳소리가 났다.

"누구세요?"

현관문 안에서 경계심 가득한 목소리가 들렸다.

덕훈은 망치를 들지 않은 손을 현관문 사이에 넣어 힘껏 열어 재꼈다. 이어서 문 안으로 재빨리 몸을 집어넣자 아이와 아빠가 현관 앞에서 엉거주춤한 자세로 서있었다. 짧은 순간이지만 그의 눈에는 놀라움과 두려움의 빛이 역력했다. 그도 그럴 것이 이미 덕훈의 손에 들린 망치는 하늘 높이 쳐들려 있었기 때문이었다.

덕훈은 망설이지 않았다.

있는 힘껏 망치를 휘둘렀다. 아빠가 미처 피할 새도 없이 덕훈의 망치가 공기를 갈랐다.

'퍽석!'

퍽치기를 위해 휘두르기 편하게 손잡이의 절반을 자른 쇠망치는 그대로 아빠의 관자놀이에 꽂혔다. 망치 헤드가 아빠의 머릿속으로 끝까지 들어갔다. 수박을 쪼개는 느낌이 손아귀에 고스란히 전달되었다. 다시 망치를 치켜들자 붉은 피가 함께 따라 올라왔다. 아빠는 둔부의 충격에 중심을 잃고 무너져 내렸다. 덕훈은 재빨리 쓰러지는 아빠의 머리를 세 번 더 가격했다. 아빠의 깨진 정수리에서 피가 섞인 젤리 같은 뇌수가 사방으로 튀었다.

현관에 무너진 아빠는 전신이 감전된 듯 경련했다. 함몰된 머리에서 흘러나온 피가 고여 벗어놓은 아이의 운동화를 흠뻑 적셨다.

"꺄아아아아아악!"

이제 막 거실에 올라선 엄마가 날카로운 비명을 질렀다.

덕훈은 곧바로 쓰러져 있는 아빠를 타고 넘어 비명을 지르는 엄마의 입을 손바닥으로 틀어막았다. 비명은 덕훈의 손바닥 안에서 사라졌다. 덕훈은 엄마의 입을 막은 채 그대로 거실 벽으로 밀어붙였다. 덕훈이 온몸으로 찍어 누르자 엄마는 옴짝달싹하지 못했다. 엄마는 입을 막은 덕훈의 손을 떼기 위해 몸부림쳤다. 하지만 가죽장갑을 낀 덕훈의 손등에 손톱자국 하나 내지 못했다. 엄마의 눈이 덕훈의 얼굴로 향했다. 그 순간의 찰나, 엄마의 눈이 크게 뜨였다. 놀란 표정의 엄마가 손사래를 치며 무어라 웅얼거렸지만 입이 막혀 무슨 말인지 알아들을 수가 없었다. 아마도 빵집 단골이었던 얼굴을 알아본 것이리라. 이렇게 된 이상 살려둘 수 없다. 엄마의 눈에서 흘러내린 눈물이 입을 막고 있는 덕훈의 왼손을 적셨다.

덕훈은 망치를 쥔 손을 고쳐 잡고 엄마의 머리를 향해 망치를 휘둘렀다.

"읍!"

입을 막고 있는 손바닥 사이로 단말마가 새어 나왔다. 자세가 좋지 못해서인지 망치는 머리뼈를 깨지 못하고 퉁겨졌다. 그 때문인지 엄마는 아빠처럼 한 번에 무너지지 않았다.

덕훈은 약이 올랐다. 연이어 엄마의 정수리로 망치를 내리쳤다. 수박 쪼개는 소리가 거실 가득 울려 퍼졌다. 망치질이 거듭될수록 엄마의 눈동자가 하늘로 향했다.

'퍽석!'

마침내 경쾌한 소리와 함께 망치 헤드가 엄마의 머리뼈를 갈랐다. 그제야 다리에 힘이 풀리고 힘없이 바닥에 무너져 내렸다. 거실 벽에 등을 기대앉은 엄마 역시 손발을 부들부들 떨었다.

문이 열리고 아빠와 엄마를 제압하기까지 불과 1분도 채 걸리지 않았다.

살인이 이렇게 쉬운 것이었다니…….

차갑게 식어가는 두 사람을 바라보자 저 깊은 곳에서 형용할 수 없는 희열이 올라왔다. 살인이 중독이라는 건 이런 파괴의 카타르시스를 두고 하는 말이었던가. 분출하는 아드레날린을 느끼는 사이, 문득 덕훈의 등 뒤로 시선이 느껴졌다.

고개를 돌리자 거실 한가운데 표정을 잃은 소년이 서있었다.

소년의 다리 사이에서 시작된 물줄기가 바지를 타고 거실 바닥을 적셨다. 실금한 것이리라. 소년은 강렬한 충격으로 비명이나 도망쳐야 한다는 생각조차 하지 못하는 듯했다.

빛을 잃어버린 소년의 눈과 마주쳤다. 순간 덕훈은 고민에 빠졌다. 엄마가 내지른 비명 소리를 들은 이웃이 경찰에 신고했을지도 모른다. 만약 그렇다면 지금 바로 건물을 빠져나가야 했다. 하지만 소년은 덕훈의 얼굴을 목격했다. 전국에 자신의 몽타주가 깔려 숨어 지내고 싶지는 않았다.

"하아……."

크게 한숨을 쉰 덕훈은 마음의 결정을 내렸다.

내키지는 않지만 죽여야 한다.

죽이더라도 망치로 때려죽이고 싶지는 않았다. 생각 끝에 덕훈은 소년을 불 꺼진 안방으로 끌고 가 침대에 눕혔다. 이성이 마비된 소년은 덕훈이 시키는 대로 따라갔다. 어두컴컴한 방안, 덕훈은 소년의 가녀린 목에 두 손을 얹었다. 소년이 몸을 달달 떨면서 덕훈을 응시했다. 소년의 떨림이 손끝에 전해졌다.

어둠 속에서도 소년의 시선이 선명하게 느껴졌다.

"하아, 씨발."

얼굴을 마주본 상태로는 도저히 일을 치를 수 없었다. 덕훈은 궁여지책으로 소년이 입고 있는 티셔츠를 목까지 끌어 올려 얼굴을 덮었다.

그리고 다시 소년의 목을 감싸 쥐었다.

서서히 손가락에 힘을 가했다.

얼마 안 가 소년이 크게 몸부림쳤다. 덕훈은 무릎으로 소년의 팔을 제압하고 계속 힘을 가했다.

수초 뒤, 소년의 몸에 깃든 영혼이 빠져나갔다.

축 늘어진 소년을 보고 있자니 조금 전 가득 찼던 희열이 거짓말 같이 사라졌다. 펄떡이던 소년의 맥박이 아직도 손끝에 남아있었다. 더럽고 불쾌한 기분이 덕훈을 잠식했다. 괜한 짓을 했다고 생각했다.

하지만 이미 늦었다.

때 늦은 후회였다.

죽음을 돌이킬 수는 없었다.

범행 후 그대로 주상복합 건물에서 나온 덕훈은 서둘러 4차선 도로를 가로질렀다. 2차선을 지나 중앙분리대를 뛰어넘는 순간 눈이 멀어버릴 듯 환한 빛과 함께 날카로운 경적이 덕훈의 고막을 파고들었다.

"휴, 하마터면 뒤질 뻔했네. 일단 여기서 숨 좀 고르자."

덕훈은 범행 현장 맞은편 빌딩 사이 으슥한 골목에 몸을 숨졌다.

급하게 달려오느라 숨이 턱까지 차올랐다. 아니면 살인의 흥분 때문일까. 심장이 쿵쾅거리며 방망이질 쳤다.

어느새 가는 눈발이 날리기 시작했다. 손목시계를 보니 자정을 삼십 분 남겨두고 있었다. 삼십 분 뒤엔 크리스마스였다.

덕훈은 바지 주머니에서 구겨진 담뱃갑을 꺼내 조심스레 입구를 펼쳤다. 돛대였다. 부러질 듯 꺾인 담배 한 개비를 입에 물고 불을 붙였다. 골목 너머 큰길을 살피며 크게 한 모금을 빨아 폐 속 깊이 연기를 마신 뒤 천천히 내쉬었다. 엄청난 양의 연기가 눈 내리는 밤하늘 사이로 사라졌다. 그제야 미친 듯이 때려대던 심장박동이 조금은 잦아드는 것 같았다.

이어서 두 모금 째 빨아들이려는 찰나, 난데없이 어디선가 목소리가 들렸다.

"나도 한 대 줄 텐가?"

덕훈은 깜짝 놀라 손에 쥔 담배를 떨어트릴 뻔했다.

서둘러 목소리가 들리는 쪽으로 고개를 돌렸다. 골목 초입에 드리운 빌딩 그림자 뒤로 누군가가 서있었다.

"어, 어떤 새끼야. 당장 이리 나와!"

덕훈은 당황해서 목소리를 높였다. 동시에 오른손을 허리춤에 낀 망치로 가져갔다.

"아, 놀라셨구먼. 놀랄 필요 없네. 보다시피 그저 지나가던 늙은 노인일 뿐이니까 말일세."

목소리의 주인공이 그림자 밖으로 한 걸음 내딛자 얼굴이 드러났다. 칠십 대 정도로 보이는 허리가 약간 굽은 노인이었다.

은색의 백발에 주름진 얼굴에는 살아온 세월의 흔적이 역력했다. 노인의 오른손에 얇은 철제 지팡이가 쥐어져 있었다.

뭐야, 꼬부랑 노인네잖아.

덕훈은 허리춤에 있는 망치에서 손을 뗐다. 저런 노인네쯤이야 망치 없이도 얼마든 제압할 수 있었다. 그런데 노인의 모습이 뭔가 부자연스러웠다. 노인의 얼굴이 덕훈을 향해 있지 않았다. 미묘하게 다른 곳을 보고 있달까. 덕훈이 노인의 얼굴을 자세히 살펴보니 두 눈동자에 검은자가 없었다. 회색빛이었다.

그런 덕훈의 생각을 읽기라도 한 듯 노인이 말했다.

"알아챘는가? 내가 이십년 전에 백내장이 와서 말이지…….
클클클. 두 눈이 보이지 않는다네."

"그럼 가던 길이나 가쇼. 이쪽은 신경 쓰지 말고!"

덕훈이 대뜸 날카롭게 말했다. 노인은 안중에 없다는 듯 대꾸했다.

"피 비린내가 하도 진동을 해서 말이야. 그냥 지나칠 수가 없더라고."

"뭐, 뭐라고?!"

덕훈은 서둘러 자신의 몸을 살폈다. 가죽장갑을 낀 손과 점퍼에 온통 피해자의 핏방울이 튀어 있었다. 하지만 노인은 눈이 보이지 않는데……. 정말 피 냄새를 맡고 찾아왔다는 말인가?

노인이 여전히 덕훈과 미묘하게 어긋난 방향을 바라보며 씨익 웃었다. 그리고 손가락으로 자신의 코끝을 톡톡 쳤다.

"내가 눈이 멀었더니 다른 감각기관이 아주 예민해지더라고.
클클클. 그나저나 말일세. 내가 재미있는 얘길 해주려고 하는

데, 어디 들어볼 텐가?"

"이 노인네가 노망이 났나. 저리 꺼져버리라고! 당장!"

덕훈은 당황스러웠다. 정말로 노인이 미친 것 같았다. 덕훈이 당장이라도 달려들 듯 협박했지만 노인은 아랑곳없이 지껄였다.

"자네 조금 전에 사람을 죽였지? 가만 보자."

노인은 앙상한 검지손가락을 허공에 대고 세 번을 까딱거렸다. "아이고, 세 사람이나 죽였구먼. 쯧쯧쯧."

"!!!!"

덕훈은 노인의 말에 할 말을 잃었다.

저 노인네가 범행 현장을 직접 봤을 리가 없는데……. 대체 어떻게 아는 건가.

이번에도 덕훈의 생각을 읽은 듯 노인이 말했다.

"비록 눈은 멀었다만, 내 눈에는 죽은 이들이 보인다네. 젊었을 적에는 귀신 보는 박수무당으로 꽤나 날렸었지……. 클클클. 눈이 멀고부터는 그만 뒀네만, 눈이 멀었더니 귀문(鬼門)이 아주 예민해지더라고. 클클클."

노인이 자신의 눈 옆을 손가락으로 톡톡 두드렸다.

덕훈은 기가 막혔다. 귀신을 보는 맹인무당이라니. 뭐가 어쨌든 이자 역시 없애야 한다. 덕훈은 천천히 오른손을 허리춤으로 가져갔다. 노인은 덕훈은 안중에 없이 얼굴을 찌푸리며 요란하게 말했다.

"아이고. 자네 뒤에 서있는 부부는 얼굴이 아주 엉망이로구만. 좀 적당히 하지 그랬나. 쯧쯧쯧. 머리고 얼굴이고 다 함몰돼서 알아볼 수도 없네 그려. 이집 크림빵은 고소하고 달콤해서 내가 참 좋아했는데 말이야."

덕훈이 허리춤에서 망치를 빼냈다. 노인네 역시 죽여야 한다고 결심했다.

그때 덕훈의 뒤를 응시하던 노인의 고개가 아래로 떨어졌다. 그리고 놀란 목소리로 말했다.

"잉? 이게 뭐야. 자네 이렇게 어린아이도 죽인 건가? 자네 정말 몹쓸 사람이었구먼. 에그그. 근데……."

순간 노인의 회색빛 눈이 크게 뜨였다.

"아니! 자네 친아들을 목 졸라 죽였나? 하아……, 쯧쯧쯧. 정말 인정사정없는 개망나니였구먼."

노인은 혀를 차며 고개를 절레절레 흔들었다.

"뭐, 뭐라고?"

노인에게 다가가려던 덕훈은 그대로 얼어붙었다. 등줄기에 소름이 돋았다. 아주 중요한 말을 들은 것 같아 몸이 반응했지만 머리가 따라잡지 못했다. 침묵. 몇 초의 망설임이 이어지다 어렵게 입을 뗐다.

"아, 아들이라니? 그게 무, 무슨 말……."

덕훈의 무릎을 보고 있던 노인의 고개가 살짝 들렸다.

"모르고 있었나. 자네 바짓가랑이를 붙들고 있는 요 꼬마 녀석. 자네와 판박이인데 말일세. 이거 참 안타깝구먼……."

"이런 씨발, 대체 무슨 개소리를 지껄이는 거야! 어?"

덕훈이 내지른 목소리가 어두운 골목을 뒤흔들었다. 관자놀이에서 땀방울이 흘러내렸다. 겨드랑이에 흐른 땀이 티셔츠를 축축하게 적셨다.

"자네처럼 콧날이 뾰족하고 얼굴이 갸름하네. 아! 왼쪽 가슴 아래 커다란 반점이 있구먼."

"반, 반점……."

덕훈은 패닉상태에 빠졌다. 정말로 아들 우진은 태어날 때부터 왼쪽 가슴 아래 반점을 갖고 태어났다. 노인이 그 사실을 알리가 없었다.

덕훈의 손이 심하게 떨렸다. 그 탓에 오른손에 쥐고 있던 망치를 떨어뜨렸다.

극심한 혼란 속에서 덕훈의 뇌리에 오래전 아내가 했던 말이 스쳐갔다.

'여보. 오늘 우진이 예방 접종하러 산부인과에 갔는데 거기서 크림빵집 아줌마를 만났지 뭐야. 근데 계속 안절부절 못하고 표정이 안 좋더라고.'

…….

'그래서 나도 물었지. 우리 우진이 낳고 얼마 안 되서 빵집 아줌마도 아들을 낳았다더라고.'

…….

'맞아. 빵집에 아저씨만 홀로 가게를 지키던 게 그래서 그랬었나 봐. 근데 아이가 선천적으로 심장에 문제가 있었다나 봐. 아줌마는 어떻게든 치료하려고 하는데, 병원에서는 계속 어렵다고만 해서 한 번 더 사정하려고 의사를 찾아왔다더라고.'

…….

'에휴. 그러게 말이야. 괜히 우진이를 안고 있는 내가 미안해지더라. 불쌍해서 어떡해.'

아내의 말과 함께 덕훈의 머릿속에서 흩어져 있던 사건의 전말이 맞춰지기 시작했다.

결국 빵집 부부의 아이가 죽었다면, 그 남편 혹은 아내가, 그것도 아니면 부부 모두 우리 집에 찾아와 아내에게 충격을 가해 기절시킨 뒤 죽은 아이를 두고 우리 우진이를 데려갔다면……. 그리고 가스폭발로 증거를 인멸하고 우진이를 제 자식으로 키웠다면…… 그게…… 그게 가능한 일이란 말인가…….

불에 탄 아들의 시신을 해부했더라면 아기가 뒤바뀐 사실을 알아챌 수 있었을까.

뭐 이런 거지같은 일이 다 있단 말인가. 스쳐 지나던 아이에게 눈길을 뗄 수 없었던 게, 아이의 부모에게 참을 수 없는 분노가 치밀었던 게 모두 그 때문이었단 말인가.

"크크크크."

너무나 어이가 없어 웃음이 터져 나왔다. 이 얼마나 말도 안 되는 상황인가. 웃음이 터져 나오는데 눈으로는 뜨거운 눈물이 흘러내렸다.

믿을 수 없다. 도저히 믿을 수가 없다. 직접 봐야 한다. 우진이를 내가 직접 봐야겠다. 범행 현장으로 다시 돌아가야 한다.

덕훈이 갑자기 소리쳤다.

"우진아……, 우진아!!"

덕훈은 노인을 밀치고 골목 밖으로 뛰쳐나가려 했다. 하지만 어찌된 영문인지 발이 땅바닥에 달라붙은 것처럼 움직일 수 없었다. 안간힘을 쓰던 덕훈은 신경질적으로 노인에게 말했다.

"뭐, 뭐야. 이거 왜 이래! 요상한 술수 부리지 말고 당장 풀어줘! 우진이한테 가봐야 한다고!"

노인은 입꼬리를 씨익 올리며 비릿한 웃음을 흘렸다.

"내가 뭘 한 게 아닐세. 아직도 눈치 못 챘는가? 자네가 바닥에 떨어트린 망치가 왜 소리가 나지 않는지를……."

"무, 무슨 개소리야. 익! 익! 이리와. 이리 오라고!"

덕훈은 다리를 땅에 붙인 채 노인을 잡으려 안간힘을 썼다.

"쯧쯧쯧. 자네 저기, 저게 보이는가?"

노인이 손을 들어 골목 밖 4차선 도로를 가리켰다. 덕훈은 노인의 뒤로 노인의 손가락이 가리키는 방향을 살폈다. 도로에 쌓인 눈을 인도로 치웠는지 검게 때묻은 눈 더미가 보였다. 그리고 눈 더미 사이로 감색 거적때기가 있었다. 한참을 살펴보던 덕훈은 뭔가 위화감을 느꼈다.

그것은 거적때기가 아니었다. 바로 그가 지금 입고 있는 감색 다운 점퍼였다.

아니……, 왜 내 점퍼가 저기 떨어져 있지? 그럴 리 없다. 지금 내가 입고 있는 점퍼는 뭔데…….

덕훈은 자신이 입고 있는 점퍼를 손으로 쓰다듬었다.

"미안하네만, 자넨 좀 전에 4차선 도로를 건너오면서 마주오던 트럭에 치였다네. 자네를 친 트럭은 자네를 그대로 두고 도주해버렸어."

"!!!!!!"

"평소였다면 살았을지도 모르겠네만, 안타깝게도 도로에 쌓인 눈이 빙판을 만들었어. 트럭 운전수가 브레이크를 밟았을 땐 이미 늦었지……."

그때 멀리서 사이렌 소리가 희미하게 울렸다.

"아. 내가 119에 신고했다네. 뭐, 자네가 여기 있으니 구급대가 와도 별 수는 없을 게야."

덕훈은 숨이 턱 막혔다.

차에 치일 뻔했던 게 아니라 차에 치었던 거라고? 내…… 내가?

"내가……. 죽…… 었다고?"

"으으으으으……."

"뭐, 뭐야!"

덕훈은 깜짝 놀랐다. 어느새 피투성이의 빵집 부부가 덕훈의 양다리를 한 쪽씩 붙들고 잡아끄는 게 아닌가. 멍게처럼 부풀어 오른 부부의 머리 사이에서 피가 '푸슉 푸슉' 솟아났다.

"끄아아아악! 뭐야! 이거 놔. 놓으라고!"

"이제 죽음을 인지한 자네 눈에도 저들이 보이는 게로구먼. 클클클."

시체들의 손에서 빠져나가려 안간힘을 쓰는 덕훈이 뭔가 떠오른 듯 고개를 쳐들고 물었다.

"아, 아들은. 당신이 봤던 우리 우진이는 어디 있어!"

노인은 여유롭게 검지를 하늘로 추켜세웠다.

"아들? 아들은 벌써 갔다네. 저 위로."

이어서 검지를 땅으로 내리며 말했다.

"애석하네만 자넨 저 아래로 갈 거야. 아마 다시는 아들을 보지 못할 걸세."

노인의 말대로 덕훈과 그를 붙들고 있는 시체들이 서서히 땅속으로 꺼져 갔다.

다급해진 덕훈이 노인을 향해 팔을 뻗으며 소리쳤다.

"안 돼! 안 돼에에에에에에에에! 우진아! 우진아아아아아아아아!"

아무도 들을 수 없는 공허한 외침이 골목에 울려 퍼졌다.

그런 덕훈에게 시선을 거두고 골목을 천천히 걸어 나가는 노인이 나직하게 말했다.

"이제 자정이구먼. 메리 크리스마스일세."

밤하늘에 흩날리던 싸락눈은 함박눈으로 변해 있었다.

7

떠도는
아이

"훅······. 훅······."

흐릿한 취침등 사이로 헐떡이는 거친 숨소리가 방안의 정적을 깼다.

"훅! 훅! 훅!"

규칙적이던 숨소리는 시간이 지날수록 리드미컬해졌다. 그렇게 몇 분이 지난 뒤, 거친 숨소리는 절정을 향해 치닫고 있었다. 남편의 일그러지는 표정과는 대조적으로 아내는 미동 없이 평온했다.

삐걱, 삐걱. 낡은 침대 매트리스에서 나는 스프링 소리가 아내의 귀에 마냥 거슬렸다.

'하긴 매트리스도 십 년은 넘게 썼으니 이제 바꿀 때도 되긴 됐네······.'

아내가 침대 교체에 대해 생각하던 찰나였다.

'쿵!'

어디선가 들려온 둔탁한 소음에 한창 허리를 움직이던 남편이 그대로 멈춰 섰다.

남편은 잔뜩 성이 난 성기를 아내의 음부에 꽂아 넣은 채 신경질적으로 고개를 쳐들었다. 상념에서 벗어난 아내의 눈에 남편의 흘러넘칠 듯한 두툼한 아래턱이 들어왔다. 방안은 서늘했다. 하지만 연속된 피스톤질로 남편의 관자놀이에서 흐른 땀방울이 어느새 볼을 타고 흘러내렸다. 두툼한 턱끝에 아슬아슬하게 매달린 방울진 땀방울들. 그 땀방울이 금방이라도 아내의 얼굴 위로 떨어질 것 같았다. 아내는 남편 턱끝에 맺힌 땀방울을 닦아야 할지 말아야 할지 살짝 고민했다. 그러나 아내의 양팔은 차렷 자세로 남편이 버티고 선 팔 안쪽에 낀 상태로 옴짝달싹할 수 없었다. 아내의 시선은 온통 남편 턱살에 위태롭게 매달린 땀방울에 가 있었다. 남편은 그런 아내의 속내는 안중에도 없이 허공을 향해 조용히 귀 기울였다.

남편의 노력이 무색하게 방 안은 정적만이 감돌았다. 오히려 남편의 코에서 뿜어 나오는 거센 콧바람 소리가 거슬릴 정도였다. 그제야 남편은 자신의 아래서 고목처럼 누워있는 아내를 빤히 바라보며 물었다.

"당신도 저 소리 들었어?"

아내는 대답 없이 작게 고개를 좌우로 흔들었다. 그녀의 눈빛은 여전히 남편의 턱끝을 향해 있었다.

"에이씨, 완전 잡쳤네."

그새 집중이 흐트러진 탓일까. 어느새 아내의 음부를 채우던 성기는 힘을 잃고 말랑해져 있었다. 한껏 짜증을 부린 남편은 그대로 아내의 옆에 벌러덩 누워버렸다. 아내는 슬며시 고개를 돌려 남편을 바라봤다. 남편은 천정을 응시한 채 숨을 골랐다. 신생아처럼 희끗하고 불룩하게 솟은 남편의 배가 숨소리에 맞춰 오르락내리락했다.

아내의 시선을 감지한 남편이 더듬거리며 말했다.

"조, 조금 쉬었다 다시 하자. 병원에서 오늘 해야 성공 확률이 높다 그랬다며. 이것 때문에 회식도 마다하고 왔는데⋯⋯."

아내는 희미하게 고개를 끄덕였다. 남편은 이마에 땀을 훔치고 신경질적으로 말했다.

"그나저나 이 한밤중에 대체 저 윗집은 뭘 하는 거야? 저긴 잠도 안 자나? 내가 내일이라도 올라가서 따끔하게 한 소리 해야겠어!"

씩씩대는 남편의 배가 더욱 크게 오르내렸다. 아내는 남편의 말이 그저 말뿐이라는 것을 잘 알았다. 평소 소심하고 낯을 가리는 남편이 남에게 아쉬운 소리를 못하는 성격이라는 것을 아내는 너무도 잘알고 있기 때문이다. 언제나 허세 가득한 말뿐이었다. 그랬다. 남편은 그런 사람이었다.

잠깐 딴생각에 빠졌던 아내가 문득 고개를 돌리자 남편은 어느새 까무룩 잠이 들어 있었다. 얼마 안 가 발가벗은 알몸으로 코까지 드르렁드르렁 골았다.

이번 달도 틀렸구나. 뭐, 한두 번도 아니지 않던가.

서늘한 실내 공기에 소름이 돋았다. 아내는 조용히 이불을 가슴께까지 끌어 올렸다. 그리고 눈을 감았다.

삼이 드는 걸까. 2년 전 겪었던 끔찍한 기억이 다시금 아내의 눈앞에 펼쳐지려 했다. 아내는 알 수 없었다. 이것이 꿈인지 아니면 기억 속에 각인된 회상인지를. 매일 밤 아내를 괴롭히는 악몽 같은 기억. 어느새 아내의 앙다문 입술 사이로 신음이 배어 나왔다.

아내는 직감했다. 오늘도 악몽에 시달릴 것이라고.

결혼 3년차.

서른 살의 아내는 임신이 되지 않아 고민이었다.

3년이 지나도록 아무 소식이 없는 것을 두고 시댁 어른들의 입에서 슬슬 걱정 어린 말이 나오기 시작한 것이다.

"얘, 집에서 살림만 하는데 왜 아직도 소식이 없다니? 밖에서 일하는 남편 삼시세끼는 챙겨 먹이고 있는 거니? 아범 보약 지으면서 너도 애 잘 들어서게 하는 약 한 첩 지어 보냈으니 아범 챙겨 먹이면서 너도 꼭 빠트리지 말고 먹어라. 알았니?"

전화기 너머로 들리는 시어머니의 말에 숨이 턱 막히는 것 같았다. 하지만 내색할 수는 없었다.

"네. 어머니. 잘 먹을게요. 감사합니다."

전화를 끊자 한숨이 절로 새어 나왔다.

아내는 고아였다. 그런 아내를 거두어준 건 고모였다. 어릴 적 부모님을 교통사고로 잃은 아내를 불쌍히 여긴 고모는 제 자식처럼 살뜰히 보살폈으나 아무래도 친부모의 사랑에는 못 미칠 수밖에 없었다. 세상의 차별적 시선, 친부모에 대한 그리움은 아내의 자녀관에 커다란 영향을 끼쳤다.

아내는 결혼 직후부터 아이를 갖길 원했다. 아이들을 여럿 낳아 다복하게 사는 게 꿈이라고 했다. 아내와 동갑인 남편은 그래도 몇 년간은 둘 뿐인 신혼 라이프를 즐기자고 했다. 하지만 아내는 단호했다. 남편이 설득되지 않자 아내는 극단적 조치를 취했다. 임신 목적이 아닌 성관계는 아내의 솜털 하나 건드리지 못하게 했다. 결국 신혼 시절, 혈기왕성한 남편은 무조건 항복을 선언했다. 고집을 꺾고 아내의 뜻에 따르기로 한 것이다.

그렇게 피임 없이 성관계를 가졌다. 하지만 기대와는 달리 아내는 여지없이 매달 생리혈을 쏟아 냈고 그런 날들이 반복됐다. 무려 3년 동안 말이다. 3년이 지나니 처음과는 많은 것이 달라졌다. 사랑을 나누기 위해, 쾌락을 위해 가졌던 성관계는 아이를 낳기 위한 규칙적이고 강박적인 행위로 변해버렸다. 부부간의 긴장감은 높아져만 갔다. 활시위를 팽팽하게 당기듯······.

그즈음 남편이 돌변했다.

마침내 견디지 못하고 활시위가 끊어져버린 것이다.

술에 떡이 되어 들어온 남편의 바지를 억지로 벗기던 아내에게 남편이 통보했다.

"나, 이런 식으로는 더 이상 못해. 아니, 안 해."

남편은 숨이 막힌다고 하소연했다. 기계적인 성관계에 종료를 선언한 것이다. 아내는 답답했다. 부부가 함께 병원 검진을 받았지만 둘 다 특별한 문제는 찾을 수 없었다. 결국 아내는 실패의 화살을 남편의 음주와 흡연으로 돌렸다. 남편에게 금주와 금연을 종용했다. 남편은 그런 아내를 달가워하지 않았다. 아내를 향해 대놓고 거부감을 드러냈다.

시간이 지날수록 부부간의 온도는 차갑게 식어갔다.

결혼 초, 퇴근 후 칼같이 귀가하던 남편은 매일 술자리를 찾아 다녔다. 새벽녘 정신을 잃을 때까지 폭음한 뒤에야 비틀거리며 돌아왔다. 반복되는 폭음은 삽시간에 남편의 건강을 망가트렸다. 복부비만, 콜레스테롤 과다, 지방간, 고혈압, 고지혈증 등. 체중도 15킬로그램이나 불었다. 그런 상황에서 부부관계는 언감생심 꿈도 꿀 수 없었다. 섹스리스가 돼버린 것이다.

시댁의 압박, 남편의 방황. 숨 막히는 나날들이 계속됐다. 하지만 홀로 자란 아내의 사전에 이혼이란 단어는 없었다. 아내에게 가족이란 의미는 절대로 깨트릴 수 없는 불변의 의미였다.

진퇴양난의 상황에 다다른 아내는 위기를 타개하기 위해 무속신앙으로 시선을 돌렸다. 신의 존재를 부정하던 아내의 마음이 그만큼 절박해진 것이다. 동네 사람들에게 닥치는 대로 수소문한 아내는 용하기로 소문난 아기무당을 찾아갔다. 과연 듣던 대로였다. 두 눈을 뒤집어 아기 동자로 접신한 무당은 소름 돋는 아이의 목소리로 아내가 처한 상황을 그대로 맞춰냈다.

"자네 뱃속에 이미 아기 귀신이 자리를 꿰차고 있어! 그러니 진짜 아이가 안 들어서는 거야!"

반신반의하던 아내는 눈물을 쏟아내며 아기 동자에게 매달렸다.

"동자님. 제가 어떻게 해야 아이가 들어설 수 있을까요? 제발 가르침을 주세요. 흑흑.”

무당은 날카로운 눈초리로 아내의 배를 노려봤다.

“네 자궁에 붙어있는 악귀를 쫓아내야지.”

무당은 일필휘지로 노란 종이에 붉은 붓글씨를 쓰며 덧붙여 일렀다.

“지금 당장 나가서 쌍둥이를 임신한 산모가 입었던 팬티를 구해. 거기에 이 부적을 넣고 꿰맨 다음 일주일 동안 입고 있어. 그동안 절대 팬티를 벗거나 세탁해서는 안 돼! 그리고 일주일 째 되는 날 밤 남편과 합방해. 그럼 기다리던 애가 들어설 거야.”

아내는 연신 고개를 조아리며 소중하게 부적을 받아왔다. 부적의 대가로 무당에게 얼마를 건넸는지 기억조차 나지 않았다. 금액은 상관없었다. 그동안 막혔던 속이 뻥 뚫리는 기분이었다. 아이가 들어서면 돌아선 남편의 마음도 다시 돌릴 수 있을 것이라 굳게 믿었다.

아내는 그길로 맞은편 빌라에 사는 쌍둥이 엄마를 찾아갔다. 그녀는 아내의 말에 난처해했다. 하지만 아내는 막무가내로 웃돈을 건네며 간청했다. 아내가 건넨 액수를 확인한 쌍둥이 엄마는 짐짓 못이기는 척 속옷을 건네줬다.

아내는 기쁜 마음으로 그녀가 준 속옷을 입고 달력을 확인했다. 아내는 깜짝 놀랐다. 아기무당이 이것도 예측한 것일까. 일주일이 되는 그날이 배란일이었다. 모든 것이 착착 들어맞았다. 마치 정해진 운명처럼 말이다. 아내는 설레는 마음으로 손꼽아 일주일을 기다렸다. 물론 남편에게도 일주일간은 음주와 흡연을 자제할 것을, 일주일 째 되는 일요일에는 함께 있어 줄 것을 신신당부했다. 유난히 들떠 있는 아내를 남편은 이상하게 여겼으나 굳이 이유를 따져 묻지는 않았다.

별 탈 없이 일주일이 지났다. 무당이 점지한 합방 날, 일요일이 왔다.

일주일간 아내가 차린 밥상을 보면서 남편은 어렴풋이 짐작한 듯했다. 유난히 야릇한 분위기를 잡는 아내의 행동에 별 불만 없이 따라준 걸 보면 말이다. 내심 남편도 기다려왔던 걸까. 부부는 실로 오랜만에 몸을 섞었다.

그리고 피 말리는 3주가 흘러갔다.

"여, 여보!!!"

한참 만에 화장실에서 뛰쳐나온 아내는 가슴에 손을 얹고 어쩔 줄 몰라 했다. 그녀의 왼손에는 플라스틱 막대가 들려있었다. 남편은 그 막대가 무엇인지 알고 있었다. 그리고 그녀의 얼굴에서 막대의 결과가 무엇인지도 알 수 있었다.

그랬다. 아내가 그토록 열망하던, 너무나 간절히 기다리던 임신에 성공한 것이다.

아내와 남편은 선명하게 두 줄이 나타난 임신 진단 키트를 보며 실로 오랜만에 환하게 웃음 지었다.

결혼 이후 부부에게 가장 벅찬 순간이었다. 그토록 적막하던 집에서 실로 오랜만에 웃음꽃이 피어났다.

그 순간, 부부에게 다가올 불행은 그 누구도 예측할 수 없었다. 그토록 용하다던 무당도 아이가 오는 것은 점쳤지만 떠나가는 것은 몰랐으니 말이다.

"여보, 당신 먹고 싶다는 족발 사왔어."

현관문 앞에서 남편이 두툼한 봉지를 들고 환하게 웃었다. 남편과 함께 들어온 겨울의 한기가 따뜻한 거실 안으로 스며들었다. 거실 소파에 앉아 TV를 보던 아내가 힘겹게 일어섰다. 임신 막달인 아내의 배는 꽤나 불룩했다. 남편을 향해 힘겹게 발을 옮기며 말했다.

"추운데, 그냥 와도 되는데. 거기 줄 길지 않았어?"

"전혀 오늘은 별로 없더라고. 자, 어서 먹자."

남편은 서둘러 봉투를 식탁 위에 놓고 안방으로 들어갔다. 그런 남편을 보며 아내는 생각했다.

'거짓말.' 남편의 코와 볼이 시뻘겋게 얼어 있었다. 모르긴 몰라도 한참을 밖에서 떤 것 같았다. 아내는 그런 남편의 관심이 내심 고맙고 좋았다.

"아…… 아야."

"여보, 괜찮아?"

맛있게 족발을 뜯던 아내가 배를 감싸 안았다.

"아까부터 한 번씩 그러네. 간격도 점점 짧아지는데…… 설마 이거 진통인가?"

"뭐, 뭐라고? 예정일은 아직 며칠 남았잖아."

"지난번 의사 선생님이 지금부터는 언제든 출산할 수 있다고 얘기했었잖아. 아! 아야."

한껏 얼굴을 찡그린 아내는 남편이 보기에도 심상치 않아 보였다. 아내의 얼굴에 핏기가 가셨고 금세 식은땀이 뚝뚝 흘렀다. 아내는 깊은숨을 들이쉬었다 내쉬기를 반복했다. 아내의 급격한 상태변화에 남편 역시 안색이 창백해졌다.

"아무래도 안 되겠어. 병원 가자. 여보, 일어설 수 있겠어?"

남편은 아내를 부축하여 의자에서 일으키려 했다.

"아아아. 잠, 잠깐만……."

아내는 남편의 팔을 밀어내고 호흡을 골랐다. 아내는 언젠가
육아잡지에서 봤던 진통을 줄이는 호흡법을 하고 있었다.

한바탕 진통의 파도가 아내를 훑고 지나갔다. 아내의 상태를
지켜보던 남편은 이때가 기회다 싶어 아내에게 외투를 걸쳤다.

아파트에서 나와 주차장에 주차된 차에 태우는데 만도 아내
는 세 번 이상을 쉬었다 가야 했다. 남편은 아내를 뒷좌석에 밀
어 넣고 부리나케 엔진 열쇠를 돌렸다.

'부르릉. 틱.'

16년이 넘는 오래된 연식에 영하로 떨어진 기온 탓에 자동
차는 시동이 걸리지 않았다.

"하필, 이럴 때 이러는 거냐……. 제발, 제발 걸려라, 시동아."

마음이 급한 남편은 연이어 열쇠를 돌렸다. 헛기침을 하듯
공기 빠지는 소리를 내던 자동차는 네 번의 시도 끝에 마침내
엔진음을 들려주었다. 남편은 시동이 꺼질세라 그대로 액셀을
힘껏 밟았다. 소나타는 아파트 주차장을 쏜살같이 튀어 나갔다.

소나타는 주택가를 빠져나와 드문드문 가로등 켜진 대로를
질주했다. 뒷좌석 아내의 신음이 점점 커졌다. 이러다 양수라도
터지는 건 아닌지 걱정됐다. 남편은 머릿속이 마비되고 마음이
다급해졌다.

"쓰으읍, 하아아아. 쓰으읍, 하아아아…… 끄웅. 으으아악!!"

날카로운 비명에 남편은 고개를 돌려 아내를 살폈다. 아내의 치마 가랑이 사이가 젖어 들고 있었다. 결국 양수가 새어 나오는 것이리라.

"여, 여보 참을 수 있겠어? 아직 괜찮은 거지?"

아내는 고통을 참아내며 간신히 대답했다.

"아. 으으으응."

그때였다. 아내의 눈이 갑자기 커졌다. 아내는 자신을 향해 고개를 돌린 남편의 정면을 향해 다급하게 손짓했다.

"자, 자기야! 앞에, 앞에 봐!"

아내의 놀란 얼굴을 보고 정면을 바라본 남편은 깜짝 놀랐다. 소나타가 중앙선을 넘고 있었고, 마주 오는 트럭이 전방 라이트와 함께 귀청이 떨어질 듯 클랙슨을 울리고 있었다.

'빠아아아아아아앙!'

왕복 1차선 도로였다. 피할 곳은 없었다. 남편은 다급하게 주행차선으로 핸들을 돌렸다. 동시에 반사적으로 브레이크를 밟았다.

'끼이이익!'

고무 타이어가 도로에 미끄러지며 소름 돋는 소리를 냈다. 소나타의 전륜부는 주행차선으로 넘어왔지만 후륜부는 반대 차선을 빠져나오지 못한 채 미끄러졌다.

"아아아아악!"

미처 안전벨트를 매지 못한 아내는 두 손으로 배를 감싸 쥐고 조수석 문으로 처박혔다.

"여, 여보!!"

남편이 그런 아내를 향해 팔을 뻗었지만 아내에게는 닿지 않았다.

그 순간.

'텅.'

중심을 잃은 소나타는 가드레일을 뚫고 나가 3미터 언덕 아래로 처박혔다. 사고 직후, 트럭 운전사의 신고로 부부는 구급차를 타고 인근 병원으로 이송됐다. 천만다행으로 부부는 무사했다. 가벼운 타박상과 찰과상뿐이었다.

소나타가 뚫고 나간 가드레일 밖은 비탈진 경사면이었다. 그경사면을 타고 내려간 덕분에 승용차는 가까스로 전복을 피했다. 하지만 안전벨트를 매지 않은 뒷좌석의 아내는 커다란 충격을 받았다. 특히 배 속 아기의 상태가 심각했다.

의료진은 긴급히 제왕절개로 아기를 세상 밖으로 꺼냈다. 하지만 아기는 세상을 향해 힘차게 울음을 터트리지 못했다.

인큐베이터로 들어가 집중치료를 받았지만 아기의 상태는 나아지지 않았다. 병상에서 정신을 차린 아내는 미친 듯이 오열했다. 그리고 남편과 함께 간절히 기도했다.

이든이를 살려달라고, 제발 아들을 살려달라고…….

하지만 부부의 간절한 바람은 하늘에 가 닿지 않았다.

사고 48시간 만에 아기는 숨을 거뒀다.

그날 종합병원에 울리던 아내의 처절한 울음소리는 끝없이 계속됐다. 의사의 처방으로 진정제를 맞기 전까지는 말이다.

지독한 비극이었다.

부부의 희망을 산산이 조각낸 최악의 비극.

그럼에도 산 사람은 어떻게든 살아나갔다.

부부의 생활도 계속 이어졌다. 비록 행복하지 않더라도.

사고 이후 아내는 감정의 끈이 끊어진 것처럼 웃음을 잃어 버렸다. 처음에는 안간힘을 쓰며 아내를 위로하던 남편도 서서히 지쳐갔다. 아내는 어떠한 자극에도 반응이 없었다. 결국 남편도 모든 것을 포기했다. 임신 전과 같은 무질서한 생활로 돌아갔다.

허울뿐인 부부생활. 그렇게 1년이 지나고. 2년이 지났다. 아무리 깊은 상처라도 시간이 약인 걸까.

껍데기 같았던 아내의 감정이 조금씩 돌아오고 있음을 남편은 감지했다. 연하게 립스틱을 바른 입술에서, 식탁 위에 장식된 생화에서, 산뜻하게 달라진 옷차림에서.

그리고 아내의 요구가 다시 시작됐다. 마치 모든 것을 덮어두고 새롭게 시작하자는 듯.

남편은 그런 아내의 요구를 차마 거절할 수 없었다. 심각하게 이혼을 고민했지만 처참한 아내의 모습에 마음을 접었던 남편은 이런 아내의 변화가 내심 반가웠기 때문이다.

오늘도 퇴근하자마자 바로 집으로 달려왔다. 과도한 업무로 몸이 녹초가 되었지만 아내는 오늘을 놓치면 또다시 한 달을 기다려야 한다고 했다.

의식처럼 안방 미등을 켜고 누워있는 아내를 바라봤다. 아랫배에 세로로 길게 난 흉터가 그날을 떠올리게 했다. 한숨을 푹 쉰 남편은 곧 뻣뻣한 아내의 몸속으로 들어갔다. 사고 이후부터 전희 과정은 생략됐다. 누구도 입 밖으로 꺼내지 않았지만 부부간의 암묵적 동의였다. 오로지 수태를 위한 행위, 그 외의 쾌락은 사치였다.

남편은 행위 자체에 집중하며 서둘러 끝내기 위해 허리를 움직였다. 아내는 시체처럼 미동도 없이 남편을 받아들였다. 반복되는 피스톤 운동에 마침내 아랫배에서 신호가 오려던 찰나였다.

'쿵!'

어디선가 들리는 둔탁한 소음에 집중이 확 풀렸다.

"당신도 저 소리 들었어?"

아내는 듣지 못했는지 작게 고개를 흔들었다.

젠장, 틀렸다.

그렇지 않아도 행위 중 발기가 풀려서 고민인데 남편은 집중이 깨지면서 성기로 몰린 피가 빠르게 빠져나가는 것을 느꼈다. 아내에게 다시 세워달라는 말은 절대 할 수 없었다.

어쩔 수 없다. 오늘은⋯⋯.

"에이씨, 완전 잡쳤네."

신경질적으로 내뱉은 남편은 아내 옆으로 벌렁 누워버렸다. 행여나 아내의 원망 섞인 말을 듣기는 싫었다.

차라리 자버리자.

남편은 차게 식어가는 심장을 느끼며 잠을 청했다.

얼마나 지났을까.

남편은 온몸으로 스며드는 오한에 눈을 떴다.

팔이며 가슴이며 소름 돋은 피부가 부들부들 떨렸다. 여전

히 실오라기 하나 걸치지 않은 알몸 그대로였다. 발가벗은 채
로 잠든 탓에 체온이 떨어져서인가 보다. 아내는 목까지 이불
을 덮어 쓰고 잠들어 있었다. 악몽이라도 꾸는지 가끔씩 인상
을 찌푸리며 낮은 신음 소리를 냈다. 남편은 내심 서운했다. 저
혼자만 이불을 덮고 자다니.

"에휴."

뭐, 누굴 탓하랴. 침대에서 일어나 바닥에 벗어놓은 속옷을
주섬주섬 입었다. 먼저 팬티를 입고 티셔츠를 입으려 머리를
집어넣을 때였다.

"으으응애애애애애애……."

순간 남편은 그대로 얼어버렸다. 얼굴에서 핏기가 가시면서
등골이 서늘해졌다. 다시금 소름이 돋고 오한이 일었다. 협탁
위의 탁상시계는 새벽 3시를 가리키고 있었다. 희미하지만 아
기 울음소리였다. 이렇게 야심한 시간에 아기 울음소리라니.

그, 그럴 리가 없을 텐데……

잘못 들은 것이라 넘기려던 찰나, 다시 소름 끼치는 소리가
들려왔다.

"으으응애."

머리칼이 쭈뼛 서는 것 같았다. 아내는 아무것도 모른 채 잠
들어있었다. **혹시 아내가 뒤처리를 제대로 못 한 것일까.** 순간 아
내를 깨울까 고민했지만 단념했다. 남편은 티셔츠를 마저 입고
조용히 안방 문손잡이를 돌렸다.

어두컴컴한 거실은 예상대로 아무것도 없었다. 고요한 적막
만이 감돌았다.

"응애, 응애."

또다시 고막을 간질이는 소리. 거실은 아니었다. 정체를 알 수 없는 소리의 근원지는 밖인 듯했다. 남편은 숨을 죽였다. 희미한 소리를 따라 한 걸음, 두 걸음, 발을 내디뎠다. 그렇게 다다른 곳은 거실 정면에 위치한 베란다 문 앞이었다.

잠깐만, 여긴 5층인데…… 어떻게 밖에서 아기 울음소리가 들리는 거지?

"으으으응애애애애애."

조금 더 선명해진 울음소리에 남편의 공포심은 한층 커졌다. 입속에 고여 있던 침을 꿀꺽 삼켰다. 그리고 떨리는 손으로 베란다에 쳐진 암막 커튼 끝을 붙잡았다.

아니겠지. 그래, 아닐 거야…….

남편은 힘을 주어 커튼을 힘껏 걷어냈다.

"히익!!!!"

남편은 그대로 졸도할 뻔했다.

"이에에에야야야야야옹."

베란다 밖 창턱에는 고양이가 웅크리고 있었다. 검은 벨벳을 두른 듯 새까만 아기 고양이의 두 눈만이 발광한 채 어둠을 밝혔다. 고양이는 남편을 노려본 채 연신 아기 울음소리 같은 기분 나쁜 소리를 내뱉었다. 남편은 어이가 없었다. 망할 놈의 고양이 새끼 때문에 심장이 떨어질 뻔했다. 무엇보다 고양이의 눈빛이 기분을 더럽게 만들었다. 화가 치솟았다.

"제, 젠장맞을. 이 망할 놈의 고양이 새끼가 여긴 어떻게 온 거야!"

남편이 베란다 창문을 열고 고양이를 공격하려 하자 고양이는 한 발 앞서 몸을 돌려 훌쩍 창턱을 뛰어내렸다. 남편은 서둘러 창문을 열고 고양이가 앉아 있던 창턱 아래로 몸을 내밀고 아래를 살폈다. 그러나 어느새 어디로 사라져 버렸는지 고양이는 흔적조차 보이지 않았다. 그저 희미한 아기 울음소리가 스산한 밤바람에 실려 들리는 것만 같았다.

침대로 돌아온 남편은 좀체 잠을 이룰 수 없었다.

소름끼치는 아기 울음소리.

기분 나쁜 고양이의 눈빛이 오래도록 남편을 괴롭혔다.

'쿵.'

천장에서는 또다시 둔탁한 소음이 들려왔다.

언제부턴가 정체불명의 소리가 들리기 시작했다.

때로는 벽을 치는 듯한, 때로는 '두두두' 잰걸음으로 달리는 듯한 소음. 마치 어린아이가 뛰는 듯한 소리였다. 시간대도 일정치 않았다.

옆집인지 윗집인지도 확실치 않았다. 윗집은 노부부 단둘이 살고 있어 아이가 뛰는 소리가 날 수 없었다. 그건 옆집도 마찬가지였다.

"여보, 내 손목시계 못 봤어? 내가 분명 식탁 위에 풀었었는데 지금 찾아보니 없네."

아내는 식탁 앞에 선 남편을 물끄러미 바라보더니 고개를 저었다.

"그, 그래? 분명 여기 뒀었는데……."

식탁에서 나와 거실 구석구석을 살피던 남편이 거실 TV 장식장 앞에서 크게 소리쳤다.

"여기 있었네. 시계가 언제 TV 장식장 아래로 떨어졌담."

남편은 손목에 시계를 차며 멋쩍은 듯 뒷머리를 긁었다. 소파 위 아내는 남편에게서 시선을 돌려 TV를 향했다. 남편의 기억에 시계는 식탁 위에 풀었었다. 아내는 남편이 벗은 시계를 만지지 않는다. 그렇다면 시계에 발이라도 달렸단 말인가.

'나도 모르게 시계를 쳐서 떨어트렸나 보지.' 그러고 보면 리모컨이나 컵이 처음 놓았던 곳과 달리 미묘하게 다른 위치에 놓여있는 경우가 있던 것 같기도 했다. **뭐, 짐작 가는 것이 있어 대수롭지 않게 넘기기로 했다.**

"아 참! 이럴 시간이 아닌데. 나 다녀올게."

손목시계를 확인한 남편은 서둘러 외투를 입고 현관문을 나갔다.

얼마 후.

아침 내내 소파에 파묻혀 있던 아내가 일어나 기지개를 켰다.

아내는 매일같이 반복되는 집안일 로테이션을 돌고 어질러진 곳을 정리했다. 마지막으로 다용도실에서 나온 아내는 베란다를 꼼꼼히 정리한 뒤 외출복을 입고 현관문을 나섰다.

오후 2시. 주상복합 아파트 저크시즈 팰리스를 나선 아내는 버스 정류장을 향해 걸음을 옮겼다.

무더운 여름이 지나 가을로 접어들어 불어오는 바람이 아내의 얼굴을 간지럽혔다.

산뜻한 꽃무늬 원피스를 입은 아내는 저크시즈 팰리스 아파트 맞은편 정거장에서 시내버스를 타고 20분 거리에 있는 천안 산부인과로 들어갔다.

한 시간여 뒤, 정기검진을 마치고 산부인과를 나와 꺼놓았던 휴대폰을 켠 아내는 끊임없이 밀려오는 카톡 메시지에 깜짝 놀랐다. 미처 메시지를 확인할 새도 없이 전화가 걸려왔다. 남편이었다.

"여보세요?"

– 여보, 당신 지금 어디야? 전화가 왜 이렇게 안 돼? 어? 지금 괜찮은 거지?

"오늘 산부인과 검진 날이라 병원 왔어. 회사에 무슨 일 있어?"

– 아니, 회사가 아니라 집에…… 집에 도둑이 들었어.

"도둑? 그게 무슨 말이야."

도둑이라니, 아내의 등줄기에 소름이 돋았다.

– 나도 회사에 있다가 출동 나온 경찰한테 전화 받고 당장 집으로 달려왔어. 그런데 당신이 집에 없는 거야. 난 당신이 어떻게 된 줄 알고 미치는 줄 알았다고. 병원에 가면 간다고 얘길 하고 가야지…….

남편의 걱정과 원망 섞인 목소리가 멀어져 갔다.

분명히 문단속은 꼼꼼히 했다. 창문? 5층까지 벽을 타고 올라오진 않았을 것이다. 집을 비운 지 2시간 만에 도둑이 들다니. 믿겨지지 않았다. 도둑이 집 안을 마구 헤집었을 생각을 하니 불안감이 밀려왔다.

아내는 떨리는 손으로 차도를 향해 손을 들었다. 때마침 지나가던 택시가 그녀의 옆에 차를 세웠다. 아내는 그대로 택시를 잡아타고 기사에게 말했다.

"저크시즈 팰리스요. 빨리요!"

아내를 태운 택시는 미끄러지듯 도로를 빠져 나갔다.

"김미소 씨 되시죠?"

집에 들어서려는 아내를 향해 가죽 자켓을 입은 남자가 무언가를 들이밀었다. 명함 크기의 경찰 신분증이었다.

"네. 맞아요."

아내는 대충 대답하고 집 안으로 들어가려 했다.

"잠시 이야기 좀 나누시죠."

그런 아내를 형사가 막아섰다.

그제야 아내는 형사를 똑바로 바라볼 수 있었다. 짧은 커트 머리에 눈빛은 날카롭게 빛났다. 누구나 형사라고 하면 떠올릴 만한 인상이랄까. 다부진 체격에 거친 분위기가 경찰이 되지 않았다면 정반대인 건달이 됐을 법한 느낌이었다. 남자는 자신을 오영섭 형사라고 소개했다. 오 형사 옆에 서있던 젊은 청년이 이어서 자신을 김우성 형사라고 소개했다.

그때 아내의 목소리를 들은 남편이 집 안에서 뛰어나왔다.

"왔구나."

남편은 아내의 옆에 서서 조용히 손을 붙잡았다. 아내의 손이 미세하게 떨려 왔다.

아내는 남편과 함께 형사로부터 대강의 경위를 들었다.

"요즘 이 구역에 좀도둑이 기승을 부리는데 아무래도 이번에도 수법이 그놈 같습니다. 이놈이 디지털 도어록이 없는 보조키가 달린 집들만 타깃으로 노리거든요. 날카로운 꼬챙이로 보조키 구멍을 쑤셔 문을 딴 수법이 기존 사건들과 동일합니다. 뭐, 모방범일 수도 있겠지만요."

남편이 허탈하게 말했다.

"디지털 도어록은 없지만 그래도 보조키가 달려있어 안심하고 다녔는데 이렇게 취약할 줄은 몰랐습니다."

오 형사는 아내를 향해 말했다.

"마침 옆집에 사시는 분이 집 앞을 지나다 보조키가 망가진 채 문이 열려 있는 것을 보고 신고해 주셨습니다. 아무리 불러도 부인께서는 대답이 없었고, 내부는 엉망으로 어질러져 있었다더군요. 이웃 부인의 증언이 진실임은 저희가 확인했습니다. 일단 도난 물품은 남편 분이 먼저 확인해 주셨는데 아내 분께서도 확인해 주시기 바랍니다."

오 형사 옆에 있던 김 형사가 수첩을 보며 이어서 말했다.

"남편 분이 확인해 주신 건 안방 장롱 서랍장에 있던 100만 원 가량의 현금과 거실에 화장대 위 보석함에 있던 금반지와 금팔찌입니다."

아내는 고개를 끄덕이며 대답했다.

"네. 아마 그게 맞을 거예요. 확인해 보겠습니다."

남편이 아내의 어깨에 팔을 두르고 말했다.

"이제 들어가 봐도 될까요?"

"네. 족적이나 지문 같은 기본 조사는 마쳤습니다. 그런데 한 가지 궁금한 점이 있는데요."

"뭐죠?"

"혹시 두 분 아이가 있으신가요?"

"아, 아이요? 그건 왜 물어보시죠?"

오 형사의 말에 남편이 슬쩍 아내의 눈치를 살피고 신경질적으로 물었다. 아내의 어깨에 올린 남편의 손으로 작은 떨림이 전해졌다. 남편의 날카로운 반응에 영문을 모르는 형사가 말했다.

"댁에서 아이 손자국이 나왔습니다."

"아…… 아이요? 정말입니까? 잘못 보신 게 아니고요?"

"말보다는 직접 보시는 게 빠르겠군요. 이리 와서 보시죠."

오 형사가 집 안으로 성큼 들어갔다. 부부도 오 형사를 따라 현관문 안으로 들어섰다. 거실은 그야말로 난장판이었다. 도둑놈이 돈이 될 만한 것을 찾기 위해 온통 헤집어 놓은 듯했다. 오 형사는 바닥에 널려 있는 물건들을 밟지 않기 위해 주의를 기울이며 거실을 가로질렀다.

그리고 오른편 벽에 있는 65인치 UHD TV 앞에 서서 부부를 향해 말했다.

"여기 이 부분입니다. 전체적인 크기로 보아 두 살에서 세 살 사이의 아이로 추측하고 있습니다. 이곳뿐만 아니라 유리컵이나 싱크대 같은 곳에서도 두 분의 것이 아닌 아이로 보이는 부분 지문이 찍혀 있더군요."

오 형사가 손가락으로 가리킨 곳은 TV 브라운관의 오른쪽 끝부분이었다. 형사의 말대로 검은 브라운관에는 지문 감식 약품이 묻어 있는 작디작은 손바닥이 찍혀있었다.

"이, 이게 언제 찍혔지? 여보, 우리 집에 어린아이가 온 적 있어?"

아내를 향해 묻던 남편이 순간 숨을 삼켰다. 어느새 아내의 눈에는 눈물이 가득 고여 있었다.

"미안해. 우리 집에 아이가 왔을 리가 없지."

남편은 아내의 머리를 자신의 가슴에 묻었다.

영문을 모르는 오 형사가 멀뚱멀뚱 쳐다봤다.

남편은 아내를 안은 채 대답했다.

"저희 부부는 아이가 없습니다. 2년 전 갓 태어난 아들은 교통사고로 떠나보냈습니다."

"아, 죄송합니다."

오 형사가 난처한 듯 사과했다.

남편의 품에서 벗어난 아내가 브라운관에 찍힌 손바닥 위로 자신의 손바닥을 대보았다.

아내의 절반도 안 되는 작은 손자국. 아들이 살아있었다면 딱 이 정도 크기였으리라. 아내는 다리에 힘이 풀려 TV 앞에 주저앉고 말았다.

"흑흑……. 이 손자국, 우리 이든이에요. 전 알 수 있어요. 분명해요."

남편은 오열하는 아내를 등 뒤에서 끌어안았다.

"여보, 정신 차려. 그럴 리가 없잖아. 이제 그만 잊자고. 제발…… 흑."

"아냐. 난 느낄 수 있어. 정말이야. 이든이가 우리와 함께 있는 거야……."

부부의 서러운 울음소리는 좀처럼 그치지 않았다.

오 형사는 그런 부부를 말없이 바라봤다.

경찰서로 돌아온 오 형사에게 모니터를 보고 있던 후배 김 형사가 말했다.

"선배님. 찾아보니 1년 전 저크시스 펠리스 주변 지구에서 영아 실종 신고가 있긴 하네요."

"그나마 선명하게 찍힌 게 TV에 찍힌 손자국인데 아쉽게도 손바닥 외에 손가락 지문은 없었어. 다른 곳에도 신분을 특정할 정도의 지문은 없었고."

오 형사는 서럽게 통곡하던 아내를 떠올렸다.

"아마 우연의 일치겠지……. 좀도둑 잡을 단서는 더 없어?"

김 형사는 난처한 표정으로 고개를 좌우로 흔들었다.

어둑어둑한 초저녁, 저물어가는 태양 뒤로 어둠이 내리고 있었다. 전등을 켜지 않은 실내는 앞을 분간할 수 없을 정도로 어두웠다. 어둠이 내려앉은 거실 한가운데 우두커니 앉아있던 아내가 조용히 일어섰다.

발소리를 죽이고 배란다로 향한 아내가 나직이 속삭였다.

"이든아. 아직도 자니?"

아내의 앞에 벽이 보이지 않을 정도로 상자들이 쌓여있었다. 아내가 베란다 격벽에 쌓인 상자들을 하나, 둘 치우자 비로소 상자에 가려져 있던 작은 방화문이 모습을 드러냈다. 화재를 대비하여 만들어 놓은 2평 남짓한 비상 탈출구이자 다용도실이었다. 그 문을 열자 때 묻은 이불 위에 어린아이가 누워있었다. 하늘을 향해 누워있는 아이는 작게 오르내리는 가슴이 아니었다면 시체로 보일 정도로 곤히 잠들어 있었다. 떡 진 머리, 언제 씻었는지 모를 꼬질꼬질한 볼, 유난히 가느다란 팔과 다리. 비쩍 말라붙은 아이는 약에 취한 듯 정신없이 잠에 빠져있었다.

"오늘 우리 이든이 큰일 날 뻔했어. 알아? 이든이 동생이 생기기도 전에 엄마랑 헤어질 뻔했어."

아내는 잠든 아이의 양팔과 다리에 정성껏 박스테이프를 감았다.

"그래서 엄마는 이렇게 할 수밖에 없어. 이든이 아파도 잘 참고 있어야 해. 알았지?"

마지막으로 아이의 입에 테이프를 붙인 아내가 가져온 공구함에서 손도끼를 꺼내들었다. 어둠속에서도 시퍼렇게 날이 선 도끼날이 빛을 발하는 것 같았다.

"여보, 나 왔어. 어디야?"

다시 회사로 나가 일을 마무리한 남편이 집에 돌아왔다. 집안은 암흑천지였다. 돌아오는 아내의 대답은 없었다. 남편은 거실의 전등 스위치를 올렸다. 깜빡거리는 형광등 불빛 사이로 활짝 열려있는 베란다 문이 보였다.

"여보, 거기 있어?"

남편은 성큼성큼 베란다를 향해 걸어갔다. 남편이 베란다로 다가갈수록 희미하게 흐느끼는 소리가 들렸다.

"여보, 울어? 대체 그 안에서 뭐하는 건데?"

베란다 안쪽에 쌓여있던 상자가 바깥으로 어지럽게 쓰러져 있었다. 상자를 피해 열려있는 비상탈출구를 들여다본 순간, 남편은 경악하고 말았다.

"!!!!!!"

"이, 이게 대체 뭐야······."

눈앞에 펼쳐진 광경은 실로 끔찍했다. 바닥과 벽이 온통 피투성이였다. 역한 피비린내가 진동했다. 남편은 웅크리고 앉아 있는 아내의 어깨를 잡고 돌려세웠다.

"여보······"

피를 흠뻑 뒤집어쓴 아내의 얼굴. 두 볼을 타고 흘러내린 눈물이 피와 엉겨 흡사 피눈물을 흘리는 것 같았다. 아내의 손에 꼭 붙들려 있는 손도끼 역시 마찬가지였다. 본래 색깔을 찾아볼 수 없을 정도로 피투성이였다. 도끼날에는 짓이긴 고기 찌꺼기가 묻어 있었다.

남편은 아내의 어깨너머로 눈을 돌렸다.

양 손목이 잘린 꼬마 아이가 처참하게 죽어있었다. 잘린 손목에서 흘러나온 피가 이불을 흥건하게 적시고 있었다.

"여보····· 죽었잖아····· 하아······."

남편은 난처한 듯 한숨을 쉬며 엄지와 검지로 관자놀이를 꾹꾹 눌렀다. 남편은 넋이 나간 아내에게 차분히 설명하듯 말했다.

"사실 손바닥 자국은 상관없어. 손가락 지문만 안 찍히면 된단 말이야. 경찰은 손바닥 자국으로는 아이를 특정할 수 없으니까. 자를 거면 손가락을 잘랐어야지. 손목을 통째로 잘라버리면 어떻게 해.”

아내는 남편의 말에도 아무런 미동이 없었다. 그저 숨죽여 울음을 삼켰다.

그때였다.

‘쿵.’

윗집에서 또다시 익숙한 소음이 들렸다. 남편의 미간이 찌푸려졌다. 남편이 신경질적으로 내뱉었다.

“하아. 씨발, 또야?”

뒤이어 잰걸음으로 달리는 소리가 이어졌다.

‘두두두두두.’

“또! 또! 망할 놈의 윗집.”

그 순간 인상을 잔뜩 찌푸리던 남편의 입가에 미소가 걸렸다.

“여보, 그만 울어. 나한테 좋은 생각이 났어. 내가 새 이든이를 데려다 줄게. 그렇잖아도 경비 아저씨에게 물어봤는데 윗집 영감탱이네가 며칠 전부터 손자를 맡아주고 있다더라고. 세 살인가 네 살이라나? 어때, 딱이지?”

어느새 울음을 그친 아내가 남편을 향해 기괴한 눈빛을 빛내고 있었다.

8

번식

1

빠개질 것 같은 두통에 욕설이 절로 나왔다.

"아우, 씨발."

정수리에 묵직한 돌을 얹은 것처럼 찌르르한 통증이 목을 타고 전신으로 퍼져 갔다. 눈을 뜨려 했지만 어찌된 일인지 눈꺼풀이 달라붙어 떨어지지 않았다. 서둘러 눈을 더듬으니 딱딱한 눈곱이 눈썹과 눈꺼풀에 덕지덕지 엉겨 있었다. 나는 조심스레 왼손으로 눈곱들을 하나하나 떼어 냈다. 딱딱하게 굳은 눈곱은 결정화된 설탕 조각처럼 조금씩 깨져 나갔다.

"아야야."

눈곱에 엉긴 눈썹이 함께 뽑혀나가 몹시 따끔거렸다. 어느 정도 눈곱 정리를 마치자 그제야 주변이 눈에 들어왔다.

천장에 붙어있는 전신 거울 속에 침대 위에 널브러진 알몸의 내가 게슴츠레 한 눈으로 노려보고 있었다. 퉁퉁 부은 얼굴에 눈도 제대로 뜨지 못하는 나.

꼴이 말이 아니었다. 간밤에 전쟁이라도 치렀나.

베개와 쿠션은 어디 버렸는지 보이지도 않았다. 대신 빈 소주병들이 침대 위를 굴러다녔다. 하얀 침대 시트는 온통 구겨져 엉망진창이었다.

천장의 거울이 뱅글뱅글 돌았다. 아니 세상이 빙글빙글 돌았다. 메스꺼웠다. 목구멍으로 신물이 올라왔다.

"우욱."

당장이라도 토사물이 터져 나올 것 같았다. 입안 가득 들어찬 토사물을 손으로 틀어막고 서둘러 화장실로 달려갔다.

"우웨에에에에엑! 헉, 헉. 끄웨에에에에에."

쏟아지는 토사물의 반동으로 튀어 오른 변기물이 얼굴에 마구 튀었다.

불결했지만 그런 걸 신경 쓸 겨를이 없었다. 양변기를 붙들고 한참 동안 속을 게워 냈다. 변기 속으로 아직 소화되지 않은 콩나물과 고춧가루가 묻은 정체불명의 덩어리들이 쉴 새 없이 쏟아졌다. 뱃속부터 목구멍, 혓바닥까지 얼얼했다. 위장속 매운 갈비찜이 어제 먹었을 때와는 반대로 나를 괴롭혔다.

이러다 변기가 토사물로 넘치는 건 아닌지 걱정이 들 정도로 많이도 게워 냈다. 정말 더럽게도 많이 먹었구나, 간밤에 먹은 안줏값에 대한 본전 생각이 들 때 즈음 가까스로 구토가 잦아들었다. 그제야 변기 속에 파묻은 고개를 들었다. 고였던 눈물이 주르륵 흘러내렸다. 하지만 변기커버 안쪽에 튀어 말라붙은 분변 조각을 보자 가라앉았던 구토감이 다시 치밀어 올랐다.

"꾸루루뤠에에에에엑!"

씨발, 눈에 보이는 곳만 청소했군. 어디 모텔인진 몰라도 다시는 안 오리라.

추가로 한 바가지를 더 토해 내고 나서야 간신히 구토가 멎었다. 왼손을 뻗어 양변기 버튼을 눌렀다. 요란한 소리를 내며 소용돌이치는 물길 사이로 시뻘건 토사물들이 휩쓸렸다. 고추장을 풀은 장떡 반죽 같았다.

코가 꽉 막혀 숨을 쉬기 힘들었다. 이물감이 느껴졌다. 나는 한쪽 코를 막고 세게 풀었다. 뚫린 쪽으로 끈적한 콧물과 함께 콩나물 대가리가 튀어나왔다. 코는 뚫렸지만 시큰거렸고 이내 눈물이 고였다. 손등으로 눈물을 훔치고 잠시 쪼그린 자세로 숨을 골랐다. 현기증 때문에 급히 일어나면 졸도할 것 같았다.

그리고 변기커버를 내리고 그 위에 앉았다.

여태껏 위로 쏟아 냈으니 아래도 쏟아 내야지.

아랫배에 힘을 주자 투툭, 소리를 내며 무른 대변 덩어리가 떨어졌다. 뒤이어 양변기 내벽을 타고 소변이 흘러내렸다. 캡사이신이 듬뿍 든 갈비찜 때문일까. 항문이 불에 덴 것처럼 얼얼했다. 심지어 요도에도 불에 덴 듯한 작열감이 느껴졌다.

바늘로 콕콕 찌르는 것 같은 성기의 통증이 영 거슬렸다.

술김에 객기를 부려 4단계를 먹은 게 잘못이었다. 안 그래도 더럽게 매운 집인데 말이다.

대충 휴지로 뒤처리를 한 후 샤워기를 틀었다. 얼마 안 있어 뜨거운 온수가 샤워 헤드에서 뿜어 나왔다. 나는 머리를 들이 밀고 온수에 몸을 적셨다. 뜨거운 물줄기가 머리를 때리자 숙취가 조금은 가시는 듯했다.

대체 어젯밤 무슨 일이 있었던 걸까?

머릿속에 자욱한 안개가 낀 것처럼 어젯밤 일은 불투명하기만 했다.

2

"정균아. 오늘은 코인 익절한 기념으로 내가 쏜다!"

"오! 대체 얼마나 벌었길래 네 입에서 쏜다는 말이 나오냐?"

민준은 벙거지 모자 아래로 드러난 한쪽 눈을 찡긋거리며 다섯 손가락을 펼쳐 보였다.

"헐, 오십?"

놀란 내가 물었지만 싱글벙글한 민준의 손가락은 접힐 줄 몰랐다.

"설마…… 오, 오백?!"

그제야 민준이 낄낄거리며 웃어 재꼈다.

"핫핫핫. 정균아. 내가 누구냐? 동물적인 직감과 야수의 심장이 낳은 결과지."

거리에서 호탕하게 웃어 재끼는 민준을 지나는 사람들이 이상한 눈으로 쳐다봤다.

해질 무렵 강남의 번화가. 거리에는 퇴근하는 사람들로 가득했다.

오랜만에 고등학교 동창인 민준의 호출로 천안에서 KTX를 타고 올라오니 거리를 지나는 사람들을 보는 것만으로도 마음이 들떴다.

"그래서 뭐 사줄 건데?"

기대감을 가득 안고 묻자 민준이 말했다.

"정균아. 참치 오마카세라고 들어는 봤냐?"

거만함 가득한 민준의 얼굴에 대놓고 빈정거리고 싶었지만 오마카세라면 이야기가 달라진다. 쥐꼬리만 한 월급으로 언감생심 오마카세는 꿈도 못 꾸는데 주방장이 직접 대접하는 오마카세를, 그것도 앉은 자리에서 통참치를 해체하여 비싸기로 소문난 참치 오마카세를 먹게 될 줄이야. 벌써부터 입안에 침이 한가득 고였다.

뭐, 조금은 아니꼽지만 오늘 하루 친구놈 비위나 맞춰주며 호강하리라.

"이야. 투자의 귀재답다. 하핫. 고맙다. 네 덕분에 입이 호강하겠구나."

민준이 내 어깨에 손을 얹고 잡아끌었다.

"잔말 말고. 나만 따라와."

나는 검지손가락을 하늘로 곧추세우며 외쳤다.

"오케바뤼!"

일식집에서 분위기는 금세 무르익었다. 주방장이 직접 참치 부위를 설명하고 내가 보는 앞에서 썬 고급 부위들을 접시에 올려주었다. 그렇게 입에 넣은 참치는 미스터 초밥왕의 시식 장면을 연상케 할 정도로 아이스크림처럼 순식간에 녹아내렸다. 이름도 모를 사케를 참치와 함께 연거푸 털어 넣었다. 슬

246

슬 취기가 돌아 기분이 들떴다. 그때 젓가락으로 참치 대뱃살을 집는 민준의 오른쪽 손목에 묵직한 시계가 눈에 들어왔다.

"야…… 시계 샀냐? 잠깐만 보자."

내심 기다렸던 걸까. 녀석은 곧바로 내 눈앞에 자신의 손목을 들이댔다. 나는 녀석의 시계를 유심히 살펴봤다.

"오메가잖아. 이야, 너 진짜 성공했구나. 대박!"

내 말이 떨어지자마자 민준의 표정이 기세등등해졌다. 나는 거기서 그치지 않고 한 번 차 보자며 민준에게 졸랐다. 녀석도 별 거부감 없이 시계를 풀어 내게 건넸다.

"이야, 비싸서 그런지 졸라 가볍고 뽀대나네. 와하하하."

내가 왼손을 들어 보이자 민준은 뭐가 그리 웃기는지 크게 웃음을 터트렸다.

"이거 007 영화에 나온 시계야. 한정판이라고. 핫핫핫."

민준의 말을 들어서인지 시계는 더욱 고급져 보였다.

"어. 근데 여기 고춧가루 묻었다."

메탈 밴드 사이에 빨간 고춧가루가 묻어있어 손톱으로 긁으려 하자 민준이 재빨리 말했다.

"야야! 고춧가루는 무슨 고춧가루. 괜히 명품에 기스내지 말고 얼렁 내놔라."

"야, 가져가. 가져가. 졸라 아끼기는…….."

빈정이 상한 나는 곧바로 시계를 풀어 민준에게 건넸다. 민준은 다시 오른쪽 손목에 시계를 찼다. 살짝 기분이 나빴지만 부러운 마음은 어쩔 수가 없었다. 자취방에서 허구한 날 라면이나 뜯어 먹으며 거지같은 생활을 하는 나로선 민준이 벌이는 사치가 질투가 나면서도 부러울 따름이었다. 그런 표정이 얼굴에 떠올랐을까. 민준이 내게 사케 잔을 들이대며 말했다.

"친구야. 네가 몰라서 그렇지 내 인생도 나름 피곤하고 좆같단다. 어떻게 행복할 수만 있겠니. 그러니 오늘은 근심걱정 다 묻어두고 즐기자고. 오케바뤼?"

"그래. 마시자. 먹고 죽어보자. 건배!"

술이 찰랑거리는 사케 잔이 쨍 소리를 내며 맞부딪쳤다.

한 병에 기십만 원은 훌쩍 넘는 사케 병이 쌓여갔다. 거나하게 취한 우리는 2차를 위해 일식집을 나섰다.

"야, 야. 2차는 내가 살게. 어디로 갈까. 말만 해!"

통장 잔고가 바닥이건만 취기에 기분파가 돼 버렸다. 호기롭게 선언한 내게 민준이 인도한 곳은 강남에서 핫한 헌팅 포차였다. 술도 취했겠다, 둘 다 미혼에 솔로겠다, 물 좋은 강남 여자나 꼬셔보자며 흔쾌히 동의했다.

밤 10시의 헌팅 포차는 젊은 남녀로 인산인해였다. 꽉꽉 들어찬 테이블들을 보자 흥분되기 시작했다. 민준과 나는 자리를 잡고 과일안주와 호세 쿠에르보, 예거 마이스터, 아구아까지 양주 3병을 한꺼번에 주문했다. 민준과 단둘이 마셨다면 무조건 소주였겠지만 목적이 헌팅이라면 이야기는 달라진다.

아무래도 이때부터 맛이 갔던 것 같다.

레드불에 아구아를 7대3 비율로 섞은 뒤 오른손으로 컵 입구를 막고 흔들었다. 컵 안의 내용물이 휘리릭 소용돌이쳤다. 내가 아구아밤 칵테일을 준비하는 사이 민준이 옆 테이블에 있던 여성 두 명을 꼬셔 왔다. 어두운 조명발을 감안하더라도 외모나 몸매가 수준급이었다. 특히 키가 작은 쪽은 터질 듯한 가슴에 허리는 잘록한, 딱 내가 이상적으로 여기는 몸매의 여성이었다. 마다 할 이유가 없었다. 바로 합석하여 술자리를 가졌다.

통성명을 하고 서먹한 분위기도 풀 겸 일단 술 먹기 게임을 시작했다. 이미 술이 오를 대로 오른 난 게임에서 연거푸 졌고 양주 3종 세트를 마셔 댔다.

이때부터 필름이 끊겨버렸다. 중간중간 단편적 기억밖에 나지 않았다.

포차에서 언제 나왔는지 정신을 차려보니 매운 돈까스를 먹고 있었다. 3차인 듯했다. 물론 포차에서 꼬신 여성들과 함께였다. 맞은편에는 민준과 미수라는 여성이, 내 옆자리에는 미수보다 키가 작은 서희가 앉아있었다.

얘가 내 파트너구나.

곁눈질로 서희를 보니 슬며시 입꼬리가 올라갔다.

애썼다, 정균아. 필름이 끊긴 상태에서도 목표한 바를 이뤄냈구나. 큭큭큭.

서희도 술을 많이 마셨는지 정신을 못 차리는 듯했다. 필름이 끊길 정도로 취했지만 내 술버릇은 필름이 끊기기 전과 크게 차이가 나지 않는 탓에 술자리는 계속됐다. 이때부터는 내가 술을 마신다기보다 술이 술을 마시는 단계였다.

"건배!"

소주잔을 맞부딪치다 다시 필름이 끊겼다.

귓가에 울리는 깔깔대는 웃음소리.

비틀거리는 밤거리.

그리고 완전한 블랙아웃.

눈을 떠보니 어딘지 모를 모텔방 안.

나는 샤워기를 잠그고 수건으로 몸을 닦았다.

그래도 뜨거운 물을 맞으니 조금은 정신이 드는 것 같았다.

욕실 문을 나서자 벽에 걸린 디지털시계가 눈에 들어왔다.

11시 15분. 퇴실 시간이 얼마 남지 않았다. 몸 상태는 아직 최악이었지만 슬슬 정리하고 나가야 했다.

바닥을 굴러다니는 술병들을 피해 침대로 갔다. 젖은 수건을 바닥에 던지고 침대에 벌렁 누웠다. 고개를 돌려 침대 옆 철제 쓰레기통을 슬쩍 봤다. 역시 콘돔이 있었다. 투명한 정액을 가득 머금은 콘돔이…….

서희와 잔 걸까. 어렴풋이 셔츠가 터질 것 같던 서희의 육감적인 몸매가 떠올랐다. 하지만 그뿐이었다.

젠장. 뭐 하나라도 기억이 나야 원나잇이지.

허탈감이 밀려왔다.

갑자기 본전 생각이 뇌리를 스쳤다. 나는 침대에서 벌떡 일어나 휴대폰을 찾았다. 방 안을 이 잡듯 뒤진 끝에 침대 바닥 아래에서 휴대폰을 찾았다. 나는 곧바로 카카오뱅크 앱을 열고 간밤의 지출 내역을 살폈다.

"어라."

뭔가 이상했다. 못해도 수십만 원의 사용 내역이 있어야 했다. 하지만 예상과 달리 깨끗했다. 서둘러 바닥에 떨어진 바지에서 지갑을 꺼냈다. 지갑 안의 현금도 그대로였다.

2차, 3차도 민준이 계산한 건가. 술값이야 그렇다 치고 모텔비는, 모텔비는 서희가 낸 건가?

스스로 내 머리를 쥐어박았다. 대체 얼마나 맛이 갔던 거냐. 모텔비도 여자가 내게 할 정도로 맛이 가다니…….

그런데 앤 말도 없이 혼자 간 건가. 아침에 현타가 와서 조용히 갔을까. 같이 해장국이나 먹고 헤어지지. 토요일인데 뭐가 그리 급해서……. 무엇보다 서희와의 모닝 섹스가 못내 아쉬웠다. 여차하면 대실로 퇴실 시간을 연장해도 되는데 말이다.

뭐. 섹파로 남을 수도 있으니 톡이라도 남겨야겠다.

그렇게 휴대폰을 뒤졌지만 그녀의 연락처는 없었다.

나는 두 손으로 머리를 헝클어트렸다.

이런 병신. 아무리 취했기로서니 연락처도 안 받아 놓다니. 아우.

답답한 마음에 가슴을 쾅쾅 쳤다. 어쩔 수 없이 민준에게 전화를 걸었다. 몇 번의 신호음이 울리고 민준이 전화를 받았다.

- 여보세…….

나는 민준의 말이 끝나기도 전에 다짜고짜 물었다.

"야, 야. 어제 네가 꼬신 미수 번호 땄냐?"

- 이제 일어났냐? 모텔? 아직 천안 안 내려간 거야?

"아우, 말도 마라. 지금까지 개토하다 겨우 살아났어. 웩, 말하니까 또 토 쏠릴 거 같아."

- 어제 미친 듯이 달리긴 하더라.

"됐고. 미수 번호 땄냐고."

- 아니. 내 스타일은 아니라서. 그냥 하루 놀고 빠이빠이 했어.

나도 모르게 신음 소리가 나왔다.

"끄응. 망했네. 제길."

- 왜? 왜 그런데?

"아무래도 내 파트너랑 잔 것 같은데 필름이 끊겨서 기억이 안 나. 일어나 보니 파트너는 이미 가버렸고. 근데 전화번호를 안 받아 놨네. 허허허."

- 큭큭큭. 븅신. 어쩐지 눈이 풀려있더라니. 완전 맛이 갔었 구만.

"에휴. 어쩔 수 없지. 끊자. 퇴실 시간 다 돼서 얼른 나가야 돼."

민준이 서둘러 말했다.

- 해장국이나 먹고 가. 어딘데?

"됐어. 허탈해서 아무것도 하기 싫다. 그냥 내려갈란다. 어젠 진짜 잘 먹었어. 담에 내가 거하게 쏘마.

- 그래. 그럼 잘 내려가고 다음에 보자.

아쉬워하는 민준의 목소리를 끝으로 전화를 끊었다.

3

자취방에 도착한 것은 오후 4시가 다 되어서였다.

자취방 근처 약국에서 숙취 해소 약을 사먹었다. 공용화장실 에서 노란색 위액을 토하고 나서야 메스꺼움이 가라앉고 허기 가 밀려왔다. 자취방에 가기 전 근처 식당에서 순대국밥을 포 장했다.

냄비에 순댓국을 담고 가스레인지를 켰다. 창문을 활짝 열 었다. 9월의 시원한 바람이 불어왔다. 보글보글 끓어오르는 순댓국을 거실 원목 탁자 위에 올렸다. 김이 모락나는 뜨거운 국물에 새우젓으로 간을 한 후 쌀밥을 말았다. 한 숟가락 입안에 떠 넣으니 곧 이마에 땀이 송글송글 맺혔다. 칼칼한 국물에 냉장고에서 안동소주를 꺼내올까 잠시 고민했지만 혹사한 간을 위해 참기로 했다. 80인치 올레드 TV를 틀자 어제 놓친 〈○○○ 산다〉가 재방송 중이었다. 한 출연자의 기행을 보자 웃음이 터져 나왔다.

국밥을 허겁지겁 해치우고 그대로 소파에 드러누웠다.

"아구구, 이제야 살겠다."

음식이 에너지로 변환돼 온몸에 퍼질 때까지 잠시 가만있기로 했다.

얼마나 지났을까.

"아으으으으."

온몸이 몽둥이로 얻어맞은 것처럼 찌뿌둥했다.

어느새 해가 졌는지 방 안이 컴컴했다. 창문으로 불어오는 바람의 한기에 쭈뼛 소름이 돋았다. 스스로 어깨를 문지르며 서둘러 창문을 닫았다. 왼손으로 벽을 더듬어 전등 스위치를 올리자 형광등에 불이 들어왔다. 환해진 거실 벽시계를 보고 깜짝 놀랐다.

"밤 11시? 그렇게나 오래 잤나."

이불도 없이 잔 탓인지 몸 상태가 영 별로였다.

벅벅벅.

나도 모르게 사타구니를 긁어댔다.

"아우, 왜 이렇게 가렵지."

바지 속으로 손을 넣어 긁어도 전혀 시원해지지 않았다. 사타구니와 성기에 뭔가 기어다니는 느낌이 계속됐다. 무심코 왼손을 꺼낸 나는 화들짝했다.

손톱 틈에 시뻘건 때가 끼어 있었다. 때를 파내 손가락으로 비벼대자 뭉친 살 껍질에 진득한 피가 묻어났다. 코를 가까이 대자 식초 같은 톡 쏘는 냄새가 코를 찔렀다.

뭐지.

나는 서둘러 바지와 팬티를 한꺼번에 벗었다. 뒤이어 드러난 광경에 숨을 삼켰다.

"히이익!"

축 늘어진 성기 표피와 고환, 사타구니 주위에 좁쌀만 한 돌기들이 빽빽이 나 있었다. 통통 부은 성기의 요도 끝에서는 핏빛 점액질이 실처럼 팬티와 이어져 있었다. 그중에서도 손톱으로 긁었던 사타구니는 상태가 심각했다. 좁쌀 두드러기들이 터졌는지 피와 고름이 온통 뒤엉겨있었다. 사타구니는 그나마 좁쌀이었지만 성기에 난 돌기들은 좁쌀의 수준을 넘어서 있었다.

나는 축 처진 음경 쪽으로 손가락을 가져갔다. 손가락이 부들부들 떨렸다. 손가락 끝이 버섯 같은 음경 표피의 사마귀를 살짝 건드렸다.

"으아아악!"

육성으로 비명이 터졌다. 엄청난 고통이 엄습했다. 고통이 잦아들 때까지 그대로 멈춰있었다. 피부를 찢는 듯한 고통에 고름을 짜 볼 엄두도 나지 않았다. 그런데 뭔가 이상했다. 사마귀의 얇은 표피 안쪽으로 뭔가가 꿈틀거린 것 같았다. 나는 대리석 바닥에 주저앉아 최대한 허리를 숙였다. 분명 음경 표피에 난 사마귀 속에 뭔가가 있는 것 같았다. 도저히 참을 수가 없었다. 어기적거리며 서랍 속에 있던 실뭉치에서 바늘을 뽑았다. 라이터 불에 바늘 끝을 두세 번 스쳤다. 은색이던 바늘 끝이 금세 검게 그을렸다.

준비는 끝났다. 나는 심호흡을 했다.

비명을 참기 위해 이를 꽉 다물고 검게 그을린 바늘 끝을 통통한 사마귀 끝으로 가져갔다. 뾰족한 바늘 끝이 사마귀 속으로 쑥 들어갔다.

"흐으으윽! 끄으으으윽!"

꽉 다문 이 사이로 비명이 새어 나왔다. 불꽃이 순식간에 등골을 타고 올라 뇌 속에서 폭발했다. 참으려 노력했지만 한계를 넘어서는 고통에 정신이 희미해지는 것 같았다. 눈물이 바닥으로 후두둑 떨어졌다.

아직 끝나지 않았다. 정신 바짝 차리자.

나는 피고름 방울이 맺힌 사마귀를 검지손가락으로 쭈욱 짜냈다.

투툭. 찍.

"끄아아아악!"

강한 압력에 껍질이 찢기는 소리가 나면서 피고름 줄기가 포물선을 그리며 튀어 나갔다. 소매로 눈물을 훔치고 고름이 떨어진 방바닥에 얼굴을 가까이 댔다.

"이, 이럴 리 없어."

나는 서둘러 젖은 눈가를 다시 한번 비볐다.

하지만 눈앞의 광경은 변함없었다.

핏빛 고름이 고인 체액 속을 머리카락처럼 얇은 회색빛 실지렁이가 꿈틀대고 있었다. 아니, 실지렁이라기보단 가느다란 구더기에 가까웠다.

뒤통수를 망치로 얻어맞은 듯 멍해졌다. SF 호러 영화에서나 볼 법한 장면을 집 안에서 반나신인 채로 보다니. 어딘가 현실성이 결여돼 있는 것 같았다. 당황한 나는 당장 라이터를 집어 들고 불꽃을 튀겼다. 하늘거리는 불꽃이 고름에 가까워졌다. 단백질 타는 냄새와 함께 피고름이 서서히 졸아 붙었다. 꿈틀대던 구더기도 고통의 몸부림을 쳤다. 이내 흉물스러운 미물은 검게 타 움직임을 멈췄다.

이 사마귀들 속에 구더기가 숨어있다고? 내 성기에 이런 게 있다고?!

사마귀들이 빽빽이 가득 찬 성기. 요도 끝에서는 여전히 점도 높은 피고름 줄기가 늘어져 방바닥과 이어져 있었다. 속이 메스껍고 신물이 올라왔다.

성병. 이거 성병 아냐?

당장 휴대폰을 집어 들고 검색창에 성병, 원나잇, 고름, 구더기 등을 검색했다. 사타구니를 뒤덮은 돌기들은 사마귀성 성병의 일종인 콘딜로마와 비슷했다. 하지만 어디에도 음경의 고름 안에 기생하는 구더기 같은 성병은 없었다. 나는 다시 피부, 기생과 구더기를 검색했다. 그러자 기사 하나가 검색되었다. 기사의 내용은 피부에 난 여드름을 짜니 안에서 구더기가 튀어나온 사건이었다.

하지만 내 경우와는 사뭇 달랐다. 열대성 기후인 필리핀에서 벌어진 일이었고, 튀어나온 구더기 역시 열대성 기후에서 서식하는 망고파리의 유충이었다. 망고파리는 아직까지 국내에서 발견된 사례가 없다고 했다.

기사를 읽는 중에도 연신 비지땀이 흘렀다. 온몸에 열감이 느껴졌다. 파리 새끼건, 성병이건 상관없었다. 당장 내일은 일요일이고 이 꼴로 응급실을 찾을 수는 없는 노릇이었다. 난감했다. 어떻게든 비뇨기과가 문을 여는 월요일까지 버텨야 했다.

사마귀를 하나하나 전부 터트린 뒤 구더기를 잡을까도 생각해봤다. 하지만 곧바로 고개를 저었다. 지금도 터트린 사마귀에서 머리카락이 곤두서는 통증이 지속됐다. 성기를 온통 뒤덮은 사마귀를 보니 도저히 엄두가 나지 않았다.

얼음찜질이라도 하면 좀 나을까 싶어 비닐 랩에 각 얼음을 쏟아 넣었다. 얼음 봉지를 사타구니 사이에 꼈다. 사타구니에서 차디찬 냉기가 퍼져나갔다. 불에 덴 듯한 통증이 조금 가시는 것 같았다. 그렇게 침대에 마른 수건을 깔고 벌린 다리 사이로 얼음 봉지를 대고 누웠다. 더 이상 증상이 몸 전체로 퍼지지 않기만을 바랐다.

4

참을 수 없는 허기에 눈을 떴다.

창으로 비치는 해를 보니 어느새 한낮인 듯했다.

몸살기와 피로감에 늦잠을 잤나 보다. 그렇게 마셔댔으니 몸에 무리가 갔으리라. 침대 시트가 축축했다. 입고 있던 티셔츠도 흠뻑 젖어있었다. 식은땀을 꽤나 흘린 듯했다. 문득 아래를 내려다보니 사타구니에 번졌던 습진은 진정돼 있었다. 그래도 몇 주 전 병원에서 받은 연고가 효과를 발휘해 다행이었다. 생각난 김에 침대 옆 협탁에 놓인 습진 연고를 덜어 사타구니와 성기 주변에 골고루 펴 발랐다. 습진 연고로 하얘진 오른손이 기분 나쁘게 미끌거렸다.

습진이 재발하면 피부과에 가야겠다고 마음먹었다.

오래 잔 덕분인지 컨디션은 어느 정도 돌아와 있었다.

꼬르륵.

"알았다. 알았어. 그만 좀 보채라."

내 배를 향해 나직이 중얼거렸다. 이제 요란하게 요동치는 뱃속을 달래줄 차례였다.

나는 찬장을 열어 햇반 두 개와 스팸 통조림 그리고 냉장고에서 계란 2알을 꺼냈다.

능숙하게 기름을 두른 프라이팬에 계란을 깨트렸다. 계란은 치지직거리며 흰자 가장자리부터 서서히 익어갔다. 노른자를 터트리지 않은 계란프라이를 접시에 담은 뒤, 프라이팬에 그대로 숟가락으로 대충 파낸 스팸을 부쳤다. 잘 익은 스팸을 접시에 옮기고 전자레인지에 있던 햇반을 꺼내 상으로 가져갔다. 뜨거운 밥 위에 햇반 그리고 계란을 얹자 저절로 침이 꿀꺽 넘어갔다. 너무나 예상 가능한 맛이지만 참을 수 없는 맛. 그렇게 밥숟가락을 입에 떠 넣었다. 입안에서 하얀 김이 피어올랐다.

"그래. 바로 이 맛이지."

얼마 안 가 상 위의 음식은 모두 배 속으로 사라졌다.

포만감이 가득했다. 그렇게 잤는데도 또다시 졸음이 밀려왔다. 아직 몸 상태가 완전히 회복된 것은 아닌가 보다. 언젠가 사 놓았던 몸살감기 약을 입안에 털어 넣고 침대에 누웠다. 약기운이 퍼지는지 서서히 잠에 빠져드는 것 같았다.

희미한 꿈결 속으로 사타구니 사이로 벌레가 기어다니는 꿈을 꿨다.

5

문득 눈을 떴다. 벽에 걸린 시계를 보니 시침이 일곱 시를 가리키고 있었다.

아침이구나.

정신이 들자마자 고개를 들어 하반신을 살폈다. 온통 우둘투둘했던 사타구니가 깨끗했다. 음모를 헤집고, 성기 여기저기를 살펴봐도 아무런 이상이 없었다. 마치 이틀간의 일은 악몽이었다는 듯.

갑자기 헛웃음이 새어 나왔다.

"뭐지?"

하지만 거실 바닥의 그을린 자국과 검게 탄 재가 꿈이 아니었음을 말하고 있었다.

이해할 수가 없었다. 아니 불가사의했다. 손을 댈 수 없을 정도로 가득했던 물집과 두드러기들이 어떻게 전부 사라져버렸는지, 물집 속의 구더기들은 어떻게 되었는지…….

설마 몸속을 파고들어 생살을 뜯어먹고 있는 건 아니겠지. 그럴 리 없다. 그랬다면 지금도 고통으로 몸부림치고 있으리라.

안 그래도 병원에 가려고 했는데 가지 않아도 되는 건가. 겉으로 보기에 너무나 멀쩡해 병원에 가도 별다른 조치는 없을 것 같았다. 하지만 혹시 모르니 회사에는 오늘 하루 병가를 내야겠다고 마음먹었다.

"죄송합니다. 몸살에 걸렸는지 몸이 너무 안 좋아서……."

－ 하필 바쁜 월말에 갑자기 병가를 내면 어떻게 합니까.

전화기 너머 목소리는 차갑기만 했다. 속으로는 부아가 치밀었지만 내색하지 않고 말했다.

"제가 내일 출근해서 밀린 업무는 모두 처리하겠습니다. 죄송합니다."

－ 알았어. 알았어요. 몸조리 잘하고 내일 꼭 봅시다.

전화를 끊는 사이 희미하게 부장의 욕설이 들렸다.

"씨발, 좆같은 부장 새끼. 진짜 더러워서 참나."

휴대폰을 집어던지고 싶었지만 가까스로 참았다. 그렇게 휴대폰이 망가지면 나만 손해였다.

기분이 몹시 상했지만 금세 회복됐다. 어쨌든 쉬는 날 하루를 벌었다. 회사를 가지 않으니 시간이 남아돌았다. 여유롭게 온라인 게임을 하며 샌드위치로 아침을 때웠다. 접시를 비우고도 한참 동안 컴퓨터 책상에 앉아 게임을 즐겼다. 그러나 그것도 슬슬 지겨워졌다. 어느새 왼손은 속옷 속을 주무르고 있었다. 얼마 안 가 성기가 빳빳해졌다.

나는 게임을 종료하고 불법 온라인 AV 스트리밍 사이트에 접속했다. 오랜만에 들어간 사이트에는 신작 동영상들이 넘쳐 났다. 벌거벗은 여자들의 썸네일을 하나하나 살피며 평소 즐겨 보던 배우의 신작을 클릭했다.

곧이어 육감적인 배우의 포르노 영상이 시작됐다. 어느새 여 배우의 연기에 서서히 몰입했다. 나는 영상 속 남배우의 움직 임에 맞춰 성기를 자극했다. 물론 바늘로 찔렸던 상처는 의식 적으로 피했다. 두 배우의 행위가 클라이맥스에 다다를 때쯤, 나 역시 참을 수 없을 지경에 이르렀다. 서둘러 책상 옆에 놓인 두루마리 휴지를 오른손으로 감았다. 곧이어 여배우의 비명과 함께 휴지에 정액을 쏟아냈다.

"흐어어어어억!!"

순간의 절정은 경악으로 뒤바뀌었다.

손에 든 휴지가 온통 시뻘겋게 물들고 있었다. 요도에서 쏟 아낸 정액은 지금껏 내가 알고 있던 투명한 그것이 아니었다. 한껏 부푼 성기가 고개를 까딱거리며 새빨간 핏덩이를 울컥울 컥 토해내고 있었다. 그때마다 요도로 불덩어리가 지나가는 듯 한 통증이 전신을 휩쓸었다.

너무나 놀라 멍해져 있던 난 성기를 휴지로 감싼 채 벌떡 일 어나 화장실로 달려갔다. 휴지를 흠뻑 적신 핏빛 점액질이 양 변기 속으로 뚝뚝 떨어졌다. 양변기 벽을 타고 흘러내린 붉은 핏줄기들이 변기 물과 만나 물감이 퍼지듯 붉게 번져 갔다.

어느새 빳빳했던 성기는 본래의 크기로 돌아왔다. 나는 흠칫 놀라 온통 새빨갛게 젖은 휴지를 변기 속으로 던져버렸다. 첨 벙, 소리를 내며 휴지는 물속으로 가라앉았다. 순식간에 속이 보이지 않을 정도로 변기 물은 탁하게 변해버렸다.

그로테스크 그 자체였다. 갑자기 신물이 올라왔다. 몇 번의 헛구역질이 나왔지만 가까스로 참아냈다. 다리에 힘이 풀린 듯 후들거렸다. 머리가 어지럽고 현기증이 났다. 나는 물을 내리는 것도 잊은 채 화장실을 나와 쓰러지듯 침대에 누웠다.

잘못됐다. 뭔가 우라지게 잘못됐다.

아무래도 그날이 원인 같았다. 술에 취해 필름이 끊겼던 그날.

기억을 더듬어 가려고 노력했지만 허사였다.

내 안의 모든 에너지를 쏟아 낸 듯 생각할 힘조차 없었다.

그렇게 반송장 상태로 한참을 누워있었다.

시계를 보니 오후 세 시가 넘었다. 잠시 누워있었다고 생각했는데, 잠이 들었던 것 같다. 입안이 말라붙어 까끌거렸다. 나는 침대에서 힘겹게 몸을 일으켜 비틀대며 냉장고로 갔다. 마침 홈 바에 차가운 사이다가 보였다. 잘됐다 싶어 사이다 뚜껑을 비틀어 따고, 메마른 목구멍 안으로 사이다를 넘겼다. 톡 쏘는 탄산이 목구멍을 따갑게 자극했다. 덕분에 더러웠던 기분이 조금은 나아졌다. 사이다를 마시며 고개를 돌리자 활짝 열린 화장실 안으로 변기가 보였다.

나는 마시던 사이다를 싱크대에 올려두고 천천히 화장실로 발걸음을 옮겼다.

예상대로 변기 속은 온통 핏물로 가득했다. 혐오스러웠다. 공포영화의 한 장면 같았다. 더 이상 보고 있을 수 없었다. 물을 내려보내려고 양변기 레버를 잡았다.

손가락에 힘을 주자 요란한 물소리와 함께 핏물이 회오리치기 시작했다.

레버를 완전히 아래로 내리려는 찰나, 나는 급히 레버에서 손가락을 뗐다.

천천히 변기 속 소용돌이가 잦아들고 있었다.

나는 눈을 크게 떴다.

뭔가가, 뭔가가 핏물 속에 있었다.

혼탁한 핏물 수면을 스치듯 지나가던 뭔가가…….

나는 눈을 비볐다. 하지만 잘못 본 것이 아니었다. 분명 이 변기 물에 살아 움직이는 뭔가가 있다. 속을 들여다볼 수 없는 핏물 속에서 작은 기포 방울이 뽀글뽀글 올라오고 있었다.

충격도 잠시, 퍼뜩 정신이 든 나는 바로 뛰쳐나가 부엌에서 바가지를 가져왔다. 바가지로 변기 물을 퍼내자 비로소 핏물 속에 숨어있던 괴물이 모습을 드러냈다. 몇 번의 시도 끝에 괴물을 바가지에 건져냈다. 위협을 느꼈는지 잠잠하던 괴물이 미친 듯 요동쳤다. 몸집은 작았지만 힘이 엄청났다. 나는 바가지를 놓치지 않기 위해 손잡이를 힘껏 움켜쥐었다. 바가지에 담긴 괴물을 조심스럽게 투명한 유리병 속에 붓고 뚜껑을 닫고 나서야 한숨을 쉴 수 있었다.

등골에 소름이 돋았다. 이마가 비지땀으로 축축하게 젖었다.

유리병 속에서 유유히 유영하는 이것은 무엇이란 말인가.

한참을 망연히 쳐다봐도 정체를 알 수 없었다. 지구상의 생물이 아닌 것 같았다.

이게…… 이게 내 몸속에서 나왔다는 건가?!

전신의 모골이 송연해졌다.

길이는 손바닥만 했다. 굵기는 가운뎃손가락 정도일까. 색깔은 전체적으로 핑크빛을 띠는 흰색에 가까웠다. 매끈한 피부가 인간의 피부와 닮아있었다. 뭉툭한 머리와 가는 꼬리로 이루어졌고, 머리는…… 뭐랄까, 남성의 성기를 닮았다. 눈이나 코는 없는 것 같았다. 다만 유일한 주둥이를 뻐끔거릴 때 입안으로 빽빽하게 나있는 날카로운 이빨은 상당히 위협적이었다.

순간 어떤 가설이 뇌리를 스쳤다.

설마. 성기 표피에 있던 구더기가 몸속으로 파고들었을까? 그 구더기가 정액과 함께 배출됐고, 외부환경에서 이렇게 성장한 걸까? 대체 이 괴물의 정체는 뭐란 말인가. 아니, 대체 이런 게 왜 내 몸에서 나왔단 말인가.

이대로 가만있을 수는 없다.

나는 떨리는 손으로 통화 버튼을 눌렀다.

무의미한 통화 연결음이 계속됐다. 결국 전화는 소리샘 퀵보이스로 넘어갔다.

"젠장. 준이 이 새끼는 뭐하는 거야."

목소리가 떨려왔다.

"혹시……."

그때였다. 머릿속으로 뭔가 떠올랐지만 정리되지 않았다. 머리통이 부서질 듯 죄어오는 두통에 사고가 정지됐다. 나는 머리통을 부여잡고 주저앉았다. 손안에 머리카락이 한 움큼 뽑혀나왔다. 두통은 점차 심해져 갔고. 내 의식은 저 멀리 날아가고 있었다.

6

잠에서 깨어난 대로 옷을 주워 입고 서울로 가는 KTX 기차에 몸을 실었다.

자고 일어나니 수그러들었던 사타구니의 습진이 말도 못 하게 심해져 있었다. 성기의 사마귀 역시 건드리기만 해도 고름이 터져 나올 정도로 심각했다. 더 이상 습진 연고도 소용이 없었다. 아무리 생각해도 성병이 분명했다. 하지만 병원에 갈 수는 없었다. 지금껏 알려진 성병의 어느 증상과도 맞지 않았다. 전혀 새로운 종류의 신종 성병 같았다.

망할 년. 성병을 옮긴 서희를 잡아, 족쳐야 한다. 하지만 아는 게 하나도 없으니 지푸라기 같은 단서라도 잡아야 했다. 결국 서희와 잤던 모텔을 찾아가기로 했다.

걸을 때마다 성기가 팬티에 스치기만 해도 엄청난 통증이 엄습했다. 삐질삐질 땀을 흘리며 어기적거리는 내 모습을 본 꼬마가 '저 형 포경수술 했나 봐'라며 키득대는 꼴을 보고 있자니 수치심이 밀려왔다. 지나는 사람들 역시 애써 웃음을 찾는 표정이었다.

씨발, 쪽팔렸다. 정말 죽고만 싶었다.

기억을 더듬어 천신만고 끝에 모텔에 도착했다.

졸음이 가득한 눈으로 카운터를 지키고 있던 아줌마에게 이 모텔에서 꽃뱀에게 당해 지갑이고 휴대폰이고 모두 털렸으니 CCTV 영상을 보여달라고 둘러댔다. 어설픈 거짓말에 의심 가득한 눈으로 나를 쳐다보는 아줌마에게 지갑에 있던 현금 12만 원을 찔러주자 '원래는 개인정보 보호법 때문에 안 되는데······'

를 중얼거리며 나를 카운터 안으로 안내했다.

아줌마는 CCTV 녹화기를 조작해 그날 녹화된 로비 영상을 틀어줬다. 나는 모니터 속 화면에 집중했다. 커플 세 팀이 로비를 지나가고 나서 몇 분 뒤, 마침내 익숙한 사람이 영상 속에 나타났다.

검정색 깅엄 셔츠와 청바지, 술이 떡이 돼서 몸조차 가누지 못하는 병신.

바로 나였다. 그런데 뭔가 이상했다.

"어⋯⋯."

나는 덜떨어진 사람처럼 '오른손'을 들어 모니터를 가리키며 소리를 길게 끌었다.

내 옆에서 나를 부축해 들어오는 사람은 서희가 아니었다.

내 낯빛은 삽시간에 핏기를 잃고 창백해졌다.

옆에서 함께 모니터를 지켜보던 아줌마가 무심히 말했다.

"참나, 꽃뱀은 무슨⋯⋯ 남자 새끼구만."

뭐라 대꾸할 말이 떠오르지 않았다.

나를 부축한 채 엘리베이터를 타러 가는 사람은 다름 아닌 민준이였다.

도망치듯 모텔을 빠져나왔다. 지나는 사람들과 주변의 건물들이 나를 중심으로 빙글빙글 돌았다. 심장이 요동쳤다. 겨드랑이에서 흐른 땀으로 셔츠가 흠뻑 젖었다. 나는 주머니에서 휴대폰을 꺼내들었다. 주소록에 민준의 이름을 입력하려 했지만 손가락이 떨려 자꾸 오타가 났다. 몇 번의 시도 끝에 민준의 전화번호를 찾았다. 통화 버튼을 누르고 '오른손'에 든 휴대폰을 귀에 댔다.

그러나 상대방의 전화가 꺼져 있다는 차가운 안내 멘트가 들렸다.

"이런 젠장맞을. 아…… 아아악!"

갑자기 눈앞이 캄캄해지고 정수리를 망치로 내려치는 것 같은 두통이 몰려왔다. 그리고 도저히 이해할 수 없었지만 팬티 속의 성기가 단단하게 발기하기 시작했다.

7

완전한 어둠이 내려앉은 인적 드문 골목길.

벙거지 모자를 눌러 쓴 남자가 저 멀리서 걸어왔다.

어둠속에 숨어 있던 나는 가로등 불빛으로 한 발 내딛었다. 그제야 상대는 내 얼굴을 알아봤다.

"민준아……."

상대는 놀란 기색이 역력하면서도 이런 상황을 예상했다는 듯 차분하게 말했다.

"연락도 없이 웬일이야……."

"연락이 돼야 말을 하지. 개새끼야."

나는 날카롭게 쏘아붙였다. 그리고 어둠에서 완전히 나와 쓰고 있던 야구 모자를 벗었다.

"헉!"

내 모습을 본 상대가 숨을 삼켰다.

"준이. 너 이 새끼. 너도 나랑 같지? 벙거지 모자 벗어 봐, 새끼야!"

하지만 상대는 꿈쩍도 하지 않았다. 대신 상대의 어깨가 간 헐적으로 흔들렸다. 나는 어이가 없어 되물었다.

"웃냐? 지금?"

"큭큭큭. 완벽해. 역시 내 예상대로야. 너도 숙주가 됐구나. 큭큭큭큭."

더 이상 참을 수가 없었다. 나는 허리춤에 숨기고 있던 회칼을 꺼내들고 놈에게 달려들었다. 내 어깨에 부딪친 놈은 힘없이 쓰러졌고, 난 그때를 놓치지 않고 놈의 몸에 올라탔다. 이미 화가 머리끝까지 솟구친 나는 씩씩거리며 놈의 목에 칼을 갖다 댔다.

"박준. 지금 당장 바른대로 말해. 내 몸에 무슨 짓을 한 거야. 어?"

박준의 목에서 가는 핏줄기가 흘러내렸다. 나는 칼을 잡지 않은 손으로 놈의 벙거지 모자를 낚아챘다. 역시 놈의 머리도 나와 마찬가지로 머리칼이 하나도 없었다.

"너 이 새끼. 어쩐지 갑자기 연락해서 술을 산다고 했을 때 알아봤어야 했어. 뭐야, 어? 빨리 말하라고!"

박준의 목에 갖다 댄 칼날이 살갗을 파고들었다. 차갑게 나를 응시하던 박준이 천천히 입을 열었다.

"고등학교 때 날 오지게 괴롭혔던 널 내가 왜 불렀겠냐. 응? 넌 정말 멍청해서 한 치의 의심도 없이 나오더라. 큭큭큭."

더 이상 참을 수 없었다. 나는 재빨리 놈의 어깨에 칼을 쥔 '왼손'을 휘둘렀다. 짧은 비명이 거리에 울렸다. 하지만 밖을 내다보는 사람은 아무도 없었다. 칼날이 스치고 간 곳에는 금세 피가 스며 나왔다. 나는 다시 칼날을 박준의 목에 가져갔다.

"진짜 뒤진다. 잡소리 집어치우고 본론만 말해. 너 바이오 의료기술연구소 연구원이랬지. 대체 뭘 만들어 낸 거야. 내 몸에 뭔 짓을 한 거냐고!"

그때 박준이 나를 쏘아 봤다.

"사실 나도 잘 몰라. 우연과 우연들이 맞아 떨어져 창조됐거든. 전립선암 치료제를 만드는 게 내 연구였어. 체내에 전립선암 세포를 직접 뜯어먹는 생물을 만들기 위해 각종 어류와 기생충 유전자를 조합했지. 그러다 이놈이 만들어진 거야. 동물을 대상으로 한 임상에서는 성공적이었어. 그런데 정작 인간의 몸에서는 예상대로 움직이지 않더라고. 너도 봤지? 그 아름다운 생명을 말이야. 흐흐흐."

박준의 눈에 서늘한 광휘가 빛났다.

"사실 나 전립선암 말기야. 그래서 살기위해 남몰래 그걸 내 몸에 주입했어."

"미, 미친 놈."

"그런데 암세포를 뜯어먹어야 할 벌레가 전립선이 아닌 다른 곳으로 향하더군. 목적을 이루면 죽도록 생애주기를 짧게 설계했는데 벌레는 그걸 알고 있었다는 듯 스스로 번식을 목표로 전환됐어. 벌레가 내 몸에 들어가고 처음엔 몸에서 면역 거부 반응이 일어났어. 그게 사타구니와 성기에 종기 형태로 나타났지. 그렇게 몇 시간이 지나면 종기는 깨끗이 사라져버려. 벌레가 없어진 게 아냐. 벌레의 목적지는 고환이거든. 그곳 정자에 벌레의 씨앗을 심는 공장을 짓는 거야. 영화 〈에일리언〉의 퀸 처럼 말야."

박준의 말에 겨드랑이가 축축하게 젖어 들었다.

"그러고 나서는? 어, 어떻게 되는데?"

"큭큭. 뭐 별거 없어. 너 연가시라고 알지? 숙주의 뇌에 접속해서 자기 마음대로 조종하는, 이놈도 마찬가지야. 시간상으로 보니 네 몸속의 벌레가 뇌에 도달할 때가 된 거 같은데."

"벌레 새끼가 날 어떻게 조종한다는 건데. 씨발, 말도 안 되는 소리 하지 마."

"넌 벌레에게 조종당할 거야. 아니, 조련이라고 해야 하나. 큭큭큭. 벌레의 수명이 다할 때까지 오로지 번식을 위한 도구로 말야. 네가 타인의 몸에 벌레를 주입하면 달콤한 쾌락을, 그렇지 않으면 고통을 선사하지. 애써 버티려고 하지 마. 뇌에서 직접 전달되는 고통의 강도가 생각보다 엄청나니까. 큭큭큭."

"이…… 이 미친 새끼……. 왜…… 왜 하필 나야. 창녀촌에라도 가서 풀어버리면 될 거 아냐."

박준이 입가에 웃음을 띠며 말했다.

"안 돼. 정자를 생성할 수 있는 남자에게만 번식시킬 수 있어. 걱정 마. 너 말고도 날 괴롭히던 놈들에게 숱하게 뿌려 줬으니까."

술에 취해 모텔을 잡던 내게 한사코 한 잔만 더 하자며 따라오던 준이가 떠올랐다. 아마도 모텔에서 마신 맥주에 약을 탔으리라.

기분 나쁜 웃음을 짓는 박준을 보니 분노가 치밀었다. 칼을 잡은 '왼손'이 떨려왔다. 성기에 벌레가 기어다니는, 참을 수 없는 느낌이 들었다.

그 순간 머릿속에서 팽팽하게 당겨진 실이 툭 끊어졌다. 가까스로 잡고 있던 이성의 끈을 놓아버렸다. 나는 준이의 목에 댄 칼을 그대로 죽 그어버렸다.

"컥!"

박준의 단말마에 이어 목의 갈라진 틈에서 분수처럼 피가 쏟아졌다. 비릿한 피 내음이 훅 끼쳤다. 이상하게 흥분됐다. 나는 피를 뒤집어쓴 채 준이의 몸에 칼날을 쑤셔 박았다.

"죽어! 씨발 새끼야. 죽어! 죽어! 죽어!"

칼날이 박준의 몸속으로 사라졌다 나타나기를 반복했다.

피에 흠뻑 젖은 칼날이 허공에서 춤을 췄다. 고요한 골목길에 고깃덩어리를 찢는 소리가 울려 퍼졌다. 칼을 잡은 '왼손'에 박준의 피가 흥건하게 묻었다. 박준의 멱살을 움켜쥔 오른쪽 손목에 찬 오메가 시계에도 핏방울이 튀었다. 너덜너덜하게 찢긴 복부에서 분변이 질질 새어 나오고 나서야 칼질을 멈췄다. 숨이 끊어진 준이의 손과 발은 여전히 경련하고 있었다. 나는 회칼과 피 묻은 옷을 비닐에 싸 가방에 넣고 챙겨온 새 옷으로 갈아입었다.

주변을 살폈으나 목격자는 없는 것 같았다. 나는 재빨리 현장을 빠져갔다.

버스를 옮겨 타다 집에서 3정거장 떨어진 곳에서 내렸다. 서둘러 집으로 가던 도중 갑작스러운 두통이 밀려왔다.

"흐ㅇㅇㅇ윽."

머릿속을 고압전선으로 태우는 듯한 엄청난 고통이었다. 나는 길거리에 주저앉아 고통에 몸부림쳤다. 거리를 지나는 사람들이 놀란 눈으로 나를 쳐다봤다. 이를 꽉 깨문 입가로 침이 줄줄 흘러내렸다.

씨발, 벌레 새끼가 뇌에 도달한 건가…….

고통과는 별개로 팬티 속 성기가 빳빳하게 고개를 들었다.

이 고통을 끝낼 수만 있다면 무슨 일이든 할 수 있을 것 같았다. 나는 떨리는 손으로 재빨리 휴대폰을 꺼냈다. 그리고 통화 버튼을 눌렀다. 다행히 상대가 바로 전화를 받았다.

나는 안간힘을 쓰며 목소리를 짜냈다.

"여. 정균아. 오랜만이다."

― 웬일이냐? 네가 전화를 다하고.

"하, 한 번 보자고."

순간 머리를 헤집던 두통이 씻은 듯이 나아졌다. 순간 벌레에게 조련당하게 될 거라던 박준의 말이 떠올랐다. 방법이 없었다. 벌레가 원하는 대로 할 수밖에. 나는 틈을 주지 않고 이어서 말했다.

"내가 코인 투자로 엄청 수익을 봤거든. 딱 네 생각이 나더라고. 이번 주 금요일 시간 어떠냐?"

― 나야 오케이지. 어디로 가면 되는데?

정균의 대답에 나도 모르게 입가에 미소가 걸렸다.

• 홀수 번호 : 일주일 전부터, 민준 시점
• 짝수 번호 : 현재부터, 정균 시점